婚約破棄で追放されて、幸せな日々を過ごす。1

……え？　私が世界に一人しか居ない水の聖女？ あ、今更泣きつかれても、知りませんけど？

末松樹
Itsuki Suematsu

レジーナ文庫

登場人物紹介
イナリ
偶然出会ったアニエスの
神水のおかげで
力を取り戻した妖狐。
人の姿の時は若いが、
実年齢は100歳を超えている。
コリン
孤児院出身の少年。
実は獣人の少年で
ハムスターに変身可能。
足がすごく速い。
アニエス
トリスタン王子のパーティで
元マッパー（地図係）兼料理係。
王子に追放されてからは一人で
冒険を始めようとするが、
実はチートな能力の水の聖女。
可愛いものに目がない。

リタ
太陽の国の聖女。
手練手管で聖女となり、
権力をほしいままに
している。
トリスタン・
フランセーズ
フランセーズ王国の第三王子。
勘違いと思い込みが激しい。
アニエスを冒険者パーティから
追い出した本人。
エレーヌ
冒険者ギルドの職員。
義務感が強いが
先走りすることも。
ビアンカ
元太陽の聖女。
国民のために頑張っていたが、
リタによって神殿を
追い出された。
ソフィア
国内一の薬師だが、
人使いが荒く、助手に求める
能力が高いので、
助手がすぐに辞めてしまう。

目次

婚約破棄で追放されて、幸せな日々を過ごす。1

……え？　私が世界に一人しか居ない水の聖女？

あ、今更泣きつかれても、知りませんけど？

プロローグ　王子パーティから突然の追放

「アニエス。もう明日から来なくていいぞ」

とある目的で訪れていた小さな村の酒場の一角。

私たちのリーダー、金髪碧眼で長身の剣士――実はこのフランセーズ国の第三王子でもある、トリスタン様が突然こう言ってきた。

どうして王子は私にこんな事を言うのだろうか。

私は、お忍びで冒険者として魔物と戦い、旅をする王子のために、仲間――パーティ全員分の食事を作ったり、周辺やダンジョンの地図を頭に叩き込んで、皆を安全なルートで目的地へ導くマッパーという役割をこなしたりと、かなり貢献しているのに。

「トリスタン様。先程のお言葉は、どのような意味でしょうか」

「言葉通りの意味だ。俺はこのパーティに足りていなかった、真の仲間を見つけたのだ」

王子が隣のテーブルに目を向けると、そこに座っていた綺麗な女性が立ち上がった。

「彼女が新しいパーティメンバーのヴァネッサだ。三種類の魔法を扱う魔法使いで、料理ができる上に美人だ。水魔法しか使えないお前と比べ、全ての能力が上回っている」

「私が水魔法しか使えないのは事実ですが、そちらの方はマッパーとして地図を見たり、未知のダンジョンの地図を作製したりできますか？」

「ふっ。地図など誰でも見る事ができるだろう。戦闘に参加せず、料理と地図を見ているだけのお前など、俺のパーティには不要だ！」

確かに地図を見る「だけ」なら誰にでもできる。だけど、私は何百枚とダンジョンの地図を見てきたし、自分でも地図を描くから、初めて行くダンジョンでも魔物が溜《た》まっていそうな場所や、罠《わな》のありそうな場所が経験でわかる。そうして無用な魔物との遭遇を減らし、皆を守っているんだけど、本当に良いのかしら。

「そうそう。お前のパーティ追放と同時に、仕方なくしてやっていた婚約も破棄だからな！　巫女《みこ》の中では、まだ見られる顔だったから選んだが、そもそも俺はお前みたいな地味な女よりも、ヴァネッサのような綺麗で派手な女が良いのだ。まったく……時代遅れのしきたりなんて、とっととなくせば良いのに」

……は？　何言ってんの⁉

こっちだって、古くからのしきたりだの、王子が巫女《みこ》と結婚しないと国に災いが降りかかるだのって言われて、泣く泣く婚約してやったんだ。

しかも、神様に仕《つか》えてお祈りをしたり、神託を得たりする巫女《みこ》は、未婚の女性に限られる。だから、王子に選ばれた事で、私は職を失ったんだけど、この人はその事をわかっているの⁉

王子のくせに公務を放って、趣味で冒険ごっこをしている男なんて、まっぴらよ！

「わかりました。そこまで仰《おっしゃ》るのでしたら、私はこのパーティから抜けます」

「あぁ、そうしてくれ。そして、俺の前に二度と現れるな」

「畏《かしこ》まりました」

その言葉、そっくりそのまま返してやるわよ！　二度と私の前に現れないでよねっ！

と心の中では思っているものの、相手は王族なので、口に出す事はできない。

相手がこの国の王子なので、下手な事を言うと不敬罪で罰せられる。そうなったら、私一人の罪ではなくて、私を育ててくれた村の人たちを巻き込んじゃうかもしれないからね。

皆のために言葉を呑み込むけど、好きでもない王子から解放されたのは、本当に良かった。正直言って、他の巫女《みこ》たちもこの王子の事は嫌がっていたしね。

ひとまず、酒場の二階にある宿へ自分の荷物を取りに行った。

「では、私はこれで。短い間でしたが、お世話になりました」

「待て。婚約の際に渡した宝石があるだろう。あれは返してもらおうか」

「……こちらですね。お返しいたします」

小箱に入れっ放しで、存在すら忘れていた宝石を王子に渡す。

こうして私は、王子が財力にものを言わせて集めた、まとまりのない冒険者パーティから抜けたのだった。

第一章　婚約破棄から始まる自由な生活

「さてと。久々に自由の身になれたんだけど、これからどうしようかな」

十六年間、巫女《みこ》として育てられ、いきなりトリスタン王子の婚約者に選ばれた。初めて村の外へ出たのは半年前だ。

そこからは、王子がお金で雇った冒険者たちの食事を作り、戦闘に不向きな水魔法しか使えないと、ひたすら地図を見たり描かされたりしてきた。幸か不幸か、そのおかげで地図さえあればどこにでも行けそうだし、せっかくだから、いろんな国を巡ってみようかな。

――くぅぅぅ。

これから何をするかが決まり、いざ出発！　というところで、私のお腹が盛大に鳴る。

そういえば、今日の冒険を終え、村で唯一の酒場で夕食にしようとして、追放されたんだ。

お風呂にも入っていないから肩まである青髪も汚れているし、お気に入りのシャツと青いスカートも汚れたまま。

……お風呂とまではいかなくとも、せめてご飯を食べた後に追放してくれれば良かったのに。

「仕方ないわね。唯一の食事処兼宿にはトリスタン王子が居るし、今から別の街へ移動するのは無謀だし、村の近くで野宿かな」

この半年間の冒険者生活のおかげで野営にも慣れた。村から少し離れた森の中で、着々と準備を進める。幸い、私は料理係をしていたので、数人分の食材や調理器具も荷物に入っているし、魔物避《よ》けのお香で弱い魔物は近寄れないから、一晩くらいは余裕で過ごせるね。

自分の大きなお腹の音を聞きながら大急ぎで火を熾《おこ》し、鍋を火にかけると、水魔法で鍋一杯の水を生み出す。そこへ切った野菜を入れ、調味料で味付けして……野菜スープの出来上がり！　それをパンと一緒に食べれば……うん、美味しいっ！

「……って、しまった！　いつもの癖で、数人分作っちゃった」

味見したところでようやく気づいたけど、お鍋に入っているスープは私一人で食べきれる量ではない。でも作ってしまった料理を無駄にするのも嫌だし、どうしようかと考えていると、

「ほぉ。ずいぶんとうまそうな匂いがすると思ったら、こんなところに人間が居たのか」

何か……居た。

闇の中から男性とも女性ともいえる中性的な声が聞こえてきた。巨大な瞳がこちらを見つめ、荒く大きな息遣いが聞こえる。

人の言葉で話しかけてきたけれど、これは絶対に人ではない。

暗闇の中で光る瞳から目を離さず、ゆっくりと後退すると、焚火《たきび》に照らされた大きな顔が映し出された。

「嘘……でしょ？　どうして……どうして妖狐《ようこ》が⁉」

私の前に災厄級と呼ばれる、出会ったら即死間違いなしの最上位S級の魔物「妖狐《ようこ》」が居た。別名「九尾の狐」を証明するかのように、何本にも分かれた尻尾が蠢《うごめ》いている。

あのバカ王子トリスタンが妖狐《ようこ》を見てみたいと言い出し、皆の反対を押し切って目撃情報があった小さな村へやってきたんだけど……まさか本当に居るなんて。

「人間の女よ。名は何という？」

「あ、アニエス・デュボアです」

「ふむ。アニエス……このスープ、少し分けてくれまいか？」

え⁉　妖狐《ようこ》がこのスープを欲しがっている⁉

「ど、どうぞ。正直、作りすぎて困っていたので」

「そうか。では、遠慮なくいただくとしよう」

そう言うと、妖狐《ようこ》は前足で器用に鍋を運び、大きな口で大量のスープを一呑みにしてしまった。

「……こ、これはっ⁉　アニエス。一体、このスープはどうやって手に入れたのだ⁉」

妖狐《ようこ》が驚いた様子で声を上げる。今更だけど、私は魔物と会話している方が驚きだよ。

「どうやって……って、普通に作ったんですけど、もしかして狐が食べちゃいけない材料が入っていました？」

「バカ者！　そんな話ではない。このスープは、神水《しんすい》ではないかっ！」

「神水《しんすい》っ⁉　……って、何ですか？　私が水魔法で出した普通の水ですけど」

「ふ、普通な訳があるかっ！　これは、飲むだけで数時間、全ての能力が倍増する神の水だっ！　アニエス……お主は水の神に愛されし聖女なのではないか？」

飲むと能力が倍増する神の水⁉　何を言っているの⁉

「聖女だなんて……あ、でも元は水の神様の巫女《みこ》をしていましたけど。そのせいかな？」

「いや、気づいていないだけで、元より水の聖女だったのだろう。水の神は同時に二人以上を愛する事は絶対にない。お主は世界で唯一無二の水の聖女なのだ」

え？　えええええっ⁉　私が水の……聖女⁉

「あ、あの……水の聖女って、世界を救ったり、悪しき魔王を倒す勇者を支援したりしなければならないんですか？」

「……アニエスがそうしたいのであれば、すれば良いのではないか？　別に水の聖女だからといって、やらなければならない事がある訳ではないからな。好きにすれば良いだろう」

恐る恐る聞くと、妖狐《ようこ》が意外にも気安く答えてくれる。

でも、良かった。いきなり聖女だ……なんて言われて、世界中の人々を救う旅に出ろとか、魔王と戦わないといけないのかと思っちゃった。

「それなら、いろんな国をまったり見て回ろうと思っているんですけど、それも大丈夫なんですね」

「もちろん構わないだろう。我は長年同じ地に居たからな。アニエスと共に他の地を見てみるのも悪くない」

あれ？　私と共に……って、ついてくるの？

「えっと、私と一緒に行くんですか？」

「もちろんだ。アニエスといれば、神水《しんすい》が毎日飲めるのであろう？　そうすれば、封じられた我が力も取り戻せるかもしれん」

「封じられた……って、え？　あなたは妖狐《ようこ》――九尾の狐ですよね？」

「いかにも、我は九尾の狐だ。だが、見よ。今の我には三尾しかないのだ」

妖狐《ようこ》が見ろと言うので、恐る恐る後ろへ回り込むと、前からは何本もあるように見えた尻尾が、確かに三本しかない。

「このため、今の我は本来の半分以下の力しか出せないのだ」

なるほど。それならS級の魔物である妖狐《ようこ》も、今ではB級くらいの強さなのかな？

まぁ、私にはB級の魔物も倒せないんだけどさ。

「だが、アニエス。お主の神水《しんすい》のおかげで魔力が一時的に増え、本来の姿に戻るくらいはできそうだ」

「え？　本来の姿⁉」

「その通り。久々に元の姿に戻れるぞ！」

待って！　今でも十分大きいのに、本来の姿に戻る……って、もっと大きくなるって事なの⁉

無理無理無理無理無理！　今だって、すでにめちゃくちゃ怖いんだよ⁉　こうして、気絶せずに会話しているのが奇跡みたいなのに……って、え？　あれ？

「あ、あの……妖狐《ようこ》さん？」

「いかにも。我が名はイナリ。アニエスのおかげで、久方ぶりにこの姿に戻る事ができた。感謝する」

そう言って、妖狐《ようこ》――イナリさんが頭を下げてきたんだけど、待って。本当に待って。あの大きなオオカミみたいな三尾の狐の姿から、何がどうしたらこんな中性的で綺麗な人になるの⁉

背は小柄な私よりも頭一つ分高くて、銀色の髪がサラサラと腰まで伸びている。二十歳前後だと思われる整った顔は、男性にも女性にも見える。しかも、東方のユカタ……だったかな？　ゆるい服を着ているので、身体つきからも、性別がどちらか判別し難い。

あまりにも綺麗なので、しばらく見惚《みと》れていると、

「ところで、どうしてアニエスは、このような森の中にいるのだ？」

イナリさんが私を見つめ返してきた。……って、質問されているんだ。流石《さすが》に、ぼーっとしすぎだったね。

「いろいろあったんですけど……婚約破棄されて冒険者のパーティを追放され、お腹が空《す》いたから食事にしようとしたけど、村では食べにくいから、ここでご飯を作っていたら、あなたが来た……って感じかな」

「……ふ、ふむ。どうやらいろいろあったみたいだな」

でも、その中でも一番驚いたのは、婚約破棄された事よりも、S級の魔物が現れて目の前で美男子？　美女？　に変身した事だけど。

「よし。先程の話から察するに、腹が減っているが、村に入れず食事にありつけないという事だな。ならば、我に任せるが良い」

任せるが良い……って、イナリさんが私のご飯を全部食べちゃったんだけどね。

「今からあの村を支配してこよう。なに、二分もあれば終わるだろうから、ここで待って……」

「ダメダメダメダメ！　あなたが言うと、本当にやりそうで怖いっ！」

支配って何⁉　イナリさんは、あの村で何をする気なのっ⁉

「ん？　もちろん本当だが？」

「いいから！　ご飯は作り直せば良いんだから！　食材もたくさんあるし」

「そうか。ならば我の分も頼む。アニエスの作る食事はとてもうまかったので、ぜひ」

ま、まぁ、そうまで言うなら……もう、仕方ないなぁ。パパッと作っちゃいますか。

荷物から新たに食材を取り出し、調理器具などを改めて準備する。

「ほう。ずいぶんと手際が良いな」

「まぁ、パーティで毎日料理していましたから」

イナリさんが、トントントンと野菜を切る私の様子をじっと眺める。

……何ていうか、美形にジッと見つめられると恥ずかしいんですけど。

「ふむ……なるほどな。少し待っているが良い」

そう言って、イナリさんがどこかへ行ってしまった。

もしかして、読心術を使えるのだろうか。恥ずかしいのは恥ずかしいけど、どこかへ行ってしまわなくても良いのに。

「待たせたな」

「……って、ずいぶんと早かったですけど、何をなさっていたんですか？」

「あぁ、肉を調達してきた。先程も思ったが、やはり肉がないと食べた気がしないからな」

少しするとイナリさんが戻ってきた。食べた気がしない……って、私の夕食を全部食べちゃったくせに。けど、お肉があるのは嬉しいかも。保存のきかないお肉や魚は冒険に持ち運べないから、街や村にいる時しか食べられないもんね。

おそらく、近くにいた鳥を捕まえてきてくれたのだろう。羽毛の処理だけでなく、血抜き処理までされた鳥肉をイナリさんが提供してくれた。

思わぬ食材が手に入ったので、メニューを変えて鳥肉を使ったシチューを作ろう。

「ほぉ。食材を洗うのも神水《しんすい》なのか。贅沢だな」

「だ、だって、普通の水魔法だと思っていましたし。あと、水魔法でいくらでも水を出せるから、水は持ち運んでなくて、これしかないし……」

再び美形のイナリさんに見つめられ……って、肉しか見てない⁉

……とりあえずシチューが完成したので、ようやく私も夕食にありつける。

「どうぞ」

「おぉ、すまないな。……うん、やっぱりアニエスの作った料理はうまいな」

「え、えへへ。いやー、それ程でも。じゃあ、私も……ん？　このお肉、めちゃくちゃ美味しいですね！　何のお肉ですか？」

「我が狩ってきた肉か？　これはサンダードラゴンの雛《ひな》だ」

――ぶふぅぅうっ！

「急にどうした？　生煮えだったのか？」

「な、生煮えとかじゃなくて、サンダードラゴン⁉　ドラゴンなんて、S級の魔物じゃない！　というか私、ドラゴンのお肉を食べちゃったの⁉」

ねぇ、ドラゴンって食べられるの⁉　というか、人間で食べた事がある人って居るの⁉」

「うまいであろう。親ドラゴンの肉は硬いから、食べるならドラゴンの雛《ひな》に限る」

「雛《ひな》に限る……じゃないわよっ！　そんなの食べて大丈夫なのっ⁉」

「普通に調理しただけだと、人間は死ぬかもしれんな。だが、お主は水の聖女。神水《しんすい》で洗って調理しておるし、大丈夫であろう……たぶん」

いや、たぶんって何⁉　そこは確証をもってよ！　保証してよ！　安心させてよっ！

「神水《しんすい》は、能力値を増加させるだけでなく、あらゆる状態異常を回復する。まぁ、心配しなくてもよい。それより早く食べないと、我が全て食べてしまうぞ？」

「……もう、こうなったらヤケよっ！　死ぬ前に、美味しいお肉をいっぱい食べてやるんだからっ！　……くっ、どうして魔物のお肉がこんなに美味しいのよっ！」

「はっはっは。アニエスは食いしん坊さんだな」

美味しいお肉をヤケ食いし、食べきれなかった分はイナリさんが――ううん、もう呼び捨てで良いわよ！　イナリがたいらげる。

イナリは細身なのに、あの大量に食べたものはどこへ消えるのだろうか。

そんな事を思っていると、食べ過ぎたのか、それともやっぱり毒だったのか、頭痛がしてきた。

「イナリ……何だか、頭が痛いんだけど」

「神水《しんすい》を飲めば治るのではないか？　万能薬と同等の効果があるからな」

イナリに言われた通り、水魔法で作り出した水を飲むとすぐに頭痛が引いていった。

「む⁉　アニエス……お主、魔力が大幅に増えておるぞ？」

「神水《しんすい》を飲んだからかしら？」

「いや、それは食事中にも飲んでいたであろう。詳しく診《み》るから、少し動かないでくれ」

イナリがジッと私を見つめてくる。

やっぱり男性か女性か気になるな……

「おぉ、すごいぞアニエス。サンダードラゴンの肉を食べたからか、雷の魔法が使えるようになっているぞ」

イナリが変な事を言い出した……って、何⁉　今、何て言ったの⁉　使用できる魔法は生まれつきで決まっているのに、どういう事なのっ⁉

「試しに雷魔法を使ってみてはどうだ？　どの程度の効果なのか把握しておいた方が良いであろう」

あ、やっぱり雷魔法は聞き間違いではなかったんだ。ひとまずイナリに言われた通り、水魔法を使う時と同じく、雷が出るように念じてみる。

——バチッ。

「うわ……本当に雷みたいなのが出た」

使えてしまった。

ただ、雷魔法といっても指先から小さな雷を放つだけなので、戦闘には使えないと思うけど。

「食べたのがサンダードラゴンの雛《ひな》だから、小さな雷を生み出す事しかできないのかもしれんな。よし、今から親ドラゴンを……」

「要らないから！　お腹空《す》いてないし、何だかすごい戦いになりそうだし！」

「はっはっは。我にとってドラゴンの一匹や二匹、大した事はないぞ？　ただ、満腹は確かにいかんな。うまいはずの食事の味が半減してしまう」

イナリは満腹ならば……と、止めてくれたけど、私としては味がどうこうよりも、これ以上変なものを食べたくないんだってば。

……まぁ、味は今まで食べた中で一番じゃないかってくらいに美味しかったんだけどさ。

食事の後片付けを済ませ、水で濡らしたタオルでもぞもぞと服を着たまま身体を拭いたり、髪を拭いたりして、お風呂の代わりを済ませる。

「私はこれから就寝するけど、イナリはどうするの？」

「そうか。では、我も休むとしよう」

イナリが私の敷いたシートに腰掛ける。

これは……その、私と一緒に寝るっていう事だろうか。

その……何ていうか、私たちは出会ったばかりだし、まだお互いをよく知らないし、というか本気でこれから行動を共にするのかな？

ものすごく綺麗な容姿のイナリが隣に座って、心臓が爆発するくらいにドキドキする。

「これは一人用か。ちと狭いな……これで良いか」

突然イナリの姿が、私が抱きかかえられる程に小さく、白銀の毛に覆《おお》われた狐に変わる。

「え？　イナリ……なの!?　か、可愛いーっ！　尻尾がモフモフしてるっ！」

「いかにも我だが……こら、すりすりするなっ！　尻尾で遊ぶでない！」

不機嫌そうなイナリの言葉を無視してしばらくモフモフを楽しみ、ふと疑問に思って聞いてみた。

「イナリは、人間の姿が本来の姿って言ったけど、それならこの可愛い姿やあのたくさん尻尾が生《は》えた大きな姿は何なの？」

「この姿は隠密用の姿だ。とはいえ、簡単な魔法は使えるぞ。ドラゴン……は難しいかもしれんが、この辺りに居る魔物くらいは簡単に仕留められるから、安心するが良い。あと、最初に会った時の姿は戦闘用の姿だな。牙や爪で物理攻撃ができる」

「で、その戦闘用の姿で力を封じられて、元の姿に戻れなくなっていたの？」

「その通りだ。だが、アニエスのおかげで、元の姿に戻る事ができた。誠に感謝する」

そう言って、子狐の姿のイナリが私の腕の中でペコリと頭を下げる。

……大変！　可愛すぎる！

今のイナリは可愛いし、本来のイナリは綺麗だし……でも、寝る時は今の姿の方が良いかな。あの姿だと、ドキドキしっぱなしで眠れないよ。

「我はしばらくアニエスと行動を共にさせてもらう。神水《しんすい》の効果が数時間で切れてしまうからな」

改めてイナリが私についてくると言い出した。

「一緒に行動するのは構わないけど、私はのんびりいろんな国を見て回ろうと思っているだけで、目的はないけど、良いの？」

「構わんさ。我の力を封じた者たちの手掛かりがある訳でもない。アニエスと一緒に、のんびりと多くの場所を旅して、何かが見つかれば良いと思っている」

「それなら構わないわよ。じゃあ、これからよろしくね。イナリ」

「あぁ、こちらこそよろしく頼む」

こうして王子様の冒険者パーティを追放された私は、九尾の狐と呼ばれているイナリと、のんびりいろんな国を巡る事になった。


「ふわぁ……ん？　何だろ……このモフモフ。すごく気持ち良い……」

「アニエス……おい、アニエス」

「この全身をモフモフで包まれている感じ……何だか、幸せ」

「アニエスーっ！」

突然大きな声で呼ばれ、ぼやけた視界を見渡すと、視界いっぱいに大きな口があった。

「ひゃぁぁぁっ！」

「アニエス、我だ。イナリだ」

「え？　イナリ？　……どうして、その大きな狐の姿になったの？」

「昨夜眠っている間に、神水《しんすい》の効果が切れたようだ。すまないが、我に神水《しんすい》をくれぬか？」

眠気が一気に吹き飛び、心臓がバクバクしたけれど、イナリとわかると怖くないのはなぜだろうか。やっぱり一緒に食事をして、会話したからかな？

ひとまずリクエスト通り、大きく開いた口の中に水を生み出すと、イナリの身体が小さくなって昨日の中性的美人へと姿を変える。

「うーん。夜寝る前に、お水を飲んでから寝るのが良いのかな？」

「そうかもしれんな。しかし、アニエスよ。我の尻尾を触るくらいならともかく、三尾の尻尾に埋もれて寝るのはどうなのだ？」

「え？　私、そんなところで寝ていたの？　……ね、寝心地はすごく良かったよ？」

モフモフベッドの正直な感想を伝えると、イナリが無言になってしまった。あれ？　何か呆れられた？　それにしても美形はジト目でも美形なのね。

朝食の準備をするため、昨日の夕食を作った簡易カマドに火を点けようとして、ふと気づく。

「これってもしかして、簡単に火を点けられるんじゃない？」

枯葉を指さし、サンダードラゴンのお肉を食べて得た、小さな雷を起こす魔法を使うと、すぐに火が点いた。

やったね！　これで水を持ち運ばなくて済む上に、面倒な火熾《おこ》しが簡単にできるようになったよ！

……ますますパーティの料理係に適する能力を得た気がする。まあ、いっか。

簡単な野菜スープとパンで朝食を用意し、イナリと一緒に食べる。

「むぅ。アニエスの料理はうまいのだが、やはり肉が欲しいな」

「……ドラゴンのお肉はもうやめてね」

「ほう。では、オークキングの……」

「今日は街へ移動するつもりだから、そこでお肉を買いましょう！　普通の……普通のお肉をっ！」

イナリの言うオークキングも、確かA級の魔物だったはず。お肉を調達してくれるのは嬉しいけれど、普通のお肉にしようよ。

野営の後片付けをして、荷物を纏《まと》めた。

「じゃあ、冒険者ギルドのある街へ行くわよ」

イナリに声を掛けて歩きだす。

「ふむ。アニエスは冒険者になりたいのか？」

「そういう訳じゃないのよ。いろいろあって冒険者のパーティを追い出されたけど、今のままだと元のパーティメンバーはギルドを通じて私の情報を得られるのよね。いつ、どこで、どんな依頼を受けたとかっていうのが」

「なるほど。つまり、何らかの手続きをして、その情報を元仲間とやらに見られないようにしたいのだな」

「うん。お互いに、もう顔も見たくないし、完全に決別しようと思って」

「完全に決別か……誰かは知らぬが、アニエスが望むなら、そやつを消してくるが？」

「それはやり過ぎだってば。イナリはもう少し優しさを覚えようよ」

「何を言う。我はすごく優しいぞ？　アニエスだけには」

い、イケメンっ⁉　俺が優しくするのはお前だけだぜ……みたいな。

「そうだ。我の優しさを実際に見せてやろう。その大きなカバンを貸してみよ」

「良いけど何するの……って、消えたっ⁉　ちょ、ちょっと！　あのリュックの中には、野営の道具とか食料とか、私のお財布とかが入っているんだけど！」

「案ずるな。ほれ……こうすれば出てくる。我が闇魔法による、異空間収納だ。これで重い荷物を運ぶ必要はないぞ」

えーっと、闇魔法に異空間収納？　そんなの普通の人は使えないんだけど。

「イナリ。その異空間収納魔法っていうのはすごく便利なんだけど、人前では使わないでね」

「む？　なぜだ？　肉を買うのであろう？　異空間収納に格納しておけば、新鮮なままで保管できるのだが」

「あの、そんな便利な魔法があれば、皆使うでしょ？　でも、その魔法を使っている人を見た事がないの。という事は、そんな魔法を使うイナリは特別な人——妖狐《ようこ》だってバレちゃうかもしれないじゃない」

「それに問題があるのか？」

「大ありよっ！　とにかく、さっきの魔法は人前では使わないで！　わかった⁉」

大きくて重い荷物を運ばなくても良いから、すごく楽に移動できるけど、イナリの正体がバレちゃうのはマズいからね。

そんな話をしながら歩いていると、大きな壁に囲まれた街、レイムスの近くまでやってきた。大きな街だけあって、街へ入る出入り口では身分証の提示を求められる。イナリから荷物を出してもらおうとしてふと気づいた。

「……って、イナリ！　何か身分証って持っている？　国が発行している身分証じゃなくても、冒険者ギルドが発行している冒険者カードで良いんだけど」

「身分証？　はっはっは、アニエス。ある訳ないだろう？」

「だよねー。どうしよう。兵士さんに捕まっちゃう」

小さな村なら、わざわざ身分証のチェックはされないけど、大きな街はしっかり確認される。

身分証を持っていないと出身地やこれまでどうやって暮らしてきたのかを根掘り葉掘

り聞かれるらしい。どれだけ事前に設定を考えたとしても、イナリは絶対にボロが出てしまう気がする。

「ふむ。ならば、その兵士を倒して……」

「ダメだってば」

「ならば、壁を壊して……」

「それも却下」

そもそもイナリにはごまかしながら何とか身分証チェックを穏便にやりすごすっていう発想がなくて、強行突破しかない。

その後も、イナリは門に居る兵士を闇魔法で混乱状態にして通るとか、街の近くで爆発を起こしてドサクサに紛れて街へ入るとか、後で問題になりそうな案ばかりを出してくる。これから、いろんな国を見て回ろうって話をしていたのに、移動する度にそんな事をするのは嫌だよ。

冒険者ギルドで身分証代わりになるカードを発行してもらうにしても、そのためにはやっぱり何かしらの身分証は必要だし……

「そうだ！　良い方法を思いついた！　イナリ、きっとこれなら大丈夫だから協力してねっ」

「アニエス。お主と行動を共にするためなら、我は協力を惜しまんつもりだが……何をさせる気だ？」

「ふっふっふ。それはね……」

思いついた案を説明し、ちょっとした準備をして街の出入り口へ向かうと、身分証チェックを待つ人たちの列に並ぶ。

「身分証を……通って良し」

「身分証を……ん？　カードの字が消えかかっているぞ。通って良いが、ギルドで再発行してもらうように」

「身分証を……通って良し」

兵士さんに身分証を提示すれば、ほんの数秒で通過できるので、サクサク進み、あっという間に私の番になった。

「身分証を……ふむ。通って良……って、待った！　足元に居るそれは一体何だ？」

「シルバー・フォックスの子供です。ダンジョンでテイムしたんです」

「ほう。魔物を従えるとは珍しいな。しかし、シルバー・フォックスなんて魔物がいたかな？」

「居ます、居ます。実際、ここに居る訳ですし」

「ふむ。まぁ冒険者カードによるとA級冒険者らしいし、魔物を従えさせる事もできるのであろう」

やったね。上手くいった。

人間の姿であれば身分証を求められてしまう。いっそ魔物の姿でいけば大丈夫だと考えたんだけど、読みが当たったみたい。実際、魔物を使役するテイマーっていう冒険者も居るらしいしね。なので、そのまま街の中へ行こうとする。

「では、その魔物を冒険者ギルドへ登録するため、ギルドまで同行しよう」

兵士さんがついてこようとした。

「いえ、流石《さすが》にそこまでしていただくのは迷惑をかけてしまいますし、一人で行けますので」

「いや、テイムされた直後の魔物を街へ入れる場合は、兵士がギルドまで同行するのがルールなのだ。いろいろ予定はあるかもしれんが、真っ先に冒険者ギルドへ向かってくれ」

あれ？　私の計画では、街に入ったらイナリに元の姿に戻ってもらうつもりだったんだけど、ギルドへ強制連行されちゃうの⁉

テイムした魔物の登録なんてした事ないけど、冒険者ギルドでイナリを調べられない……よね⁉

内心不安になりながら、兵士さんに同行されて子狐姿のイナリを抱えて街の大通りを歩く。

……これ、イナリが両手で抱えられる大きさだから良いけど、大型の魔物をテイムした人って、どうするんだろ？　街がパニックになりそうだし、やっぱり街の外で待機させておくのかな？

そんな事を考えているうちに、兵士さんが大きな建物の前で足を止める。

「着いたぞ。ここがレイムスの街の冒険者ギルドだ」

「ありがとうございます。では、あとは私一人で……」

「だから、ギルド職員に引き渡すまでダメなんだよ。というか、やけに一人になりたがるな？　そんなに一人になりたがるのは……」

しまった。態度が露骨すぎた⁉　素直に従っておけば良かった！

「トイレに行きたいのか。悪いがもう少しだけ我慢してくれ。さぁ、行こうか」

あ、何か気を遣われてしまった。

私、そんなにモジモジしていた⁉　いや、ソワソワしていたから、そのせい？　ひとまず、これ以上変な言動はしない方が良いと判断し、素直にギルドの中へ入っていく。

「お、テイマーか？　珍しいな」

「けど、あんな魔物、見た事ないな」

「……モフモフいいなー」

冒険者たちが子狐のイナリを見て、好き勝手に話を始める。

「エレーヌ。魔物をテイムした冒険者を連れてきた。じゃあ、あとは任せた」

兵士さんが女性のギルド職員さんを呼び、次は彼女の指示に従うようにと言って、去っていく。

「あら、可愛いわね。初めまして……よね？　冒険者ギルドの職員、エレーヌよ」

「そうですね。この街の冒険者ギルドには初めて来たので。えっと、アニエスです。あと、こっちはイナリです」

「じゃあ、まずは冒険者カードを見せてくれるかな？　それから、そのイナリちゃんを登録するために、少し質問させてね」

言われた通りにカードを渡すと、

「えっと、アニエスちゃんは十六歳で……え？　A級冒険者⁉　し、失礼しました」

予想通りのリアクションだ。

うん。私だって自分がA級冒険者にふさわしいなんて思ってないよ。トリスタン王子についていって、料理して地図を見ていたら、いつの間にかA級になっていて……自慢じゃないけど、私自身は一度も魔物を倒していないからね。……ほんっとに、何の自慢にもならないけどさ。

「あの、A級冒険者さんがどうして魔物をテイムされたんですか？　履歴を見ると、初めてのテイムみたいですし、これまでの戦い方を変えるのって、リスクが伴うと思うのですが」

「え、えーっと、いろいろあって、戦い方を変えざるを得ないというか……」

兵士さんに連れられて仕方なく……とは言えないので、しどろもどろになりながら、自分でもよくわからない事を喋《しゃべ》る。

「あ、なるほど。そういう事ですね」

「え？　今のでわかっちゃったんですか⁉」

「はい。冒険者の等級に限らず、時々あるんですよー。冒険者パーティの仲違いが。突然、冒険者を辞めて商売をするって言い出したり、パーティ内の色恋沙汰でケンカになったり、冒険の方向性が違うって言い出したりとかねー」

エレーヌさんが、微妙に近い事を言い当て、一人でウンウンと頷く。

とりあえず、そんな理由でいいや……と適当に同意する。

「では次に、テイムした魔物をどれだけ従わせているか、テストします。これで問題なければ、ほぼ終わりですので」

エレーヌさんが、服従度テストをすると言った。

いや、イナリはただの可愛い子狐に見えて、実はS級の九尾の狐なんだけど……あー、ものすごいジト目を向けられている。でも、このテストさえクリアすれば自由だから、協力して！

イナリに伝わっているかはわからないけれど、必死に目で訴えていると、

「では、最初のテストです。アニエスさんとイナリちゃんに無関係な第三者……つまり私が美味しそうなお肉を持っています。イナリちゃんは、勝手に人のものを食べたりしないでちゅよねー？」

エレーヌさんが突然子供に話しかけるような口調になり、小さな骨付き肉をイナリの前でピコピコと左右に振る。要は人のものに手を出さないっていう確認なんだろう。

ふふっ、きっとエレーヌさんは小動物が好きなんだろうな……って、和《なご》んでいる場合じゃなくて、イナリはお肉に弱い。

だ、大丈夫よね？　ドキドキしながらエレーヌさんと観察していると、イナリが不機嫌そうにプイッと顔を背ける。

良かった。いくら食いしん坊のイナリでも、こんなのに手を出したりはしないみたい。

それから、いくつか似たようなテストが行われた。

「では最後に、ご主人様の指示にどれだけ応えられるかのテストです。アニエスさんが、イナリちゃんに何でも良いので、動く系の指示をしてください」

エレーヌさんから、今度は私がイナリに命令するテストを行うと言われてしまった。

何を命令すれば合格で、どこまでならイナリが怒らないいんだろう？

手探りでやるしかないんだけど、子狐の姿でもわかるくらいにイナリが不機嫌だよっ！

「い、イナリ……じゃあ、前に五歩前進」

そう言うと、イナリはすっごいジト目で見た後、やれやれ……といった感じで五歩進み、「これで良いか？」と言わんばかりに、私を見る。

「どうぞ、続けてください」

だけど、これだけでは足りないらしく、エレーヌさんが催促してきた。

「じゃあ、イナリ。その場で右回りに一回転……次は後ろへ三歩戻って、スキップしながら私のところへ……可愛いっ！」

小さなモフモフ子狐がぴょこぴょこスキップしながら、私に向かってくる。あまりにも可愛いので、新たなリクエストをしてみる。

「じゃあね、じゃあね、次はそのまま私の周りをクルクルーって、スキップで回って！」

あぁー、可愛いっ！　可愛い、可愛い、可愛いっ！

イナリが小さく跳ねる度にモフモフの尻尾が揺れ、つぶらな瞳は……瞳は、若干怒っているね。

はい、調子に乗りすぎました。

「えっと、こんな感じで私とイナリはすごく仲が良くて、言う事をちゃんと聞いてくれるんですけど、いかがでしょう？　……って、エレーヌさん？　エレーヌさーん!?」

「……あっ、すみません。あまりにもアニエスさんとイナリちゃんが可愛くて、悶絶《もんぜつ》していました」

「そ、そうですか。ところで、試験はいかがでしょうか？」

「もちろん合格ですよー！　では、こちらの首輪をイナリちゃんにつけてあげてください」

そう言って、エレーヌさんが可愛らしいピンク色の首輪を取り出す。

何でも、冒険者ギルドが発行している番号が付与されているそうで、これから街などへ入る時は、これを見せれば良いそうだ。でもイナリは白銀の毛だから、ピンクは目立ちすぎるよねー……じゃなくて、これって子狐の状態でつけたら、人間や大きな狐の姿になったら確実に千切《ちぎ》れるよね？

「あの、これって必ず身につけないとダメですか？　イナリはこういうのを嫌うんですけど」

「んー、なるほど。そういう事でしたら、こちらのリボンタイプはいかがでしょう。普段はつけなくても良いので、街の中を移動する間だけでも腰とか脚とかにつけていただければ」

「わかりました。あ、ついでに他の色ってないですか？　流石《さすが》にピンクは目立ちすぎるので」

そう言うと、可愛いのに……と、なぜかエレーヌさんが口を尖《とが》らせながらも、クリーム色のリボンをくれた。まぁ、この色なら、そこまで目立たないから良いかな？　何より簡単に外せるし。

「では、これでイナリちゃんの登録は完了しました。他の用事はございますか？」

一仕事終えた……といった様子のエレーヌさんだけど、ごめんなさい。もう一つある……というか、私としてはこっちがメインなんだよね。

「あの、実は……冒険者カードを再登録してほしいんです」

「ええっ⁉　再発行ではなく、再登録ですか？」

「はい。今の状態だと元のパーティの人たちに、私の情報を知られてしまうので」

「あー……確かにその通りですが、良いのですか？　せっかくA級冒険者なのに、一番下のE級になってしまいますよ？」

「はい、構いません」

　エレーヌさんは思い留まらせようとしているけど、私の実力にはE級がふさわしいもん。薬草摘《つ》みとか、荷物運びなんかをしながら、まったりいろんな国を観光するんだ。幸い野営は慣れているし、どこでも生活できると思うんだよね。

「なるほど。別れた恋人が追ってくるんですね？　再登録しなくても、元のパーティの人たちを閲覧禁止とかにできれば良いのですけどね」

　勘違いした様子のエレーヌさんが、ウンウンと頷いている。別に良いけど、エレーヌさんは思い込みが激しすぎない？

「わかりました。ではアニエスさんを再登録するので、古いカードはこちらで破棄いたしますね。それからイナリちゃんの情報も、こっちで登録しておきますので」

　そう言って、今の冒険者カードと引き換えに、新しいカードを受け取る。

　よしっ！　これで、晴れてあの王子と完全に決別したわっ！

「あの、エレーヌさん。早速で悪いんですけど、何かお仕事ってありますか？」

「そうですね。こんなのはどうですか？　カトブレパスの目撃情報があったので、その調査なんですけど」

「で、できれば他のが良いです」

「そうですか。Ｂ級の魔物なので、アニエスさんにちょうど良いかと思ったんですが」

王子たちと完全に決別できたので、早速のんびりといろんな国を見て回るための資金稼ぎをしようと思ったんだけど、一人でＢ級の魔物を倒すだなんて、ハードルが高すぎるよっ！

「もう少し簡単な依頼の方がありがたいです」

「では、こちらはいかがでしょう？　隣の街まで行く馬車の護衛です」

「あ、それって、他の冒険者さんたちも参加される依頼ですよね？」

「そうですね。ですが、ちょっと依頼料が安くて、受けてくれる人が居ないんですよ。でも、元Ａ級冒険者のアニエスさんなら一人で受けられるお仕事ですし、一人で複数人分の依頼料を貰えるので、割は良いと思いますよ」

「えーっと、一人だとちょっと心許ないというか、寂しいというか。もう少し難易度の低い依頼はありませんか？」

本音を言うと、怖いよっ！　魔物や盗賊とかが襲ってくるかもしれないのに、私一人で護衛なんて無理よっ！

「先程の護衛はC級冒険者向けの依頼なのですが、これ以上低いとなると、D級やE級のお仕事になってしまいますよ？」

「むしろ、そっちでお願いします。E級で十分です」

「えーっ⁉　元A級冒険者なのにですか⁉　A級のお仕事と比べると、ほんっとに微々たる報酬しか出ませんよ？」

「はい。それで良いです」

エレーヌさんに相談した結果、E級――冒険者になりたての人が受ける依頼の定番中の定番、薬草摘《つ》みのお仕事を受けた。ようやく、私の実力にふさわしいお仕事を紹介してもらえたよ。

「まぁ事情はあるのでしょうが……では、薬草や毒消し草などの、薬の材料となる植物を集めてきてください。これは特にノルマなどはなく、集めていただいた分だけギルドで買い取ります」

「この辺りだと、どこへ行けば生《は》えていますか？」

「街の西側にある草原か、北側の森ですね。草原は数が少ないですけど、見晴しが良くて安全です。森は数多くの植物が採れますが、魔物と遭遇する事があります。……といっても、現れるのはＤ級の魔物ですけどね」

　エレーヌさんから一通り説明を受けて冒険者ギルドを出ると、人気のない薄暗い路地へ入り、そこでイナリが本来の姿に戻る。

「ふぅ……アニエス。先程受けていた依頼というのは、何だ？」

「一言で表すと、薬草摘《つ》みのお仕事よ。いろんな国を見て回るにしても、別の国へ行くにはお金が必要なのよ」

「ほぉ。それで、その費用を稼ぐ……というのはわかったのだが、なぜカトブレパス討伐を受けなかったのだ？　カトブレパスなど、一瞬で倒せるというのに」

「イナリならそうかもしれないけど、私には無理よ。一度も戦った事がないし、イナリに全部お願いするっていうのも違う気がするし」

「ふむ……まぁ良い。では、早速行くとするか。行くなら当然森であろう？　そちらの方がたくさん薬草が生《は》えていると言っておったし」

「え、えっとね、私としては安全な草むらの方が良いかなーって」

「アニエス。お主は我の事を忘れているのか？　我はドラゴンですら、余裕で倒せるのだぞ？」

　イナリが不思議そうに首を傾げるけど、自分の力でできる仕事をしないといけないと思うんだ。そうしないと、王子と一緒に居た時と同じで、自分では何もできない冒険者になりそう……

「まぁ、おそらく自分の力で仕事をしたいと思っているのであろうが、何もかも自分でやる事が正しい訳ではなかろう。それぞれが得意な事を活かして協力し合うのが人間ではないのか？」

「た、確かに」

「そのために、先程のような仲間を探す場所があるのであろう？　アニエスは料理ができる。我は戦う事ができる。そうであろう」

イナリに諭されてしまった。

そうだね。冒険者として生きていくなら、私ができない事を補ってくれる仲間を探さないとね。

「ありがとう、イナリ」

素直にお礼を言って、二人で明るい大通りへ戻り、ふと気づく。

「イナリ……それ、可愛い」

子狐の状態で頭につけていたクリーム色のリボンが、ヘアバンドみたいにイナリの銀髪を纏《まと》めていた。

「……」

イナリはジト目で無言のまま、外してしまった。……せっかく似合っていたのに。

薬草摘《つ》みの依頼をこなすため、街の北側にある大きな森にやってきた。……来たのだが、森の中に入る第一歩がなかなか踏み出せない。

「よ、よーし。じゃあ、森に入るわよ！」

「……アニエス。その言葉は、三回目なのだが」

「そう言われても、怖いものは怖いんだから、仕方ないじゃない」

これまでの冒険は、常に男性が三人居て私を守ってくれたけれど、今は誰も居ない。

あんな王子といえども私を……って、待って。違うわね。守ってくれていたのは二人の男性で、あのバカ王子は私の後ろに居たわ。王族だから仕方ないって思っていたけど、今考えると結構酷いわよね。

「ふむ、埒《らち》が明かないな。では、我の後ろについてくるが良い」

そう言って、街を出るために子狐の姿となっていたイナリが、再び人間の姿へ戻る。

そして、私の不安な気持ちを打ち消すように手を引いて、ズンズン森の中へと歩いていく。

……私がしてほしいと思う事を的確に実行してくれるなんて、やっぱりイナリは読心術が使えるのかしら？

「この辺りで良いだろう。魔物が出てきたら我が倒してやるから、心置きなく薬草を摘むが良い」

「うんっ！　ありがとう、イナリ」

イナリに感謝しつつ、森の中に生《は》える薬草を探してみる。

「これは、薬草っぽいかな？　でも似ているだけ？」

「それはシャークヤ草だな。根が薬になるから、採取するなら根っこごと抜くべきだ」

「へぇー。そうなんだー」

イナリに教えてもらった通り、薬草っぽい草――シャークヤ草っていうらしい――を引き抜き、エレーヌさんから貰った籠《かご》に入れる。最初に会った時も森の中だったし、イナリは森に生《は》える植物に詳しいみたい。

「おぉ、アニエス。そこにスイズラカの樹があるぞ。その葉には、毒消しの効果があるのだ」

「え、えーっと……これ？」

「そうだ。葉でも十分効果があるが、花を酒に漬けると滋養強壮効果のある酒が作れる。だが、花は萎《しお》れているな」

「お水が足りないのかな？　じゃあ、水魔法で……えっ!?」

イナリから教えてもらったスイズラカの樹に、水魔法で生み出した水をあげるとポンポンと、たくさんの花が一気に開花した。それどころか、周囲に生《は》えている草木にまで花が咲いたり、実がなったりしているんだけど、どうして？　そんなに水不足だったの⁉

「流石《さすが》は神水《しんすい》だな。植物を急成長させたり、枯れ木を蘇《よみがえ》らせたりできるのか」

「そっか。普通のお水じゃないんだっけ。でもせっかくだから、このお花も摘んでおこうかな」

たくさん咲いているからと、全部採ってしまうのはマズそう。葉も花も間隔を空けながら摘む。

「アニエス。今の神水《しんすい》で、フィールビアードの実がなったぞ！」

「フィールビアードの実？　この木の実がどうかしたの？」

「食べると魔力が回復するのだ。激しい戦いで魔力を消耗した時のために、持っておくのも良いな」

「激しい戦い……って、イナリがそんな戦いをしたら周辺が更地になっちゃいそうなんだけど」

「うむ。あれは何年前だったか。あの戦いの時に、魔力を回復できれば……」

イナリが昔を思い出すように遠くを見つめる。

しかしドラゴンを簡単に倒せるイナリと激しい戦いをするなんて、どんな相手なんだろう。実在するかどうかは知らないけれど、魔王とか悪魔とか、ものすごい相手なのかしら？

イナリがフィールビアードの実を、ポイッと口に入れ、目を丸くする。

「――っ⁉　な、何だこれはっ⁉　普通のフィールビアードの実ではないぞっ！　……これが、神水《しんすい》の効果なのかっ⁉」

イナリ曰く、魔力の回復量が桁違《けたちが》いで、味も美味しいのだとか。

……ん？　さっき摘んだお花も、私が水をあげちゃっているけど、変な事になってないよね？

ちょっとドキドキしつつも、イナリと一緒に籠《かご》一杯に草花や木の実を採取したのだった。

――その頃のトリスタン王子――


「トリスタン様。そろそろ休憩にしませんか？」

「何を言う。まだ十階層へ来たところだ。いつもは、この倍は進んでいるだろ」

「そうですが、なぜか身体が重いし、このダンジョンは魔物が多くて……」

水魔法しか使えず一切戦力にならないアニエスの代わりに、三種類の魔法が使えるヴァネッサを加え、槍使いの男キースと斧使いのケヴィンを従えて、S級の魔物――妖《よう》狐《こ》が出るというダンジョンへやってきた。

しかし、たった十階層程下りただけなのにキースが休憩を求め、ケヴィンは何も言わないものの肩で息をしたりして、あからさまに疲れた演技をしている。

まったく。たったこれだけの移動でサボろうとするとは。この二人には安くない金を払って雇っているのだから、キッチリ働いてもらわないとな。

そう思っていたのだが、

「トリスタン様ぁー。私も、少し休憩したいなぁー」

「むぅ。ヴァネッサはパーティに入ったばかりだしな……仕方がない。どこか安全な場所で休憩にしよう。……地図を見せろ」

ヴァネッサがお願いしてきたので休憩する。

あらかじめ冒険者ギルドで買っておいた地図によると、十階層までは遭遇する魔物が弱く、十一階層から少し強くなるらしいので、ここで休んでおくのもアリだろう。なお、地図を買った際に聞いた話によると、このダンジョンは現在三十階層まで確認されており、出現する魔物の強さからC級冒険者パーティは十階層、B級冒険者パーティは二十階層までは安全に進めるらしい。

俺たちは国内屈指のA級冒険者であり、当然未踏の三十階層から先へ行く予定なので、こんなところであまり時間を費やしたくないのだが……美しいヴァネッサに無理をさせる訳にもいかないか。

「ふむ。少し進めば、袋小路となっている場所があるな。そこで休憩にしよう」

ここなら魔物が現れたとしても、一方向からしか来ないので対処も容易だろうと考え、目的のポイントまで移動する。

「トリスタン様ぁ。お疲れ様ですー」

ヴァネッサが早速水魔法で飲み水を作り出してくれた。

「おぉ！　すごいな。氷の入った水を出せるのか！」

「昨日の女性は水魔法しか使えなかったみたいですけど、私は水魔法も氷魔法も使えますので～」

コップに入った水を一気に飲み……ん？　変だな。いつもは、疲れた身体に水が染み渡るような感覚がして、疲れが吹き飛び、身体が軽くなるのだが。

俺と同じ事を思ったのか、キースとケヴィンも首を傾げている。

もしかしたら、水が冷たすぎるのが良くないのかもしれない。普通の水を貰おうとすると、ノソノソと何かが動く音が聞こえた。

何の音だと通路側を見ると、

「チッ！　ビッグトードだ！　おい、座ってないで、とっとと前に出ろ！」

三匹の人間大の大きなカエルが姿を現した。

だがキースもケヴィンも、武器を構えるどころか、まだ立ち上がってすらいない。

このノロマめっ！　契約違反として、後で違約金を取るからなっ！

この男たちを盾にしてやろうと後ろへ下がると、そのうちの一匹の身体に、大きな氷柱《つらら》が突き刺さる。

「ヴァネッサか。よくやった！　おい、お前ら！　たかがC級のカエルだ。とっとと倒してこい」

キースとケヴィンを突き飛ばすようにしてカエルに対峙させると、突然背中に鋭い痛みが走る。

一体何が起こったのか振り向くと、

「サイレントスパイダーだと⁉　くそっ！　天井に巣があったのか！」

背後に巨大なクモの群れが居て、前後を挟まれてしまった。

「くそっ！　不意打ちとは卑怯な……おい！　早くカエルを倒して、このクモを倒すんだっ！」

「トリスタン様！　なぜか刃が通らないんですっ！」

「はぁっ⁉　ビッグトードなんて、C級のクソザコだろ！　俺様が攻撃されたんだぞ⁉

王子であるこの俺が！」

背中の痛みに耐えつつ、背後から静かに迫ってくるクモを剣で追い払う。

「トリスタン様！　もう無理です。逃げましょう」

再び氷柱《つらら》でカエルを倒したヴァネッサが、撤退を提案してきた。

逃げる……だと⁉　王子であるこの俺が⁉　しかも、こんなC級の魔物を相手に⁉

だが、やる気がないのか、キースとケヴィンは二人がかりにもかかわらず、いまだにカエル一匹倒せていない。

「もういい。どけっ！　俺がやるっ！」

やる気のない二人を蹴り倒し、俺自ら、一撃必殺の剣を閃《ひらめ》かせる。

こんなC級の雑魚《ざこ》カエルごときに、俺が自ら剣を振るわないといけないなん……て？

「なぜだっ⁉　どうして俺の剣が効かないんだ⁉　この強さは……まさか、これが噂に聞く突然変異種なのか⁉」

再び全力で斬りつけるが、弾力のある皮膚が俺の剣を弾き返す。たかが十階層でレアな突然変異種に遭遇するとは思ってもみなかったのだが……突如カエルの身体に氷柱《つらら》が突き刺さり、倒れて動かなくなった。

「あの……普通のビッグトードでしたよ？　C級の」

「……そ、そうか」

「あ、後ろのクモも倒しておきましたから」

焦る俺をよそに、ヴァネッサが何事もなかったかのように淡々と報告し、ボソッと呟く。

「……A級パーティって聞いていたんだけど、嘘だったのかな……」

くそっ！　俺たちは……少なくとも俺は、A級の冒険者なのだっ！　たまたま今日は、調子が悪かっただけなのだっ！

ダンジョンから何とか逃げ帰った俺たちは、村の酒場で食事をした。

だが、少食のヴァネッサが先に食事を済ませて二階にある宿の部屋へ戻ると、意地で言わずにいた愚痴が、堰《せき》を切ったかのように、溢れる。

「クソっ！　なぜだっ⁉　なぜ、ただのC級の魔物が倒せなかったのだ⁉」

俺はS級の魔物、災厄級の妖狐《ようこ》――九尾の狐を倒しに来たのだ。それなのに、C級の魔物ごときに阻まれるなんてっ！

「酒だっ！　この店で一番高い酒を持ってこい！」

酒を飲みながら、なぜC級の雑魚《ざこ》カエルが倒せなかったのかと、キースとケヴィンを問い詰めると、キースから思いがけない言葉が返ってきた。

「トリスタン様。あのダンジョン、どういう訳か我らの力が普段の半分程度しか出ませんでした。あのS級の妖狐《ようこ》を見たという目撃情報もありますし、妖狐《ようこ》が何か不思議な仕掛けをしているのではないでしょうか」

「……ふむ。確かに俺の剣も効かなかったな。ならば、あのダンジョンの奥に妖狐《ようこ》が居る可能性は高いのだな」

「おそらく。ですので、あの伝説の魔物、妖狐《ようこ》が居るとなればこれ以上進むのは危険かと」

「ふっ、逆だ。お前たちには話していなかったが、俺が妖狐《ようこ》を見に行きたいと言ったのには訳がある。あのS級と評されている妖狐《ようこ》は弱体化していて、今はせいぜいB級程度の力しかないのだ」

城に仕《つか》える賢者から聞いた話だが、二代前の国王——つまり俺の曽祖父が若かりし頃、周辺国と共に悪名高き妖狐《ようこ》の討伐に出た。数日に及ぶ激しい死闘を繰り広げ、多大な犠牲を払っても妖狐《ようこ》を倒せなかったが、国中から集めた数百人の魔道士の力を合わせ、妖狐《ようこ》の力を封印したそうだ。

その結果、妖狐《ようこ》は逃走し多くの悪行の逸話とS級という等級だけが現在まで引き継がれた。

「トリスタン様。その話は、本当なのですか⁉」

驚いたケヴィンが身を乗り出してきた。

「あぁ、もちろんだ。王族しか知らないが、その証拠である妖狐《ようこ》の力を封印したものの一つが、実は王城の地下に隠されているのだ」

「妖狐《ようこ》の力を封印したものの一つ……ですか？」

「うむ。妖狐《ようこ》は別名、九尾の狐と呼ばれているだろう？　その名にちなんで、九つだか八つだかに分割して、いろんなところへ隠したそうだ」

　実際はいくつに分割されたのかは知らないが、城の地下に闇色の何かがあるのは見たから、まぎれもない事実だ。一つだけでもすさまじい魔力を感じたので、本来の妖狐《ようこ》は相当強かったのだろう。

「つまり、弱体化してB級程度の力しか持たない妖狐《ようこ》を倒すだけで、我らはS級の魔物を倒した英雄になれるという事ですな⁉」

「そういう事だ、ケヴィン。わかったか？　これはチャンスなのだ」

「なるほど。それで、我らの反対を押し切り、妖狐《ようこ》の目撃情報があったダンジョンへ来られた訳ですか……むっ！　そうか。妖狐《ようこ》は自身の力が弱まっているからこそ他の魔物を強化し、自らを守らせているという訳ですな！」

「おぉ！　言われてみれば、確かにそうかもしれんな。辻褄《つじつま》が合う」

「トリスタン様。我らの刃は通りませんでしたが、ヴァネッサ殿の魔法は通常通りの効果を発揮していたように見受けられました。おそらく妖狐《ようこ》の仕掛けは武器にのみ働き、魔法には効果がないのかもしれません」

「ふむ。ならば、一度大きな街へ戻り、攻撃魔法の使い手を探すか」

　妖狐《ようこ》が物理攻撃を弱体化する罠《わな》を仕掛けているならば、俺たち三人がC級の魔物を倒せなかった理由も納得がいく。

そうだ、そうだとも。そんな特異な何かがなければ、この俺が雑魚《ざこ》に苦しむはずがないのだ！

「よし！　ヴァネッサを呼んでこい。この村で旅をしていたヴァネッサに出会えたのは幸運だったが、もっと魔法を使える者を増やすぞ！」

方針が決まったので、早速ヴァネッサと共に冒険者ギルドのある街へ行こうとしたのだが——

「と、トリスタン様！　大変です！　ヴァネッサが居ません！」

「何だと⁉　どういう事だっ！」

二階の部屋に向かわせたキースが慌てて戻ってきて、想定外の言葉を言い放つ。

とりあえず、俺も部屋へ移動すると、

『悪いけど、嘘吐きの弱い男に興味はないの。あと、タダ働きはゴメンだから、お財布を報酬の代わりに貰っていくわね』

ふざけた置手紙が机の上にあった。大慌てで俺の荷物を確認する。

「あ、あのアマ……やりやがったな！　く、クソがぁぁあっ！」

一枚で金貨一万枚の価値がある、黒金貨が詰まった俺の財布がなくなっている。

あの財布には、この村が丸ごと買えるくらいの金が入っていたんだぞっ！

「ふ……ふざけるなぁぁあっ！」

「と、トリスタン様……いかがいたしましょう」

ヴァネッサが俺の金を盗んで逃げた事実を知って怒りに震えていると、ケヴィンが恐る恐る声を掛けてきた。

そうだ。ここで苛立っていても、ヴァネッサと金が戻ってはこない。金は痛いが……いつものように王宮の金庫からくすねれば良いだろう。

それよりもようやく妖狐《ようこ》の居所を掴んだのだ。妖狐《ようこ》がどこかへ移動する前に、仕留めてしまいたい。

「ひとまず、当初の予定通り冒険者ギルドのある街へ行くぞ。そこで攻撃魔法を得意とする者を雇い、それと共にギルドへヴァネッサの捜索を依頼すれば良いだろう」

そう言うとケヴィンが頷く。

「なるほど。ヴァネッサの行為は明らかにルール違反。冒険者ギルドとしても見過ごせないはず！　我々はヴァネッサの捜索に時間を取られる事なく、金も返ってきますな」

「当然だ」

あとは当面の活動費用なのだが、キースとケヴィンには前払いしているので問題はない。だが、ここの宿の支払いは……仕方がない。事情が事情なので、二人に立て替えてもらうか。

「トリスタン様。ヴァネッサの金が戻ってきたら、色を付けて返してくださいね」

まったく、キースめ。こいつらに払っている金からすれば、宿の代金などたかが知れているというのに。

「わかった、わかった。それより、ここから一番近い街はどこだ？」

「地図からすると、このラオン村から一番近いのは……レイムスっていう街ですね」

「ふむ。地図を見せろ……む！　こっちのソイッソンの街の方が近いではないか」

「直線距離だとそうですが、そこは山越ルートになりますし、途中で河もありますが……」

「今は一刻を争う事態だ。我々A級冒険者なら、大した事はないだろう。ソイッソンの街へ向かうぞ！」


南西にあるソイッソンの街を目指して街道を歩いていくと、途中から獣道のような細い道になった。

「トリスタン様！　前方にゴブリンが複数……」

「ゴブリンなど最弱であるD級の魔物ではないか。その程度、いちいち報告するな！　さっさと切り捨てて進むのだ！」

我々はA級冒険者パーティなのだ。ゴブリンごときに時間を割くな！

「……トリスタン様。た、倒しました」

「遅い。さっさと前に進め」

「…………畏《かしこ》まりました」

その後もキースとケヴィンはゴブリンの群れに苦戦し……いや、真面目に戦えよ！

挙げ句の果てには、しばらく山道を歩き、休憩を求めてくる始末だ。

「不甲斐ない……わかった。ここで休憩にする。水を寄越せ」

「え？　私たちは持ってきておりませんが。トリスタン様がご用意してくださっているのでは？」

「なぜ、俺がそんな事をしなければならないのだ!?　……まさか、本当に水がないのか!?」

キースとケヴィンの二人は互いの顔を見合わせて、表情を暗くする。少し進んだ先で小川を見つけたので事なきを得たが……こいつら、使えなさすぎるだろっ！

……そうか。よくよく考えると、いつもアニエスが水を出していたし、食料の買い出しもしていた気がする。……いや、あの女は追放したのだ。今更戻ってこいと言うなど、俺のプライドが許さん。

まぁ、アニエスがどうしても戻りたいと言うのであれば、考えてやるが。

「トリスタン様っ！　た、大変ですっ！」

「今度はどうしたというのだ。またゴブリンか？」

「ち、違います。道が……道がありません！」

何を馬鹿な事を……と、キースとケヴィンを押しのけて前を見ると、確かに道が途切れていて、断崖絶壁となっていた。

「どういう事だ⁉　地図通りに進んできたはずだろっ！」

「あ、あの……途中で水の補給のために小川へ立ち寄ったからではないでしょうか」

「ば、馬鹿者っ！　それくらいで俺様が道を間違えるとでも言うのか⁉　……そういえば、最近この辺りで大きな地震があったと聞いたな。その地震で山が崩れたのではないか⁉」

「……しかし見た限りでは、最近崩れたようには……いえ、何でもありません」

くっ……キースの言う通り、やはりあの時に道を間違えたのか⁉　今からあの場所まで引き返すとなると、かなりの時間を要するぞ⁉　かと言って、流石《さすが》にこの崖を降りられん。

本当ならば、そろそろ街に着いて、ゆっくり食事を……って、待てよ。

「……おい。誰か食料を持っているか？」

「え？　トリスタン様が……ま、まさか……」

「クソがっ！　急いで引き返すぞ！」

王族である俺様が、こんな山で餓死《がし》するなど、末代までの笑い者ではないかっ！

……って、おいぃぃぃっ！　さっきの小川すら見当たらないではないかぁぁぁっ！


結局、山の中で道に迷い、食料がないまま夜を迎えてしまった。

幸い小川を見つけ、小さな洞窟も見つけたので夜は越せそうだが、腹が減って仕方がない。

「くっ！　背に腹はかえられんという事か」

「トリスタン様。意外にいけますよ？　何て言うか、刺激的な味で」

キースとケヴィンの二人は、山の中で見つけたキノコを焼いて食べているが、そんな得体の知れないキノコを口にするのは恐ろしすぎる。……だが空腹のため、俺の腹の音が洞窟内に鳴り響く。

「トリスタン様。たくさんあるんで、どうぞ召し上がってください。この大きなキノコは、トリスタン様のために食べずにとっておいたんですよ」

「……このキノコは、何という種類のキノコなのだ？」

キースは食べる手を止めずに答える。

「え？　知りませんよ？　別にキノコに詳しい訳じゃないですし」

いや、ダメだろ。毒キノコだったら、どうするのだ!?　最悪死ぬぞ!?

王族が山で餓死《がし》も恥ずかしいが、毒キノコを食して死ぬのも十分恥ずかしいのだが。

「えへへ……キノコうまー！」

「うぇーい！　キノコサイコー！」

「キノコパーティだー！」

くっ……こいつらめ。俺の前でキノコをうまそうに食べやがって。

しかし、この二人があれだけ食べまくっているのだから、このキノコは大丈夫なのではないか？　夜の山の中を歩き、今から小川で小魚を捕まえるくらいなら、謎のキノコを食べた方がマシな気もする。……それに、しっかり火を通せば大丈夫かもしれん。

「えぇいっ！　俺にもキノコを寄越せっ！」

「どうぞどうぞ。トリスタンさまも、いっしょにキノコパーティをしましょう」

「トリスタンさま、かんぱーい！」

キノコで乾杯というのは意味がわからぬが、木の枝に刺したキノコを焚火《たきび》の中へ突っ込むと、茶色いキノコが程良く焼け、何とも言えない香りがしてくる。謎の汁が出ているものの、そのキノコを口へ運ぶと……少し舌が痺れるような感じもしたが、味は悪くない。

「んんっ⁉　確かに、意外といけるな！」

「そうでしょう、そうでしょう。キノコはまだまだありますよ！」

「キノコぱーてぃは、たのしいですねー！」

三人で全てのキノコを食べ終え、今日はもう就寝する事になった。

それから、次第に外が明るくなり――

「おぉぉぉ……腹が、腹が痛い」

「と、トリスタン様……私は頭も痛いです」

「薬……薬はありませんか⁉」

見事に全員苦しみだした。

だが俺は……俺はこの国の第三王子だ。王族の威厳にかけて、野外でなど……

おぉぉぉっ！

「お、お前たち……目が覚めたな？　い、行くぞ！」

「トリスタン様！　待ってください！　せめて、せめて腹の調子だけでも」

「うるさい！　薬も薬草もないのだ！　体調が悪いなら、なおさら早く街を目指……あぁぁぁーっ！」

後の事はよく覚えていないが、腹の痛みと戦いながら、ただただ無心で足を動かし続けた。

「つ、着いた……」

「トイレ……トイレへ」

「薬……薬が欲しい」

目的地としていたソイッソンの街へと到着した。

俺たちは一心不乱にトイレ……もとい宿を目指す。

「おい、そこの怪しい三人組！　止まれ！　街へ入りたいのであれば、身分証を提示しろ！」

「うるさい！　俺は……俺はもう限界なんだっ！」

「こ、こいつ、抵抗する気かっ⁉　止まらんかっ！」

「俺に触れるなっ！　俺はこの国の第三王子だぞ！」

「バカがっ！　王子がこのような場所に、そんな薄汚い格好で来る訳がないだろう！　おい、王子の名を騙《かた》る不届き者だ！　応援に来てくれっ！」

街の門で兵士たちに取り押さえられる。

その際、腹に衝撃を受けた俺は、ついに限界を超えてしまった。

「ん⁉　何だ、どうした。急に大人しくなったな。だが、今更謝って許してもらえると思うなよ？　お前は俺たちの制止に従わなかっただけではなく、王子の名を騙《かた》った。不敬罪により、しばらく臭い飯を食ってもらうからな」

「は……ははは。その言葉、そっくりそのまま返してやる！　今更謝って済むと思うなよ！　お前のせいで臭い服を着るはめになったんだからなっ！」

クソったれぇぇぇっ！


「トリスタン様、酷い目に遭いましたね」

「……言うな。思い出したくもない」

俺を邪魔した兵士が、キースやケヴィンと共に、俺たちを投獄しやがった。

結局王宮から使いの者を呼びよせ、一日で出られたが……この俺様を牢に入れたのだ。到底許されん。だが、俺が心底怒っている事がわかっていたのであろう。逃げるように兵士を辞め、すでに田舎へ帰ったそうだ。

チッ……死ぬ方がマシだと思えるような場所へ左遷《させん》してやろうと思ったのに。

使いの者からそこそこの金を受け取り、服を一式新調したので、ようやく本来の目的地である冒険者ギルドへ。

「邪魔するぞ」

ここでの目的は二つ。ヴァネッサの指名手配と、攻撃魔法を得意とする者の獲得だ。奥のカウンターへ行き、ギルド職員を捕まえる。

「おい、そこのお前」

「はい？　僕ですか？」

「そうだ。こっちへ来い。話がある」

「はいはい、少しお待ちを……っと、誰かと思えば噂のお漏らし王子……こほん。失礼、何でもありません。えーっと、本日はどういったご用件でしょうか？　トイレならそちらですが」

こいつ……俺を舐《な》めているのか!?　あの兵士の代わりに、こいつをクビにしてやろうか。

「あ、先に言っておきますけど、冒険者ギルドは国を跨《また》いだ国際組織なので、お漏らし王子がどれだけ権力を振るおうとしても無駄ですからね。公正、公平に対応いたしますので」

……舐《な》めやがって！

だが、俺もただ趣味で冒険者をしている訳ではない。非常に腹は立つが、ここは器の大きさを見せてやるか。

「こ、今回俺様がわざわざ来てやったのは……他でもない、冒険者ギルドの登録者が、不正を働いたからだ。冒険者ギルドとして、草の根を分けてでも捜索してもらおうか」

「……あの、いきなりそんな事を言われても、全く話が見えないので、順序立てて説明してくれますか？」

「いいだろう。よく、聞きやがれっ！」

ふざけた様子の職員に向かって、ラオン村でヴァネッサを仲間にしたものの、置手紙だけを残し、俺の財布を盗んで姿を消した事を伝える。

「二点確認したい事があります。一点目ですが、ラオン村でヴァネッサさんを仲間にしたと仰《おっしゃ》いましたが、ちゃんと冒険者ギルドでパーティ登録をしましたか？」

先程までのふざけた様子から一転して、真面目に職務をこなす。

やはり、ギルドの登録者から犯罪者が出るのは困るのだろう。

……最初から、ちゃんと仕事しろと言いたいが話を続ける。

「あの村にはギルドの出張所しかないからな。パーティ登録はしていない。登録をする前に、俺の財布を持ち逃げしたんだ」

各村にはギルドの出張所があって、村人が冒険者ギルドに依頼を出せるが、それ以外の事は街にあるギルドの支部でないと対応できない。まぁ全ての村に支部を置くのは、金銭的にも要員的にも難しいのだろう。

「なるほど。では二点目ですが、トリスタンさんはヴァネッサさんの冒険者カードを確認しましたか？」

「確認？　なぜ、俺がそんな事をしなければならないのだ」

「……ふむ。わかりました。まず一点目ですが、原則の話をすると、パーティ登録をなさっていないので、トリスタンさんはヴァネッサさんとは赤の他人……つまり、ヴァネッサさんの情報を調べる権利はありません」

「な、何だとっ⁉　ふざけるなっ！　あの財布に、一体いくら入っていたと思っているんだ！」

「落ち着いてください。あくまで原則の話です。次に二点目ですが、仮にトリスタンさんの財布が盗まれた事が本当だとして、ヴァネッサという名前は本名でしょうか？」

「ど、どういう意味だ⁉」

「トリスタンさんとヴァネッサさんが、冒険者ギルドでパーティ登録をなさっていれば、本人である事をギルド側で確認いたします。ですが、ギルドを通していないのでヴァネッサという名前が偽名だった場合やそもそも冒険者ギルドに登録していない人物の場合、こちらでは対応できません」

何だと⁉　偽名⁉　そんな……いやしかし、最初から俺たちを騙すつもりだったとしたら⁉

「く、クソがぁぁぁっ！　あのアマめぇぇぇっ！」

「クソはお漏らし王子……こほん、失礼。一応、ギルドとしても可能な限り、善処します。ヴァネッサさんの特技などはご存知ですか？」

「水魔法と氷魔法を使っていた。あと、もう一種類使えると言っていたが、それが何かまでは聞いていない」

「三種類の魔法が使える女性というのは、あまり多くないですね。ですがそれすら嘘で、水と氷だけ使えるならば、その二種類は親和性が高いので割と使える人が多いです。せめて、その三種類目が何かハッキリとしていればまだ可能性はありましたが、現時点では該当する人が多すぎてわかりませんね」

職員が手元にある魔法装置でいろいろと調べているが、ヴァネッサという名前で水と氷の魔法を使う者は登録されておらず、今ある情報だけでは絞り切れない程、該当者が居ると。……よくもやりやがったなぁぁぁっ！

「わかった。ひとまずヴァネッサは、冒険者ギルドでは追えないのだな？」

「申し訳ありませんが、はっきり言って冒険者ギルドに追跡依頼を出すよりも、トリスタンさんが王族としての力を使って探した方が早いと思います」

冒険者ギルドの職員が簡単に言うが、そんな事ができる訳がない。

いや、俺が一声掛ければ騎士団が動き、ヴァネッサを草の根を分けてでも探し出そうとするだろう。

だが、その理由を問われた時に、第三王子である俺様が冒険者にまんまと出し抜かれ、大金を盗まれたなどと言える訳がない。

仮に適当な理由をつけて騎士団を動かし、無事ヴァネッサが見つかったとしても、あれだけの大金だ。出所はどこだ⁉　という話になったら、逆に俺の身が危うくなる。使いの者からある程度金を貰っているし、ヴァネッサは強硬手段に出るよりも諦めた方が良さそうだ。

「わかった。それはそれとして、別で正式に仲間を募りたい。攻撃魔法を得意とする者を二人程紹介してもらいたいのだが」

「それは……少なくとも、この街と近隣の街では難しいのではないかと思います」

「なぜだ？　先程、魔法を使える者が多いという話をしたばかりではないか。別に魔法の種別には拘《こだわ》らんぞ？　まぁ、できれば女性の方がありがたいというのはあるがな」

アニエスを追放し、本当に……人生で一番と言っても良いくらい酷い目に遭ったからな。

攻撃魔法と料理の両方が可能な女性を冒険者ギルド経由で正式に仲間とするのが、今の俺たちにとって最善だと思える。そして悪名高き妖狐《ようこ》を倒し、俺はS級冒険者になるのだ。

「あの、非常に申し上げがたいのですが、トリスタンさんは、お漏らし王子として冒険者たち……というか、昨日の事件が街中に広まっておりますので、噂が届く近隣の街を含め、行動を共にしてくれる方は居ないのではないかと」

「な……あ、あれは！　く、クソっ！」

思い出したくもない最悪の出来事が、街中に知れ渡っているだと!?　クソがっ！　全てあの兵士が悪いのにっ！　どうして王子である俺がこんな目にっ！

「と、トリスタン様……い、いかがいたしましょう」

「わ、私としては、アニエスさんに戻ってきていただくのも手ではないかと」

職員の話を聞き、暗い顔をしたキースとケヴィンがアニエスの復帰を提案してくる。

それはわかっているが、しかし俺から戻ってこいと言うのは……

「トリスタン様！　アニエスさんは戦闘に参加できないのは確かですが、食料や薬や野営の準備から道の確認まで、戦闘以外での貢献が大きかったのは確かです。どうか、アニエスさんを戻していただけないでしょうか」

「そうですよ、トリスタン様！　アニエスさんが居た時は、あんな酷い目に遭った事は一度もありませんでした！　目立った活躍はありませんが、陰の功労者ですよ！　それに、あの水魔法……ヴァネッサの魔法とは違い、飲むと体力が回復する気がしましたし」

俺の心を読んだかのように、二人がアニエスを戻してほしいと懇願してきた。

しかし、アニエスが水魔法で作り出した水とヴァネッサの作り出した水が違うというのは、俺と同じ意見だったか。

「む、むぅ……ま、まぁ、お前らがそこまで言うならアニエスを戻してやらん事もない」

「おぉ、トリスタン様！　ありがとうございます！」

「ふっ。まぁ、俺も鬼ではないし、お前たちがそこまで熱望するのであれば、仕方ないだろう」

意見が纏《まと》まったところで、ギルド職員にアニエスの情報を貰おうとする。

おそらく俺に婚約破棄をされ、行く当てもなく、この近辺の街や村に居るか、もしくは元々住んでいた、あの巫女《みこ》の村へ戻っているかだろう。

「……という訳で、今は別行動となっているが、我々と同じパーティであるアニエスがどこに居るかを教えてもらいたいのだが」

「アニエスさん……あぁ、確かにパーティ登録がされていますね。ですが、すでにアニエスさんは冒険者を辞めていますね」

「な、なにぃっ⁉　A級冒険者だぞっ⁉　その立場をそう易々と手放す訳がないだろう！」

「いえ、事実として正式に冒険者カードをギルドへ返却されていますね。レイムスの街でシルバー・フォックスの子供をテイム登録し……あれ？　同じ日に冒険者を辞めていますね」

シルバー・フォックス？　そんな魔物は聞いた事がないのだが。それにアニエスが魔物をテイムだと？　そんなスキルは持っていないはずだ。

しかし、冒険者を辞めたのなら、もう一度登録してE級からやり直しとなる。そうすると、アニエスは別の街へ行けなくなってしまう……が、確か冒険者カードを返却していたとしても、再登録していない限り、カードの復帰ができたはずだ。

「あの、トリスタンさん。私の立場でこのような事を申し上げるのはどうかと思いますが、元仲間がいらっしゃるのであれば、レイムスの街へ行かれた方が良いのでは。おそらく、この街では仲間は見つけられませんし、レイムスの街ではまだ例の噂も広まっていない……かもしれませんので」

せっかくこの街まで来たが……このギルド職員の言う通りかもしれない。

他人に言われるがままというのは気が進まないが、アニエスを探すため、レイムスの街へ行く事にした。

第二章　冒険者ギルドでのお仕事

「エレーヌさん。薬草を摘んできましたー」

イナリと共に、籠《かご》一杯に薬草を採取して冒険者ギルドへ戻ってくると、

「アニエスさん、おかえりなさい。やっぱり元A級冒険者には、つまらないお仕事でしたよね」

なぜかエレーヌさんが苦笑いを浮かべる。

たくさん薬草を採ってきたのに、どうしてこんな表情をするのだろうか。

「あの、ちゃんと籠《かご》一杯に薬草を採ってきましたよ？」

「あはは。いくらアニエスさんが元A級冒険者でも、流石《さすが》にこの短時間でそれは無理でしょう。あまりに退屈なので、飽きてしまったんでしょう？　ですが、一応籠《かご》の中身を確認しますね……えっ⁉　えぇっ⁉　ど、どうやってこんなに大量の薬草をっ⁉」

籠《かご》の蓋《ふた》を開けたエレーヌさんが目を丸くする。なるほど。ノルマがない仕事だったから、私が採取を途中でやめたと思われていたんだ。

「……わ、わかりました！　わかりましたよ、アニエスさん。きっと、この街のどこかで、薬草を買ってきたのですね？　別に禁止されてはいませんが、店で売られている薬草はギルドでの買取価格よりも高いので、赤字になっちゃいますよ……って、スイズラカの花が入ってるっ！　しかも採って間もないくらいに瑞々《みずみず》しい⁉　ど、どうなっているのですかっ⁉」

「どう……って、北の森で摘んできたんですけど」

「こ、こんなに大きなスイズラカの花がたくさん……普通、この花はお酒に漬けた状態でしか売られていないのに。お酒の匂いもしないですし、ほ、本当にこの短時間でこの量を採取してきたんですか⁉　……す、すみませんでしたっ！　こ、これがA級冒険者の実力なのですね」

エレーヌさんがペコペコ謝りながら、買い取り額を査定するので少し待っていてくださいと言い、奥の部屋へ消えた。実は、水魔法を使ったらたくさん花が咲いたので、それを採ってきただけなんだけどね。

ちなみに、イナリの提案で、魔力の回復効果があるフィールビアードの実は籠《かご》に入れず、異空間収納で保管してもらった。普通フィールビアードの実がなるのは秋だから、怪しまれるかもしれない……と言われたからだ。イナリの異空間収納に保管している間は、時間が進まないので腐敗しないそうなので、秋になったら買い取ってもらおう。

「お、お待たせしました。いやー、アニエスさんが採ってこられた薬草類の質がとても良く、薬草摘《つ》みのお仕事としては、このギルド設立以来の最高額、金貨十枚となりましたよ」

　戻ってきたエレーヌさんが、小さな袋を差し出した。結構集めたのに金貨十枚かぁ。

「……って、金貨十枚っ⁉　銀貨じゃなくてですかっ⁉」

「はい。金貨十枚です。調べてみたところ、どれもかなり質が良くて、通常よりも高い効果が得られるようなので、この報酬額となったそうです」

　うわぁ。金貨なんて今までほとんど持った事がないけど、一枚で銀貨百枚分だから、それが十枚で……銀貨千枚分っ⁉　銀貨三枚あれば、私は一日分の食料が買えてお釣りまでくる程なのに……たった一度の薬草摘《つ》みで、何日分もの食料が買えるようになった。

　これなら、薬草摘《つ》みを続けていれば他の国へ行くための費用を貯められそうだ。

「それと、おめでとうございます！　累計銀貨五十枚の報酬を達成したため、D級冒険者になりました！」

　エレーヌさんが唐突に変な事を言ってきた。

「あの、D級ってどういう事ですか？」

「先程申し上げた通り、一定条件を満たしましたのでアニエスさんはD級冒険者になったんです。これで、商店でお買い物などをする時に冒険者カードを提示いただければ、少しだけ割引価格でお買い物ができますよ……って、元A級冒険者ですし、ご存知ですよね？」

「えっと、何ていうか、気づいたらA級だったというか……」

実際、あの王子に引っ張り回されていただけだから、冒険者ギルドの仕組みに全然詳しくないのよね。

「なるほど。確かに半年足らずでA級まで昇格されているので、低い階級は印象に残ってないかもしれないですね」

「そういう訳ではないんだけど……でも言われてみれば、食材を買う度に冒険者カードを提示していたっけ」

「街を魔物から守ったりする、大切なお仕事ゆえの優遇ですね。C級に上がると、さらに割引率が上がりますよ。アニエスさんはテイマーなので、これから食料がたくさん必要になるかもしれませんし、早めに等級を上げたいですよね」

確かに。お肉を買っておかないと、イナリがまた変な魔物のお肉とか獲ってきそうだもんね。

まぁ、ドラゴンのお肉は美味しかったんだけどさ。

ひとまず懐《ふところ》が温かくなったのでイナリに約束した通り、エレーヌさんにお肉屋さんの場所を聞き、早速お肉を買いに行く。お散歩気分で向かっていると、前を歩くイナリが突然人気のない路地へ入ってしまった。慌てて私も続くと、本来の姿に戻ったイナリが立っていた。

「アニエス。我の後ろへ」

「イナリ？　突然どうしたの⁉」

イナリが真剣な顔で迫ってくるから、ちょっとドキッとしたけど、素直に後ろへ……ってどういう事？　訳がわからず困惑していると、

「何だ、こいつは？　おい、痛い目に遭いたくなかったら、そっちの女を渡してもらおうか」

「断る。お主らこそ、痛い目に遭いたくはないだろう？　今ならまだ許してやらなくもないぞ？」

「何をふざけた事を。男か女か知らないが、邪魔をする気なら……ごはぁっ！」

突然見知らぬ三人の男性がやってきて……イナリが蹴り倒したっ⁉　一体何が起こっているの⁉

「こいつっ！　ふざけやがって！　……げはっ！」

「は⁉　俺たちはＣ級……ぐげっ」

「今回はこれで許してやるが、我の大事なアニエスに手を出そうとしたら、次は殺す。忘れぬようにな」

いや、次は殺す……って、ずいぶんと物騒だけれど三人とも悶絶《もんぜつ》しているから、聞こえてないいんじゃないのかな？

「イナリ。この人たちは？」

「先程の冒険者ギルドを出てから、ずっと後をつけてきていたぞ。おそらく、大声で金の話をしていたからであろう」

「あ……薬草摘《つ》みの報酬？」

「うむ。新米冒険者がそれなりの金を持っているから、奪おうと考えたのだろう」

あー、Ｅ級って冒険者になったばかりの初心者だし、金貨十枚って大金だもんね。それで私からそのお金を奪おうと……って、酷い！　イナリが居てくれたから良かったけど、こんなの私一人だったら、絶対に勝てないよ！　……うん。怖いから、徹底的にやっておこう。

「ん？　アニエス。男たちの持ち物を漁ったりして……ふむ。逆に金品を巻き上げるのか」

「違うわよっ！　そうじゃなくて……あった！　冒険者カードを探していたの。後で冒険者ギルドへ行って、この人たちに襲われたーって報告しておこうと思って」

それから、当初の目的地であったお肉屋さんへ行き、十人分くらいのお肉と、ついでに近くのお店で野菜や調味料も買っておく。……イナリの異空間収納が本当に便利で、買い過ぎてしまった。

それはさておき、イナリに子狐の姿へ戻ってもらって、再び冒険者ギルドへ。

「……という訳で、この三人に襲われたんです」

「それをアニエスさんが返り討ちにしたのですね。畏《かしこ》まりました。この三名に代わって、お詫《わ》びさせていただきます。申し訳ありませんでした」

「エレーヌさんが悪いのではないですよ？」

「いえ、こんな騒ぎが起こる事がすでにギルドの不手際であり、教育不足なのです。先程の三名は厳重注意の上、C級からD級に降格処分とし、一定期間ギルドの監視下に置くようにいたします」

エレーヌさんが言っているのは、犯罪未遂の三名に相応の罰を与えるという事だろう。でも監視下に置くっていうのはともかく、降格処分がどれ程のペナルティなのかよくわからない。

「あの、冒険者の等級がC級からD級へ変わると、何が変わるんですか？」

「一つは、ギルドや商店で受けられるサービスが異なります。具体的には、商品購入時の割引率が変わります。また、行動可能範囲が変わりますね」

「行動可能範囲……ですか？」

「はい。冒険者カードは、D級までは発効された街でのみ身分証としての効力を持ちます。C級で国内全ての街、B級で隣国、A級で全ての国となります」

「あれ？　じゃあ、最低でもB級以上にならないとこの国を出られないの？」

「はい、その通りです。もっとも、冒険者ギルド以外の有効な証明書があれば別ですが」

身分証チェックを行わない村は別として、D級の私は他の街に入れないし、のんびり他の国を見て回るには、B級冒険者にならないといけないのっ⁉

……お金だけ貯めれば良いんだと思ってたぁぁぁっ！

衝撃の事実を知って挫《くじ》けそうになりながらも、とりあえず前進するために尋ねる。

「あの、エレーヌさん。どうやったら、早くB級になれますか？　どうやってA級に上がったのか、あんまりわかってなくて」

「簡単に言うと、たくさん依頼をこなせば、早く昇格します。ですが、飛び級はできないので、まずはC級に上がる事です。ちなみに、C級に上がるには、個人でもパーティでも構いませんので、金貨十枚の報酬を得てください」

なるほど。金貨十枚だったら、もう一度薬草を摘みに行けば達成できるわね。

「あれ？　エレーヌさん。私、さっき金貨十枚貰いましたよ？」

「はい。あれはE級のお仕事で、ですね。残念ながら、C級に昇格するにはD級以上のお仕事で、金貨十枚を稼いでいただかないといけないんです」

ええー。何それ、ズルくない？　まぁ、神水《しんすい》で薬草を増殖して買い取ってもらおうと思った私が言うのもなんだけどさ。

「ちなみに、D級ってどんなお仕事ですか？」

「D級からは、魔物を倒すお仕事や、魔物を倒して得られる素材集めなどになります。要は、街の外で魔物と戦うお仕事ですね。あちらのD級用お仕事掲示板をご覧になれば、具体的な内容を確認できますよ」

エレーヌさんにお礼を言って、教えてもらった掲示板へ向かうと数え切れないくらいの依頼書が貼ってある。

『ゴブリンに家畜が襲われて困っています』

『求む！　ビッグラビットの毛皮。高価買取！』

『祠《ほこら》の周辺に生《は》えた草むしり』

やっぱり魔物と戦う依頼ばっかり……って、あるじゃない。

祠《ほこら》の草むしり？　やるやる。魔物と戦わなくて良いんでしょ？　草むしりの詳細を読むために、ピンで留められた依頼書を手に取って読んでみる。

えっと、街の東にある祠《ほこら》の周辺に、ブラッドフラワーが生《は》えて困っています……って、これ植物系の魔物じゃない！　やっぱり魔物と戦うしかないの⁉

何だか騙された気がして、少しイラッとしながら草むしりの依頼書を元に戻すと、

「あ、あの……」

どこからか小さな声が聞こえてきた。だけど、周囲を見渡しても誰も居ない。

幻聴？　それとも、誰かのイタズラ？

「あ、あのー！　そ、その依頼、受けないならボクにちょうだい！」

足下から可愛らしい声が聞こえてきた。

えーっと、八歳くらいかな？　小柄な私よりもさらに小さな男の子が、柔らかそうな茶色の前髪から大きな瞳を覗かせ、ピョコピョコと跳ねながら掲示板を見ようとしている……って、そっか。届かないのか。

「えっと、僕が欲しいのは、この依頼書かな？」

「うん！　お姉ちゃん、ありがとう！」

いゃん、可愛い……って、ちょっと待って。今あの子、一人で受付に向かっているけど、仲間は居ないの⁉　あんな小さい子が、一人で魔物と戦うのっ⁉

「待って！　ねぇ、僕……待って。待ってってば」

「え？　ボクの事？」

「そうよ。ねぇ、その依頼を受けようとしているみたいだけど、ちゃんと内容を読んだ？　それ、魔物と戦うよ？」

「うそ⁉　だって、草むしりだって……わ！　ホントだ！　えぇー、そんなぁー。どうしよう」

男の子が困った様子で泣き出しそうになっているけど、保護者は居ないのっ⁉

「ねぇ、僕は一人なのかな？　それとも誰かと一緒に来ているの？」

「ボク……一人。今まで孤児院で暮らしていたんだけど、卒業する年齢になっちゃったから。それで、E級の時は薬草を集めていたんだけど、ついにD級へ上がっちゃって」

なるほど。つまり私と一緒で、初めてD級の依頼を受ける事になって、困っているのね。

それにしても、こんな小さな子供なのに、孤児院から出ていかなくちゃならないなんて……あのバカ王子が趣味の冒険に掛けているお金を福祉に使えば、どれだけの子供が助かるのやら。

……よし、決めた！　私の力なんて微々たるものだけど、せめて目の前のこの子を助けよう！

け、決して可愛いからとか、変な意味はないんだからねっ！

「ねぇ、僕。名前は何て言うの？」

「ボク？　コリンだけど」

「わかったわ。お姉ちゃんはアニエスっていうの。お姉ちゃんもD級になったばかりで困っていたのよ。二人で協力して依頼を受けない？」

「え？　いいの⁉　でもボク、ぜんぜん強くないよ？」

「そんなのお姉ちゃんだって同じよ。じゃあ、これから一緒に頑張ろうねっ！　コリン」

思いつきではあるものの、偶然出会った男の子、コリンとパーティを組む事にした。

早速、パーティを組む上でお互い何が得意なのかを確認しようとする。

「お、お姉ちゃん。ごめんなさい。ボク、トイレに……うん。行ってきます」

その前にコリンがおトイレへ。ギルドの隅っこで待っていると、

「まったく……良いのか？　あのような童《わらわ》を仲間にして」

子狐姿のイナリが私の肩に登り、周囲に聞こえないように話しかけてきた。

私も口元を隠し、小声で言葉を返す。

「だって、流石《さすが》にあの状況で放っておけないじゃない」

「まぁアニエスがそう決めたのであれば、我は別に構わんが……とりあえず、しばらくはこの子狐の姿のままで居るから、厄介事は自分で何とかするのだぞ？」

「あ、そっか。いきなりイナリが変身したらビックリしちゃうよね」

「いや、それに関しては、あの童《わらわ》は問題ないだろう。だが、我の本当の姿を見せるに足る者か否かを見極めるまでは、子狐の姿でいるつもりだ」

　確かにイナリは子狐に見えるけど、実は妖狐《ようこ》だなんて知ったらコリンもビックリしちゃうし、万が一にもそれを言いふらされたら、私も困っちゃうもんね。とはいえ、コリンはそんな子には見えないけど。

「そうだ。この子狐の状態で人の言葉を話す訳にはいかんし、会話できなくなるのは不便だから、この状態では念話を使う事にしよう」

「念話？」

「そのまま待っておれ。実際にやってみせよう」

　そう言って、イナリが私の足元へ下りると、

『聞こえるか？　アニエスよ。我は今、お主の心に直接呼びかけている』

「ふぇっ⁉」

突然イナリの声が聞こえてきた。ちなみに、イナリをジッと見ていたけれど、口は動いていない。

『これが念話だ。ある程度離れていても姿を目視できるくらいの距離であれば、話しかける事は可能だ』

そうなんだ。つまり、心で思った事を伝えられるのね。

じゃあ……イナリ、今日のご飯は何が良い？　…………って、無視⁉　ジッとイナリを見つめながら、心の中で話しかけたんだけど、どういう訳か反応してくれない。

『……念のために伝えておくが、念話は我の言葉を送れはするが、アニエスの思考を読み取る事はできぬ。そのため、我に何か伝えたい時は、普通に喋《しゃべ》りかけるように』

「いやそれ、先に言っておいてよ！」

心の中で延々と、イナリに何を食べたいか聞いちゃったじゃない。

ひとまず、コリンの前では子狐のフリをするイナリとの意思疎通方法を得たからいいけど。

「お姉ちゃん、ごめんね。お待たせ」

コリンが小走りで戻ってきた。

「じゃあパーティを組んだ訳だし、まずはお互い何ができるかの確認よね。コリンはどういう特技があるのかしら」

「ボク……すばしっこいって言われるよ。けど力が弱いから、大きなものは持てなくて、冒険者ギルドの職員さんからは、武器を持たない方が良いんじゃない？　って言われちゃったんだ」

そう言って、ギルドから借りているという簡素な籠手《こて》を見せてくれた。

これは、体術で戦えって事だと思うんだけど、こんなに小さなコリンを前衛にするの⁉　だったら私が前に出てコリンは後衛で……って、私が前衛になったとしても、何ができるんだろう。

「お姉ちゃんは、どんな事ができるの？」

「んー、私は水魔法と雷魔法が使えるんだけど……」

「すごいっ！　お姉ちゃんは魔法が使えるんだねっ！　じゃあ、ボクが魔物を引き付けている間に、お姉ちゃんが魔法でバシューンってやっつけちゃうんだね！」

「そ、そうよね。それが理想なんだけど、でもコリンを前衛にするのは……」

「大丈夫だよっ！　ボク、力がないから魔物を倒す事はできないけれど、攻撃を避《よ》けるのは得意だもん！　お姉ちゃん！　じゃあ、まずはどの依頼にする？」

ど、どうしよう。私が魔物を倒す役になっちゃったけど、攻撃に使えそうなのは、指

先から出る小さな雷魔法しかないんだけどっ！　私が早く魔物を倒さないとコリンが危なくなるし、どうすれば良いのっ⁉

内心、軽くパニックになっていると、

『アニエス。お主は先程、我と共に戦うと登録したのではないのか？』

「あ、そっか。今まではずっとマッパーをしていたけど、私はテイマーになったんだ」

イナリの言葉で思い出す。イナリは子狐状態でも、魔法は使えるって言っていたよね。それなら魔物を仕留めるのはイナリに任そう。

「お姉ちゃん、すごいっ！　マッパーって地図がわかるんだよね？　それにテイマーって、魔物と意思疎通ができるって聞いたよ！　ボク、お姉ちゃんとパーティが組めて良かった！」

まだ何もしていないのに、コリンはキラキラと輝く尊敬の眼差しで見つめる。

それからしばらくコリンと相談し、先程見つけた、草むしりと書かれたブラッドフラワー退治の依頼を受ける。

「確かブラッドフラワーって、その場から動かずに近付いてきた対象を攻撃してくるタイプの魔物だったはずなの。だから、万が一何かあっても、逃げやすいと思うのよね」

「そうなんだー。お姉ちゃんは、いろんな事を知っていてすごいね！　でも、どうして同じD級なのに、魔物に詳しいの？」
「あ、あはは。お、お姉ちゃんはテイマーだからね」
コリンから目を逸《そ》らし、受付へ依頼書を持っていく。
……別に隠さなくてもいいんだけど、トリスタン王子とパーティを組んで冒険してい
た頃、ブラッドフラワーの群生地に突っ込んで、必死に逃げたのよね。
あの王子のやらかし以降、私が地図を見るようになったんだけど、コリンにD級へ上
がったばかりと言った手前、黙っておく事にした。D級になったばかりっていうのは本
当なんだけどさ。
「……では、以上で手続きは完了です。頑張ってくださいね」
エレーヌさんに見送られ、コリンと一緒にギルドを出て、まずは武器や防具を扱うお
店へ。
「コリン。今って、その革製の籠手《こて》しか身につけていないでしょ？　お金は私が出すか
ら、何か身体を守るものを装備した方が良いと思うの」
「えっ⁉　このお店って、お姉ちゃんのものじゃなくてボクのを買いに来たの⁉　ダメ
だよ。そんなの悪いよ」
「大丈夫よ。もちろん無制限にお金がある訳じゃないけど、それなりに貯めているんだ

から。何かあってコリンが怪我をする方が、お姉ちゃんは嫌だもの」

　他の国へ行くためにお金を貯めないといけないのは事実だけど、まだ残している薬草もあるし、本当に困ったら、また薬草を摘んで売れば良いしね。

「でも……」

「はいはい、気にしなくて良いから。……すみませーん！　この子に合う防具を見繕っていただけますかー」

　カウンターの中に居る、背が低くてガッシリとしたドワーフのおじさんに声を掛けると、

「ふむ……坊主。何歳だ？」

「ボク？　ボクは十三歳だよ？」

　そのおじさんがコリンの年齢や得意な事などを質問して……って、コリンは十三歳なの!?　幼い男の子だと思っていたけど、実は私と三歳しか違わなかったんだ。

　でも、十三歳の男の子にしてはずいぶんと小柄だな。

「坊主は獣人族か」

「うん。やっぱり人間族より成長が遅いからわかっちゃったの？」

「いや、強《し》いて言うならいろんな奴を見てきたからな。少々値は張るが、スピードを殺

さない、この辺りのマジックアイテムが良いだろう」

そう言って、ドワーフのおじさんがお店の一角を指し示す。

へぇー、コリンは獣人族だったんだ。確か獣人族って、一時的に動物の姿になれるんだっけ。

……って、そういう意味ではイナリも獣人なのかな？　本来は人の姿で、今はモフモフ子狐の姿だし。コリンはどんな動物になれるんだろう？

「あ、あのね。お姉ちゃん、黙っていてごめん。ボク、実は獣人なんだけど、一緒に居てもいい？」

「当たり前じゃない」

「そっか……お姉ちゃん、ありがとう」

か、可愛い。上目遣いで見上げてくるコリンは、母性をくすぐるというか、今のイナリのモフモフな可愛い感じとはまた違う可愛らしさがある。

あ、カウンターの奥でドワーフのおじさんが、言っちゃマズかったのか……みたいな表情を浮かべているけど、本当に大丈夫だからね？

ひとまず、おじさんがオススメしてくれた魔力を含んだ糸で編まれた動きやすい服を金貨二枚で買った。

「あの、お姉ちゃん。一応、ボクが何の獣人か教えておくね」

そう言って、コリンが服を残して姿を消す。どこへ行ったのかと思い、足元をよく見ると、床に落ちたコリンの服がモゾモゾと動く。

「か、可愛いぃぃぃぃーっ！」

中から掌《てのひら》サイズのハムスターが現れた。

しゃがんで手を差し出すと、ハムスターは私の掌《てのひら》にちょこんと乗り、じーっと私を見つめる。

やだ……何この可愛い生き物。小さすぎてイナリみたいに抱きしめたりはできないけど、可愛すぎる！　……植物の種とか、木の実を食べるのかな？　さっき採ったフィールビアードの実が残っているはずなんだけど。

そんな事を考えていると、いつの間にか傍に近寄っていたイナリが口を大きく開けた。

「……って、イナリ！　食べちゃダメよっ！」

慌ててコリンが乗った手を引く。

『冗談だ。それより、そろそろ床に戻してやったらどうだ？　困っているぞ』

困っているというより、怯えている感じがするんだけど。もちろんイナリのせいで。

コリンを床に下ろすと、イナリから逃げるようにして服の中へ戻り……

「ご、ごめんなさい！　元に戻る時は、どうしても上手く服が着られなくて」

「こ、コリン。服……服が……」

半裸のコリンを前に、思わず顔を逸《そ》らす。

い、いろいろ見えちゃった気がするけど、勘違い……そう、私の勘違いよね。

「という訳で、ボクはハムスターの姿になれるんだー。ただ、服は小さくならないから、戻る時に困るんだけどね」

若干、コリンが恥ずかしそうに顔を赤らめているけど……あれ？　イナリは服も一緒に消えたり出てきたりするのは、なぜだろう？　イナリが獣人ではないから？　それともコリンの変身が未熟だから？

だけど、考えても仕方がないので、まぁいっか。

「じゃあ、コリンの防具を買ったし、東の祠《ほこら》へ行きましょうか」

「はーい」

コリンと子狐状態のイナリの三人（二人と一匹？）で街の東にあるという祠《ほこら》を目指し、のんびりと街道を歩いていると、大きなクスノキが見えてきた。

「えっと、あのクスノキが目印で、あそこからは街道を逸れるみたいね。なので、この樹の下でお昼ご飯にしましょう」

「お姉ちゃん。もうすぐ魔物と戦うから、戦いが終わってからご飯にした方がよくないかなー？」

「じゃあ、お水……お水を飲みましょう。水分補給は大事だからね？」

「ボク、喉は渇いてないよ？」

「いいから、いいから。ね、コップ一杯で良いから飲んでおこうね」

そう言って、水魔法でコップに水を注ぎ、コリンへ渡す。もちろん私も飲むし、イナリにも飲ませてあげる。

「……お姉ちゃん！　この水を飲んだら、何だかすごく元気が出てきた！」

「そっか、良かった。じゃあ、元気になったところで、油断せずに頑張ろうねっ！」

私の水魔法で生み出した水は、飲むと全ての能力値が倍増する神水《しんすい》だとイナリが言っていたから、これで少しでもコリンが怪我をしなくなれば良いんだけど。

D級の依頼だし、イナリも居るから、あんまり心配はしていないんだけどね。……ただ、攻撃担当がイナリしか居ない……けど、イナリならきっと大丈夫！

街道を外れ、依頼にあった場所に辿り着いた。

「地図上ではここが依頼のあった場所のはずなんだけど」

「あ、お姉ちゃん！　アレじゃないかな？　小屋みたいなのがあるよー！　流石《さすが》お姉ちゃんだね！」

コリンが褒めてくれるけど、私は一応マッパーだからねっ！　地図を見るくらい楽勝だもん。

今回は目印があったからしなかったけど、歩幅を一定にして歩く練習とか、目を瞑《つむ》って真っ直ぐ歩く訓練とか、これまで自分なりにマッパーとしての役割を果たすために頑張ってきたんだから。

「じゃあ、ここからはボクが先頭を行くね」

そう言って、コリンが前に進もうとしたので、大きな声で待ったをかける。

「コリン！　ストーップ！」

「お姉ちゃん？　一体どうしたの？」

「そっちから行っちゃダメよ。行くなら、こっちからよ」

マッパーとしての訓練を思い出しているうちに、ハッとした。

ダンジョンじゃないからって油断していたけど、周囲に生《は》える草と、土が剥き出しになった地面のこの形……これは、絶対に罠《わな》だ！

よく見ると、ここへ来るまでに生《は》えていた草と明らかに色が違って、この辺りの草は黒ずんでいる。花は咲いていないけど、これって魔物が擬態しているんじゃない？

「イナリ。この辺の黒い草に攻撃できる？」

『うむ。良いだろう』

私の声に応じてイナリが前に出ると、闇色の炎を生み出す。

……そういえば、イナリが使うのは闇魔法だったわね。コリンが変に思わなければ良いんだけど。

「うわーー！　お姉ちゃんと一緒に居る白いキツネって、魔法が使えるんだ！　すごいっ！」

何の疑いもなく、いいなーとすごい！　を繰り返している。

「イナリっていうの。仲良くしてね」

「うんっ！　……でも、ボクを食べないでね？」

そう言ったコリンの声が、ちょっとだけ声が上擦《うわず》っていた。

……さっき食べられそうになったのは、やっぱり怖かったのね。

しかし、それにしても……イナリが炎でブラッドフラワーみたいなのを攻撃しているんだけど、全然草が減らないのはなぜだろう。

ジッと目を凝らして見てみると、闇色の炎に触れた草が一瞬で炭と化し、その消炭が地面に落ちて……また草が生《は》えてきた⁉　これ、本当にブラッドフラワーなの⁉

前に遭遇した時は、王子が剣で斬ったらすぐに枯れて動かなくなったし、そもそも草じゃなくて名前の通り赤黒い花が咲いていたし……もしかして、この草ってブラッドフラワーじゃなくて、違う魔物なの⁉

私と同じ事を考えたのか、イナリが話しかけてきた。

『アニエス。こいつはブラッドフラワーではないな。リーフドラゴンという魔物の植物だ。土の中で根が繋がっていて、この辺り一帯の黒い草は全て奴の一部だろう』

「リーフドラゴン？　え⁉　この草って、ドラゴンなのっ⁉」

『ドラゴンではないが、ドラゴン程度の生命力は持っているな。本来の姿に戻れば楽勝だが、この姿のままでは、ちと厳しいな』

要は、ドラゴンじゃないけど、ドラゴン並に強い魔物でしょ⁉　ど、どうしよう！　依頼書に書かれていた内容と掛け離れているため、一旦逃げて冒険者ギルドへ文句を言いに行こうか。

「えっ⁉　うわぁぁあっ！」

「こ、コリンっ⁉」

いつの間にかコリンの背後に移動していた黒い草が、蔓《つる》のように長く伸びて全身に巻き付いてきた。その直後、コリンがすごい勢いで祠《ほこら》に引きずられる！

「イナリっ！　お願い！　コリンを助けてっ！」

私のお願いに応じるようにイナリが闇色の何かを飛ばし、コリンを引きずっていた蔓《つる》が切れる。

だけどその直後、すぐに別の草が伸びてきて、再びコリンが引きずられていく。

「仕方がない。さっさと終わらせるか」

すぐ傍でイナリの声が聞こえたかと思うと、初めて会った時の姿――大きな妖狐《ようこ》の姿になっていた。どうやら、信頼とか言っている場合じゃないと判断したらしく、イナリがコリンを引きずる蔓《つる》を噛みちぎり、咥《くわ》えて運んできてくれる。コリンはぐったりしているけど、怪我もないようだし、命に別状はなさそうだ。

コリンを私の傍へ置いたイナリは、そのまま祠《ほこら》に向かって跳躍した……けどその瞬間、周囲の黒い草が消えてしまった。

「……地中に逃げたか」

「え？　まだこの地面の下に居るの⁉」

「そうだな。地上に出ていればドラゴンでも楽勝だが、地中に逃げる相手は……なかなか面倒だな」

どうしたものかと呟くイナリと共に、私も土の中に逃げた植物型の魔物をどうすれば倒せるかを考え……そうだ！　これならきっと倒せるはずよっ！

「イナリ！　一旦戻って、コリンを咥《くわ》えて！」

「何をする気だ？」

「いいから！　いくわよ！」

イナリがいまだにぐったりしているコリンを咥《くわ》えたのを確認し、リーフドラゴンが潜っていそうな祠《ほこら》の手前の辺りに、水魔法で大量の水を溜《た》める。

イナリと共に十分安全なところまで離れ、小さな池ができるくらい水を溜《た》めた。

「アニエス。これは、どういう意図で魔法を使ったのだ？」

コリンを下ろしたイナリが、困惑しながら聞いてきた。

「あのね、イナリがリーフドラゴンは植物だって教えてくれたでしょ？　だから、この辺りを水浸しにして、リーフドラゴンを腐らせちゃえって思ったの。ほら、植物に水をあげすぎると、根っこが腐って枯れちゃうでしょ？」

「それはそうだが、アニエスの水魔法で出てくるのは神水《しんすい》だぞ？　腐るどころか、逆に強くなるのではないか？　我は能力が倍増したし、薬草の類も急成長したりしていたが」

「あ！　言われてみれば確かに。あれ？　じゃあ、今のこの状況って、ひょっとしてすごくマズい？」

　イナリの指摘で変な汗が止まらなくなった。その後、突如地鳴りのような大きな音が響く。

　どうしよう。リーフドラゴンがすごく強くなっちゃったの⁉　と焦る。祠《ほこら》の周りに大きな樹がたくさん生《は》え……草むらだった場所が、なぜか森になってしまった。

　どうしてこんな事に？

「助けていただいて、ありがとうございます」

　可愛らしい、小さな声が聞こえてきた。

　樹々の中に隠れて見えにくくなった祠《ほこら》の方から、淡い緑色の光がふよふよと飛んでくる。その光は近付くにつれて羽の生《は》えた小さな人形みたいな姿が見え、私たちの前でペコリと頭を下げた。

　害意がないと判断したのか、イナリは子狐の姿に変わり、コリンは……

「……って、コリンが気を失ったままだった！」

　慌ててコリンに巻き付く蔓《つる》を外し、水魔法で生み出した水を少し飲ませる。

　すると、すぐに目を覚ました。

「あ、あれ？　ボク、またイナリに食べられそうになって……でも、ちゃんと服を着ている？　え、どうなっているの？」

「こ、コリンはあの草に引きずられてパニックになっていたから、な、何かと勘違いしたんじゃないかなー？」

「そっか。あ、お姉ちゃんとイナリがボクを助けてくれたんだね。ありがとう！」

感謝の言葉と共に、コリンがぎゅーっと抱きついてきた。でも、コリンは小さく震えていて……まぁ、引きずられたのは怖かったよね。

コリンが目を覚ましたので、目の前でふわふわと漂う人形？　に向き直る。

「あの、どなたでしょうか？」

「先程助けていただいた、祠《ほこら》に住んでいるティターニアと申します。人間たちは、よく私を妖精と呼びますね」

「妖精……確かにその通りかも。小さくて可愛いし」

「ありがとうございます。貴女がたが魔物を倒してくださったおかげで、こうして祠《ほこら》の外へ出る事ができました」

「魔物を倒した……って、あのリーフドラゴンを？」

「名前は存じませんが、あの魔物は貴女の生み出した水を取り込んだ直後、邪気が抜け、元の樹々に戻ってくれましたよ？」

ティターニアさん曰く、植物系の魔物のほとんどは、普通の植物が邪悪な気を吸った結果らしく、リーフドラゴンも元は祠《ほこら》の周りの森の木々だったらしい。そのリーフドラゴンが神水《しんすい》を吸収した事で元の森に戻ったそうだ。

……良かった。大量の神水《しんすい》で、周囲の植物が大量繁殖したのかと思っちゃったよ。

「……ただ、森が魔物化する前よりも、大きな森になっているのが不思議ですが」

あ、やっぱり影響はあったんだ。

うん、これからは気をつけなきゃ。とはいえ、全ての植物系の魔物が邪気で魔物化する訳ではないらしい。

「そうだ、ティターニアさん。私たちは冒険者ギルドの依頼で魔物退治に来たんですけど、誰がギルドへ依頼を出されたのですか？」

「私です。魔物が居て外へ出られなくなったので、樹の枝を魔法で人の姿に変えて、ギルドへ向かわせたのです。ですが、それだとコミュニケーションに問題があり、正しい内容を伝えられなかったのですよ」

なるほど。それで草むしりって表現になっていたのかしら。

とりあえず、依頼者であるティターニアさんに依頼達成のサインを貰うと共に、依頼内容の訂正をしてもらおう。そう思って、まずは依頼書にサインをしてもらうと、ティターニアさんが聞いてくる。

「あの、依頼内容の訂正を行うと、報酬が増えてしまうのでしょうか？」

「えーっと、そ、そうかもしれないです」

「そうですか。……あの、実は人間の貨幣をあまり持っていないので、できれば依頼内容は今のままにしていただけないでしょうか。もちろん、対価はお支払いいたします」

そう言って、ティターニアさんが手を上げると、突然水色の杖が現れた。

ふよふよと杖がゆっくりと私の目の前に移動してきて、手に取れと言わんばかりに、静止する。

「あの、これは？」

「私の力を付与した杖です。貴女は水の魔法が得意だとお見受けしたので、水を操作できる力を持たせました。どうかこれを貨幣の代わりとしていただけないでしょうか」

「水を操作するって？」

「実際にやってみた方が早いかと。貴女が魔法で作り出した水を、上下左右に動かせます」

ティターニアさんに言われるがまま、杖を持って水魔法を使用すると、本来指定した位置に落下するだけの水が、右へ左へと動き出す。

「ティターニアさん、これすごいですね！　本当に貰って良いのですか？」

「はい。元は普通の杖ですし。それより、本当にすごいのは貴女の方ですよ。動かせるとは言いましたが、初めて使うのにどうしてそんなにスムーズに動かせるのですか？」
「え？　これって、こういうものじゃないんですか？」
「そういうものですけど、普通はそこまで使いこなすのに最短でも半年は掛かります
よ。……まぁ、才能なのでしょうね」
リーフドラゴンを倒したのに、Ｄ級の魔物クラスのお金しか手に入らなかったけれど、
すごいアイテムを貰ってしまった。
「それでは……この度は、本当にありがとうございました」
そう言って、ティターニアさんが祠《ほこら》の中へ戻っていった。
私は妖精の杖を使って弾丸のように水を飛ばしてみたり、シャワーみたいにして広範
囲に水を撒《ま》いてみたりと杖の練習をしていてふと気づく。
「コリン、ごめんね。せっかく強い魔物を倒したのに、Ｄ級の報酬分しか貰えなくなっ
ちゃった」
「ううん、お姉ちゃんのせいじゃないよ。それに、今回ボクは何もしていないもん。だ
から、次こそはお姉ちゃんやイナリみたいに、活躍できるように頑張るねっ！」
コリンが次こそはと意気込む。
『それより、そろそろ食事にしないか？　戦うと腹が減るものだ』

イナリがご飯を催促してきた。

街まで我慢……と言いたいけど、さっきの戦いで一番頑張ってくれたのはイナリだもんね。

「コリン。そろそろお昼ご飯にするから、落ち葉とか折れて落ちた枝とかを集めてくれる？」

「うん、わかったー」

コリンが嬉しそうに駆けていく。

「では、我も何か食材を……」

「大丈夫だから！　ほら、街でいっぱい食材を買ったでしょ⁉　魔物の肉とか今は必要ないから！」

「ふむ……では我は食後のデザートになりそうな木の実でも探してくるとしようか」

「まぁフルーツなら……」

イナリは異空間収納から食材を出すと、果物を採ってくると言って、姿を消す。

イナリは植物に詳しいし、果物なら変な――魔物とかは出てこないと思い、石で簡易カマドを作ったり、食材の下ごしらえをしたりしていると、まずはコリンが戻ってきた。

「お姉ちゃーん！　いっぱい集めてきたよー！」

「すごいねー。たくさん集めてきたね」

「うんっ！　何だか、いつもより身体が軽くて、速く走れたんだー」

コリンにカマドへ枝葉を入れてもらうと、指先から雷を発して火を点ける。

「お姉ちゃん、それが前に言っていた、雷の魔法なのっ⁉　すごいねっ！」

「そうなんだけど、得意な水の魔法とは違って火を熾《おこ》すくらいにしか使えないんだけどね」

「それでもすごいよ。ボク、孤児院でよく火熾《おこ》しを頼まれたけど、あれってすっごく大変なんだー」

コリンとお喋《しゃべ》りしながら料理を続ける。

『待たせたな』

戻ってきたイナリが、コロコロと卵に似た三つのものを地面にころがす。

おそらく異空間収納に入れて運んできたのに、コリンが居るから前足から転げ落ちるように演技をしたのね……って、そもそも一つ一つが、イナリに持てる大きさではないわよね。

『これはお湯で温めた後、外側の殻を破って食べるのだ。うまいぞ』

私にはちょっと大きな鳥の卵に見えるんだけど、イナリはフルーツを取りに行ってくると言っていたし、大丈夫だと信じましょう。

コリンより先にイナリが帰ってきていたら、フルーツだよね？　と念押しするんだけど、ひとまず教えてもらった通り、メインの料理とは別にお湯を沸かし、しばらく茹《ゆ》でる。

その間にメイン料理が完成した。

「できたー！　お昼は、パイ生地に野菜や肉を入れて焼いたキッシュを作ってみたよー！」

「うわー！　お姉ちゃん、すごーい！　お店屋さんみたいっ！」

「まぁねー。お姉ちゃん、料理は頑張ってきたからねー」

切り分けてお皿に載せると、コリンが美味しそうに味わいながら食べてくれる。

その一方で、

『アニエスの作った料理は何でもうまいな！　おかわり！』

イナリの前に置いたお皿からは、すでにキッシュがなくなっていた。

まぁ、イナリがたくさん食べるのは知っているから、かなり多めに作ったけど……そういえば、子狐状態でも普段と同じくらい食べるのかな？　お腹の容量は大丈夫？

そんな私の心配をよそに、イナリは軽々と私とコリンの分の五倍くらいの量を食べ終えた。

「い、イナリって、小さいのにめちゃくちゃたくさん食べるんだね」

「そ、そうなの。えっと、せ、成長期なのかもね」

「そっかー。じゃあ、ボクもいっぱい食べるね！　孤児院では、こんなに美味しい料理は出なかったし！　お姉ちゃん、ありがとう！」

うぅ……いいのよ。私のこんな素人料理で良ければ、いくらでも食べて。

ただ、イナリは食べ過ぎだから、そろそろ止めておいた方が良さそうだけど。

『さて。では、次は食後のデザートだな』

やっぱりイナリはまだ食べるのね。

すでに火から下ろして冷ましてある鍋から卵にしか見えない木の実を取り出し、それぞれのお皿へ。私とコリンは殻を割ってその中身をスプーンですくい、口へ運ぶ。

「美味しいっ！　半熟でトロトロしていて、濃厚な黄身みたい……っていうか、これ黄身よね？」

「お姉ちゃん。これもすごく美味しいけど、フルーツっていうより卵だと思うよ？」

「イナリは一体、何を持ってきたの？」

ジト目でイナリを見つめた。

『はっはっは、バレたか。それはコカトリスの卵だ。うまいであろう？』

やっぱり魔物だったぁぁあっ！

もう口にしちゃったけど、コカトリスってどんなのだっけ？　確かA級の魔物で、猛毒と石化攻撃を使ってくる厄介な魔物……だったかな？　どうしてイナリはこういう凶悪な魔物の肉や卵を食材として持ってくるのよっ！　……美味しいけどっ！

サンダードラゴンの時と同じように、毒を食らわば皿までの勢いでコカトリスの卵の半熟ゆで卵を完食した。

「コリン。お腹とか頭は痛くない？　このコップにお水を用意したから、何か痛みを感じたらすぐに飲んでね」

「え？　どこも痛くないよ？　新鮮な卵みたいだし、半熟だけどちゃんと火は通っているし、大丈夫じゃないかな？　ごちそうさま！　すごく美味しかったよ！」

「美味しいのは良かったんだけど……あぁっ！　ほら、来たわっ！」

予想通り頭が痛くなってきた。

ひとまず、用意していた神水《しんすい》を飲むと痛みが引いた。

『おぉっ！　なるほど。これは卵だったからか？　身を守ろうとしたのだろうか』

イナリが一人で何か言っている。念話で独り言ってどうなのよ……

『アニエス。先程のコカトリスの卵を食した効果であろう。何と、石化耐性が付いておるぞ』

「どういう事？」

思わず声を上げてしまった。

不思議そうに小首を傾げるコリンに、何でもないの……とごまかし、イナリの説明を待つ。

『そのままの意味だ。完全防御とはいかないが、アニエスには石化攻撃が効きづらくなるという効果だ。石化攻撃を受けても即時石化するのではなく、徐々に石化すると思われるから、その間に神水《しんすい》を飲めば回復できるな。うむ、実質が石化無効と思って良いのではないか？』

良いのではないか……って、そもそも石化攻撃を受けるような場所へ行きたくないいんだけどっ！

私はのんびりと、いろんな国を見て回りたいだけなのよっ！

「……って、待って。コリン、本当に頭痛がしない？　ズキズキって。私と同じものを食べているから、同じ事が起こると思うんだけど」

「ううん。何ともないよー。それより、お片付け手伝うねー」

「ありがとう……って、本当に大丈夫なの？」

コリンは我慢しているようにも見えないし、本当に頭痛はしないようだ。でも、私と一緒でコカトリスの卵を完食していたよね？

『ふむ。童《わらわ》は獣人族だからな。アニエスとは――人間族とは違い、魔物の肉を食べても、その能力を得られないのかもしれないな』

なるほど。じゃあ、コリンは食べても効果はないし、頭痛も起こらない……って、だからと言って魔物の肉や卵を食べるのってどうなの!?　獣人族では普通なの!?

コリンに聞いてみようかとも思ったけどヤブヘビになりかねないので、黙っておく。

それから後片付けを終えて街へ戻り、冒険者ギルドのエレーヌさんのところへ。

「お疲れ様でした。お仕事の完了報告ですね。……はい。依頼者のサインも確認できましたので、こちらが報酬の銀貨五十枚となります」

そう言って、エレーヌさんが報酬の入った小袋をくれた。

C級へ上がるために必要なのは金貨十枚だから銀貨に換算すると、残りは銀貨九百五十枚か。

……す、すぐよねっ！　今回、植物系の魔物には、私の水魔法が有効だってわかったし。

「エレーヌさん。植物系の魔物を倒す依頼ってありませんか？」

「植物系ですか？　正直、D級で植物系の魔物討伐っていうのはレアなんですよね」

「レア……と言いますと？」

「だって、植物系の魔物ってあんまり動かないじゃないですか。ですから弱い植物系の魔物が現れても、冒険者ギルドへ依頼せずに、ご自身やご近所の方にお願いして倒してしまうんですよ」

「という事は、今回はめちゃくちゃラッキーだったの⁉」

「はい。ですので、あちらで適した依頼を探していただくのが良いのかと」

ううう……ティターニアさんから貰った妖精の杖もあるし、植物系の魔物を倒しまくれると思ったのに。小さく溜息を吐きながら、コリンと共に次の依頼を探す。

「あ、見て見て！　コリン、この依頼なんて良さそうじゃない？　魔物の討伐がないわよ！」

コリンと共にD級の依頼掲示板を見ていると、魔物を倒さなくても良い依頼を発見した。

「ホントだ！　お姉ちゃんすごい！　でもこれ、魔物退治はないけど、思いっきり力仕事じゃないかな？　畑の水路作りのお手伝いって書いてあるよ？　力に自信がある人推奨ってあるし」

「大丈夫よ。ほら、その少し下を見てみて。『もしくは、土魔法が使える方』って書いてあるでしょ。つまり力がなくても、魔法で水路を作っても構わないって事なのよ」

「なるほど……って、あれ？　お姉ちゃんって、水魔法と雷魔法を使うんじゃなかったっけ？　実は土魔法まで使えるの⁉」

「ううん、使えないわよ。でも、私たちにはティターニアさんがくれた、この杖があるじゃない。これを使って、すごい勢いで水を流せば、水路作りなんて楽勝だと思わない？」

「そっかー！　お姉ちゃんって、本当にすごいねっ！　ボク、土魔法しかダメだって思い込んじゃったよ」

コリンも私の考えを理解してくれたので、早速この依頼を受ける。

『何だ。土魔法を使えるように、アースドラゴンやストーンドラゴンを狩りに行くのではないのか。ストーンドラゴンは硬すぎて食えたものではないが、アースドラゴンは悪くないのだが』

……イナリ。農水路を作るために、まずドラゴンを倒しに行くって、どんな場所に畑を作るつもりなのよ。そんなシチュエーションは、ドラゴンの巣の近くとかじゃないと、起こり得ないでしょ。

なぜか残念そうなイナリをよそに、依頼書を持ってエレーヌさんのところへ行く。

「あの、アニエスさん。これ、魔物とは戦いませんが、思いっきり力仕事ですよ？」

コリンと同じ事を言ってきた。

でも、妖精の杖の事は話せないので、水魔法で土魔法の代用ができると話す。

「普通は、水魔法が土魔法の代わりにはなりませんけど……まぁそこまで仰《おっしゃ》るなら」

渋々エレーヌさんが承諾してくれて、依頼を受けられた。

「こちらの依頼は、ここから南に行ったところにあるエペナイ村からの依頼ですね。乗合馬車の料金は報酬に含まれておりますが、依頼失敗時には支払われませんのでご注意願います」

エレーヌさんから補足事項として、乗合馬車の話が出たけど、実は私、乗合馬車に乗るのは初めてだったりする。というのも、近場の移動はともかく、少し離れた場所へ移動する時は、トリスタン王子のわがままで、貸し切りの高級馬車に毎回乗っていたから。

料金は知らないけど、絶対に高いと思うんだよね。

「お姉ちゃん。ボク、馬車に乗るの初めてだから、楽しみだよー！」

『ま、まぁ、せっかくだから乗ってやらん事もないぞ』

コリンとイナリも乗合馬車を楽しみにしているみたいだし、皆で楽しみだねーと話しながら馬車の停留所へ行く。

「申し訳ないのですが、テイムされていても魔物は乗れない規則なんです」

だけどイナリを見た御者さんに断られてしまった。

「他のお客様も居られますので……あの、個人用の貸し切り馬車でしたら問題ありませんので。すみません」

「貸し切り馬車って、エペナイ村までだと、一人当たりどれくらいの費用になるんですか？」

「馬車を丸々一台借りていただくので、何人乗っても料金は変わりませんが、エペナイですと、これくらいになってしまいます」

御者さんに提示された額を見ると、これから受けるお仕事の報酬よりも高いんですけど！

イナリが本来の姿になれば乗合馬車に乗れると思うけど、今度は街から出る時にややこしくなるし……うん、歩いていこう。イナリと出会ったラオン村からこの街までも歩いてきたしね。

「うん、ボクも大丈夫だよー。歩くの好きだもん」

コリンも同意してくれたから、徒歩での移動が決定した。

『くっ……し、仕方あるまい。い、いつか、またいつか乗れば良いのだからな』

イナリは誰よりも残念そうにしていた。

「それじゃあ、エペナイ村に向けて出発ーっ！」

食料や必要な物資を補充し、エペナイ村までの地図を貰って、てくてくと歩きだす。

馬車が通る街道を歩くだけなので、大して苦ではない。どこかで野営をする必要はあるけど、明日の午前中には着くだろう。

なので、コリンとお喋《しゃべ》りしながら歩く。

「プリン……って、なぁに？」

孤児院で育ててもらったからか、コリンは甘いデザートをほとんど食べた事がないようだ。

唯一食べた事のあるお菓子はビスケット。これは、何か甘い物を作ってあげないと。

「けど、お菓子を作る予定がなかったから、材料が足りないの。エペナイ村で、お菓子作りの材料を買えたら、甘いお菓子を作ってあげるね」

「やったー！　お姉ちゃん、ありがとう。ボク、すっごく楽しみ！」

『ふむ。つまり、我が今すぐ材料を取ってくれば、そのプリンとやらを食べられるのだな？　甘いという事は……キラーホーネットのハチミツ辺りか？』

「またすぐ、そういう事を言うんだから。普通に売っているもので作れるわよ。それに、甘い物以外にもいろいろと足りないから、道中では無理よ」

『くっ……うまそうな食べ物の話だけされて、実際に食べられないとは』

喜ぶコリンに対し、イナリが拗《す》ね、子狐姿で私の肩に飛び乗ったかと思うと、不貞寝《ふてね》し始めた。

「すごいね。お姉ちゃんって、まるでイナリとお話ししているみたいだね」

「――っ⁉ そ、そうなの。お、お姉ちゃんはテイマーだから、イナリが何を考えているかわかっちゃうのよ」

失敗失敗。コリンの前で、思いっきりイナリに話しかけちゃったよ。

それからは、野営に適した場所探しと、今日の夕食に何を食べたいかという話になった。

街道から少し離れた見晴らしの良い小川の傍で野営をすると決まったので、皆でそれぞれ準備を始める。ちなみに、イナリには食料調達を自粛してもらい、代わりに味見係に就任してもらって……今日の夕食、普通のパスタが完成した。ただイナリの要望で、普段私が作る時の倍近くのお肉が入っているけどさ。

食事の後はせっかく綺麗な小川があるのでコリンと一緒に身体を拭き、髪の毛も洗う。

「コリン、さっき脱いだ服をお姉ちゃんに貸してー。一緒に洗ってあげるわよー」

「そ、それくらい自分でできるよ？」

「いいから、いいから。遠慮しないの」

砂埃で汚れた服を洗ってあげる。よく絞って、木の枝に張ったロープに干すと、ポタポタと水滴が落ちる……

「お姉ちゃん。どうかしたの？　服を干した途端に固まっちゃったけど」

「あ、えっとね。ティターニアさんから貰った杖で、この水滴を操作したらすぐに乾くんじゃないかなーって思って」

「何それ、すごそう！　お姉ちゃん、やってみてよー！」

「そうだねー。とりあえず、やってみようか」

思いついた事を早速やってみる。

だけど、残念ながら結果は失敗。よくよく考えてみると、ティターニアさんから貰った妖精の杖で動かせたのは、私の魔法で生み出した水であり、自然の水ではないもんね。

『ならば、その服の水に、神水《しんすい》を混ぜてみれば良いのではないか？』

がっくりと肩を落としていると、何がしたいのかを察したイナリがアドバイスをくれたので、早速試してみる。

「すごい！　水がどんどん落ちていくよ！」

「そうね。あっという間に、ほとんど乾いちゃった！　イナリ、ありがとう」

見事に目的を達成できた。

水を出せて、火を点けられて、乾燥までできる……私、どんどん便利な人になっている⁉

それはさておき、この杖を使った乾燥方法は、野営だけじゃなくて宿に泊まった時でも使える！ と思ったのも束の間で、干した服の下が小さなお花畑になっていた。あ、地面に神水《しんすい》が落ちたせいだ。便利なんだけど、使う場所には気をつけないとね。

翌朝。特に何事もなく一夜が明け、エペナイ村へ向かって歩き、無事に到着した。想像していた通り、畑が広がるのどかな村で、身分証のチェックなんかもない。そのまま村の中へ入り、農作業をされている方々へ聞いて、依頼者であるトマさんを発見した。

「よく来てくださった。お嬢さんと弟……という事は、土魔法の使い手ですかな？」

「弟ではないですけど、まぁそんな感じです。土魔法は使えませんが、水魔法を使えます」

「……水魔法ですかな？　土魔法ではなく？」

「はい。ですが、ご安心ください。私の水魔法はすごいですから」

「……………まぁそうまで言うなら、ついてきてくだされ」

何か言いたそうなお爺さん――トマさんについていくと、私たちが昨日水浴びをしたのと同じくらいの小川に案内された。

「この川の水を、奥にある畑へ届くようにしてほしいのじゃ」

「なるほど。この川から遠いところにある畑は、水やりが大変だから……って感じですかね？」

「その通りじゃ。畑なので水田のように大量の水を要する訳ではないが……本当に大丈夫かの？」

不安そうな表情を浮かべるトマさんに、笑顔で任せて！　と告げると、早速作業に取り掛かる。

「じゃあ、まずはここからっ！」

水魔法と妖精の杖を使い、指定された場所へ水流を向かわせる。

「ほぉ、水魔法にこのような使い方があったとは。こんな方法で土を削る人は初めて見ましたぞ」

まぁそうだよね。普通の水魔法って、せいぜい生み出す量を調節するくらいで、勢い良く水を流したり、好きな方向へ動かしたりなんてできないもん。

「しかし、ずいぶんと掘り進めておられますが、元が土なので石か何かで水路の底や側面を固めなければなりませんな」

「石は大変だから、板とかはどうですか？」

「板ですか。樹はたくさんあるので使ってもらって構いませんが、この用水路に嵌《はま》るような板となると、加工が難しいの。とはいえ、お嬢さんたちは、土を削ってもらうだけでも十分じゃ。あとは、ワシが少しずつ板を置いていけば良いですからの」

少しずつ置いていけば……って、こう言っちゃ悪いけど、トマさんには厳しい気がする。川へ水を汲《く》みに行くのが辛いから、冒険者ギルドへ農水路作りの依頼を出したくらいなのに。

「……ねぇイナリ。樹を切って、スパッと板にできたりしない？」

『できなくはないが、そこまでする必要はないのではないか？　自分でやると言っているし』

「……あのお爺さんにできると思う？　ね、お願い」

『まったく。アニエスはお人好しだな……ならば、プリンとやらで手を打とう。待っておれ』

小声で話を纏《まと》めると、使って良いと言っていた樹が生《は》えている場所へ、イナリが駆けていく。

その様子を遠目に見ていると、突然大きな樹が倒れ……イナリが戻ってきた。

『あの樹を、そこの童《わらわ》でも持てる程度の、薄くて細い板にしてやったぞ。運んで並べていくと良いだろう』

「こ、コリン。さっきイナリが走っていった場所を見てきてくれる？　イナリが樹を板にしてくれたんだって！」

「え？　う、うん。じゃあ、見てくるね」

困惑した様子のコリンが駆けていき、両手に何枚かの細い板を持って帰ってきた。

「お姉ちゃん！　イナリはすごいよ！　見て！　同じ大きさの板が持ちきれないくらいあるよー！」

「おぉ、何という精度じゃ。この板はワシが並べるから、すまぬが弟殿は、ここへ運んできてくれぬか？」

「うん！　じゃあ、また取ってくるね！」

私が溝を掘り、コリンが板を運んできて、トマさんが並べる。板が足りなくなったら、イナリがまた樹を板にして……すごい速さで水路が出来上がっていき、元の川へ。

「……イナリ。あの、樹を板にする方法って、どうやっているの？」

『簡単な事だ。一瞬、戦闘用の姿に戻り、爪で数回樹を切るだけだ』

「数回……って、じっと見ていたけど、腕を振るっているところも、姿を変えているところも見えないんだけど」

『はっはっは。我の動きが見えないと言うが、我よりも速い魔物だっているのだぞ？』

「そうなんだ。イナリよりも速い魔物がいるんだ……」

『す、少しだけ。少しだけだからな』

自分で言っておいて妙なところで謎の対抗心を燃やしている。さておき、イナリのおかげであっという間に農水路が完成した。

「いや、すごいものですな。数日は掛かるだろうと思っておったのですが、半日足らずで完成してしまうとは」

相当驚いたらしく、完成した農水路を前にトマさんがすごいと繰り返す。

それから、水を止めていた板を外すと、水が流れていった。

「では問題なければ、依頼書にサインをいただけますか？」

「もちろんですじゃ。数日掛かると思って、家内が食事を用意しておりました。良ければ食べていってくださらんか？　ワシと家内だけで食べきれる量ではないので」

「よろしいのですか？　では、喜んで」

トマさんに家へ案内され、奥様が作ってくださった料理をいただいていると、

『アニエス。ところで約束のプリンはまだか？』

奥様が目を丸くする程食べていたイナリが、プリンを要求してきた。

流石《さすが》に今は無理なので、トマさんの家を出てから……と言おうとしたんだけど、イナリが目をキラキラ輝かせて見つめてくる。もぉっ、どれだけプリンを楽しみにしているのよ。

仕方がないなぁ。

「あの、奥様。少しキッチンをお借りしてもよろしいでしょうか」

「どうぞどうぞ。何でしたら、食材も自由に使ってください。主人から農水路作りは数日掛かるものだと聞いておりましたし、依頼を受けていただいてから、食材をたくさん買っておりましたので」

「なるほど。では、そういう事でしたら、ありがたく使わせていただきますね」

とは言ってもプリンなので、そこまで多くの食材は必要ないんだけどね。

キッチンへ案内してもらい、簡易カマドではなく、ちゃんとした設備は久しぶりだと喜びながら、調理開始。砂糖を熱して作ったカラメルを容器に入れ、卵と砂糖を混ぜたところに温めたミルクを混ぜ、それを容器へ。あとは蒸して、冷ますだけ……なんだけど、普通に冷ますと時間が掛かってしまうので、何か冷やす手段はないだろうか。

普通に考えると、奥様に教えてもらった地下の食材保管庫へ入れて置くのが良さそうだけど、できればもう少し速く冷やしたい。

「そうだ！　ティターニアさんから貰った杖で、水の温度も操作できないかな？」

ボウルに水を生み出し、妖精の杖を持って冷たくなれーって念じる。

「あ、できた。けど、触ったら氷より冷たそうなのに、凍ってないのはどうして？」

液体のままですごく冷たい水ができたので、そこへ粗熱を取ったプリンの容器を入れて少し待つ。あっという間に良い感じに仕上がった。

「お待たせ。食後のデザートとして食べてね……って、作っている間に食べ終わっていたのね。えっと、トマさんと奥様もどうぞ」

「お姉ちゃん！　これがプリンなんだね！　……甘くて美味しいっ！」

コリンがあっという間にプリンを食べ終え、ニコニコしている。

トマさんと奥様も美味しそうに食べてくれて、一番期待していたイナリは……

『……おかわり！』

プリンしか見てなかった！

イナリ用に作っていたのを置くと、コリンも食べたそうなので、二つ目を……食べ過ぎでお腹を壊さないようにね？　それから私もプリンに手を伸ばし……うん、美味しいっ！

トマさんの家のミルクが良いからかな？

会心のできのプリンだと舌鼓《したつづみ》を打つ。

「トマさん、トマさんや」

誰かが来たらしく、呼ばれたトマさんが玄関へ行った。

「……何とっ！　それは本当か⁉」

「あぁ、この目でしっかり見てきたぞ」

話していたトマさんが、出掛けてくると言い、少ししてたくさんの桃を持って戻ってきた。

「あら？　あなた、その桃は？」

「すごいのじゃ！　ワシらが結婚の記念に植えて枯れていたはずの桃の樹が蘇《よみがえ》り、実まで付けていたのじゃ！」

「まぁ、それはすごいですね。アニエスさんが作ってくださった農水路のおかげでしょうか？」

「いや、完全に枯れておったから、水を与えたくらいでは……しかし、事実として……」

へぇ、枯れていた桃の樹が実を付けたんだ。珍しいな……あ、そっか！　水路を作る時に、私の水魔法を使ったから、周辺にあった樹に影響が出ちゃったんだ！

どうしようかと思っていると、

「あの桃の樹は、子供の居らぬワシらにとって、子供のようなものなのですじゃ。理屈はわからんが、あの樹に再び実がなったのは、確かにアニエスさんたちが来てくれたからかもしれん。本当に感謝いたしますのじゃ」

トマさんと奥様は深々と頭を下げた。とりあえず、私とは関係なくて、偶然だと思う……と話した。

「トマさん！　トマさんや！　あの、奇跡を起こす聖女アニエスさんは、まだ居らっしゃるか⁉　居らっしゃるなら、ぜひうちの畑にも水路をお願いしたいのだが」

すでに変な名称と共に話が回っている⁉　奇跡を起こす聖女って何なのーっ⁉

第三章　ポーション作りのお仕事

「アニエスさん。おめでとうございます！　早くもC級冒険者に昇格ですね」

「ありがとうございます」

「しかし……どうして、あんなに大量の指名依頼があったんですか？　しかも、農水路作成のお仕事ばかり。あと、村にある冒険者ギルドの出張所の話では、アニエスさんを聖女様と呼んでいるとかいないとか」

　そう言ってエレーヌさんが首を傾げて不思議そうにしているけど、指名依頼というのは通常よりも依頼料が割り増しになるそうで、普通はA級やS級の冒険者を対象とした依頼でしか起こらないらしい。

　エペナイ村で農水路を作るお手伝いのお仕事を引き受け、水魔法と妖精の杖を使い、イナリの協力もあってすごい速さで依頼を完了させてしまった。

　それだけなら、ここまで大きな話にならなかったはず。私の水魔法の効果で水路の近くに生《は》えていた枯れ木に樹の実を付けてしまい、奇跡を起こす聖女としてエペナイ村でちょっとしたブームになったのだ。

その結果、噂が噂を呼び、エペナイ村だけでなく、その隣村のさらに隣村くらいまで呼び出され、あっという間にC級に昇格するための報酬、金貨十枚を軽々と超えた。……本当は金貨十枚を超えた時点で冒険者ギルドがある、このレイムスの街へ戻ってきたかった。

だけど、村の人たちがウチもウチもと、お願いしてくるし、めちゃくちゃもてなされるし……で、ようやく帰ってこられたという訳だ。

「ま、まぁ、その……ご老人たちの話し相手になってあげたり、時々食事を作ってあげたりしたからじゃないですかね？　は、ははは……」

い、言えない。村の人たちの何割かは、用水路が目的ではなく、枯れてしまった大事な樹の再生が目的だったなんて。

神水《しんすい》の事はもちろん話していないけど、私が作った農水路の傍にある植物が、瞬く間に実を付けたり、枯れ木に花が咲いたりするのを、たくさんの村人さんたちに目撃されちゃっているからね。

ただ、D級のお仕事は卒業だし、もう農水路のお仕事は受けないつもりなので、これ以上変な噂が流れないと思うけど。

「エレーヌさん。私たちはC級冒険者になったので、この国の全ての街で冒険者カードが身分証として有効になったんですよね？」

「はい。もしかして、もう別の街へ旅立たれるのですか？」

「そうですね。元々いろんな国を旅して回るつもりでしたので」

これはすでにコリンとも話をしていて、私とイナリは別の国へ行くつもりだと伝えたところ、彼も一緒についていくという返事を貰っている。コリンは孤児院へ帰れないし、この国に何か目的がある訳でもない。

強いて言うなら、お金持ちになったら孤児院へ恩返しをしたいけれど、それはもっと自分が大きくなってからだと言っていた。

「ちなみに、B級に上がるまで……C級以上の依頼で金貨五十枚の報酬を得るまで、他の国へ行けませんが、どうされますか？」

「王都へ行こうと思うんです。コリンが王都を見た事がないと言っていたので」

これも、コリンに話をした時に出てきた話だ。国を出る前に、一度はこの国の王都を見てみたいと。

私もB級冒険者になるまでこの国を出る事ができないし、王都はあの王子と一緒に通ったくらいで、ちゃんと滞在した事はない。だったら王都へ行ってみよう……と纏《まと》まったのだ。

「そうですか。では、王都にある冒険者ギルドへ着きましたら、オリアンヌという職員を訪ねてみてください。私の名前を出せば、きっと良くしてくれると思いますので」

「わかりました。それでは王都でB級冒険者を目指しますね。エレーヌさん、これまでありがとうございました！」

「いえ。また、この街へ立ち寄る事がありましたら、ぜひギルドへお越しくださいね！お元気で！」

エレーヌさんに見送られてレイムスの街を出発し、一日半くらい歩いて王都バーサイレスの壁が見えてきた。

「お姉ちゃん、ついに着いたね！　これが王都なんだー！」

途中、食事の度にイナリが何かを狩りに行こうとしたけれど、それを見越して大量に食料を準備していたから、変なものを食べる事なく辿り着いた。……とはいえ、今まで食べた魔物の肉や卵は、どれも美味しかったんだけどね。

街の中へ入るための身分証確認の列に並ぶ。

「うむ。通って良し」

イナリは冒険者ギルドのリボンをつけているからか、あっさり通れた。

「すごい！　お姉ちゃん、人がたくさん居るね」

「そうね。コリン、逸《はぐ》れないように気をつけてね」

レイムスの街と比べて大通りがかなり広く、それに比例して人も多い。

街も広いし、逸《はぐ》れてしまったら大変だからとコリンの手を取り、イナリを抱っこする。

『アニエス。我をその童《わらわ》と同じ扱いにするでない』

念話でイナリが文句を言ってくるけど、とりあえず我慢してもらおう。

というのも、いつもは街や村の中でもイナリに自分で歩いてもらっているけど、こうも人が多いと踏まれちゃう可能性があるからね。……まぁイナリなら踏まれたくらいでは、ビクともしないんだろうけどさ。

そのイナリは、私の腕から抜け出そうとしばらくジタバタしていたけれど、抱きかかえられた方が楽だと気づいたのか、それとも諦めたのか。私の腕にお腹を付け、垂れ下がるようにしてプラプラしている。

それからところどころで道を聞き、街の入り口と大きくそびえるお城との中間くらいに位置する、冒険者ギルドの建物へ到着した。中に入ると、レイムスの街よりも遥かに多くの冒険者さんたちが居て、鋭い視線を投げかけられる。

「モフモフ……可愛い」

「テイマー？　珍しい」

「……尻尾、触らせてくれないかな？」

やっぱり王都でもイナリに注目が集まっていた。

冒険者たちの間を通り抜け、奥にある受付カウンターへ向かう。

「すみません。オリアンヌさんは居られますか？　レイムスの街のエレーヌさんから紹介を受けたんですけど」

エレーヌさんに言われた通りオリアンヌさんを訪ね、少し待つと、赤髪のボーイッシュな女性が現れた。

「貴女がアニエスかい？　エレーヌから話は聞いているよ。奇跡の聖女って呼ばれて、一部の村にファンが居るんだよね？」

「そ、それは……ま、まぁ極一部の界隈《かいわい》ですけどね」

「いや、少数だろうとファンが居るっていうのは良い事なんだよ。これまで偉業を達成してきた冒険者たちは、少なからずファンが居たからね。きっとアニエスもすごい冒険者になれるよ」

やたらと私を持ち上げてくれるけど、私はすごい冒険者になりたい訳ではなくて、この国を出ていろんな国を見たいだけなんだけどね。

「ところで、私たちはC級冒険者になったばかりなんですけど、できれば魔物と戦わなくても良いC級以上のお仕事ってないでしょうか？」

「はっはっは。それもエレーヌから聞いているよ。しかし、珍しいよね。戦いが好きじゃないのに、ひと月も経たずにC級に昇格するなんて……と、それなら、こういう依頼があるんだけど、受けてみるかい？」

　オリアンヌさんが事前に用意していたらしき依頼書を受け取り、内容を読んでみる。

「ポーション作りの助手……ですか？　どうしてポーションを作る助手なのに、C級の依頼になるんですか？」

「まぁいろいろあってね。仕事内容はそこに書かれている通りで、助手をするだけなんだけどさ、依頼主がちょっとばかし面倒……というか、癖が強くてね。うちのギルドで検討した結果、C級の依頼がふさわしいって結論に至ったんだよ。とりあえず一度会ってみて、ダメそうならキャンセルっていうのでも構わないからさ、ひとまず受けてみようよ。受けてみるよね？」

「はぁ。まぁ会うくらいなら」

「じゃあ決まりだねっ！　ここが依頼主のアトリエだよ。先方にはこちらから連絡しておくから、よろしくねっ！」

何だろう。エレーヌさんの紹介だから大丈夫だとは思うんだけど、何となく厄介な依頼を押し付けられたような気がする。

不安に思いながらも、今日は宿で一泊して、明日の朝に指定された場所へ行ってみよう。


「えっと、お姉ちゃん……このお家なの？」

「貰った地図だと、ここのはずよ？　家っていうか、お屋敷だけど」

昨日、冒険者ギルドで紹介されたポーション作りの助手をするため、依頼主さんのお屋敷にやってきた。

紹介してくれたオリアンヌさんはアトリエって言っていたけれど、門から見える敷地には広い中庭があって、遠くに大きな屋敷が見える。アトリエって、工房とか作業場のはずなんだけど……どうなっているの⁉

『とりあえず、入ってみれば良いではないか。門の前でジッとしていても、何も進まんぞ？』

いや、そうなんだけどね。

イナリの言う事はもっともなんだけど、あまりにも予想と違いすぎてためらうというか、間違っていたらメチャクチャ怒られそうな気がして足が進まないんだよ。

『むっ！　僅かに魔力を感じる。……この門の横に付けられている､この小さな箱だな』

イナリが見つけた小さな箱を見ると、これはマジックアイテムの一種らしい。

小さなボタンが付いているので、これを押せば良いのかな？　と考えていると、イナリが小さな前足でボタンを押してしまった。

「い、イナリ⁉」

何が起こるのかわからず身構える。

「誰だい？」

「ひゃ、ひゃぁっ！」

どこからともなく、女性の声が聞こえてきた。

コリンと二人で周囲を見渡しても、姿が見えない。

『その箱から声がするな。おそらく、魔力で離れた場所から声を届けているのだろう。その箱に話しかけてみれば良いのではないか？』

イナリが教えてくれたので、箱に向かって話しかけた。

「お、おはようございます。冒険者ギルドでポーション作りの助手の依頼を受けた、アニエスという者なんですけど」

「……入っといで」

再び箱から声が聞こえ、門の鉄柵《てっさく》がゆっくりと横へスライドし始めた。

「お姉ちゃん。王都って、すごいんだね」

「そ、そうね。でも、王都がすごいっていうより、この屋敷がすごいだけな気もするけどね」

ここまで大きな屋敷だと、門番や、客人の用件を聞くための人が門の傍に居てもおかしくないのに、マジックアイテム？ を代替にしちゃうなんて聞いた事がないんだけど。もしかしなくても、かなりすごい人なの？ 大丈夫⁉ 私、ポーションなんて作った事がないよ⁉

開いた門の中へ皆で入ると、ゆっくりと門が閉じていく。

あ、開けっ放しは物騒だもんね。別に私たちを閉じ込めるって訳じゃないよね⁉

イナリをギュッと抱きしめながら、広い中庭を進んで居ると、コリンが顔を強張らせる。

「ねぇ、お姉ちゃん。この庭……変だよ」

「そうね。綺麗なお花も咲いているけど、見た事のない変な草も植えられているもんね」

「そうじゃなくって……その、人が誰も居ないんだよ。普通はこれだけ大きなお庭だと、手入れをする庭師さんが居ると思うんだー」

確かにコリンの言う通りかも。こんなに大きなお屋敷なのに、まだ誰にも会っていないなんておかしいよね。

オリアンヌさんが、癖の強い依頼主だって言っていたし、人嫌いとかなのかな？　実は屋敷に入ってきた人を……って流石《さすが》に、そんな人のお仕事を冒険者ギルドは紹介しないはず。

「失礼しまーす」

屋敷の前に着いたので、恐る恐る中へ入ると……中は林だった。いや、林は言い過ぎかな。

たとえるなら……植物園？　変わった草花が生《は》える屋敷の中で立ち尽くす。

「突っ立ってないで、こっちへ来な。そのまま真っ直ぐだ」

奥から先程の声が聞こえてくる。

ここまで来たので意を決して進むと、しわくちゃのお婆ちゃんが机に向かって何かの作業をしていた。

「ふむ。アンタがアニエスかい。冒険者ギルドから話は聞いているよ。水魔法が使えるんだね？」

私の顔をチラッと見て、すぐさま机に視線を戻す。

「はい。えっと、雷魔法も少しだけ使えますけど」

「雷魔法？　そんなの要らないね。私が必要としているのは、水魔法、土魔法、光魔法だけだよ。で、アンタは水魔法を使えるんだろ？　だったら、まずはそこに山積みになっている器具を洗っておくれ。そっちの坊やは……ふむ、獣人族か。じゃあ、向こうで干している器具を棚に仕舞ってもらおうか」

あれ？　まずは話を聞くだけじゃなかったっけ？

幸いイナリは私が抱っこしていたので、ぬいぐるみか何かだとでも思ったのか、それとも目が悪くて気づいていないのか、何も言われなかった。イナリには屋敷の入り口でお昼寝をしてもらって、私とコリンは、何歳かわからないくらい高齢なお婆ちゃんの指示に従い、ポーション作りの助手のお仕事を始めた。

「お婆さん。器具の洗浄、終わりましたよー」

話を聞く以前に、いきなり器具を洗えって言われたけど、水魔法で簡単に汚れが落ち、あっという間に終わってしまった。早速報告する。

「誰がお婆さんだい。私はソフィアって言うんだよ」

「ごめんなさい。ソフィアさん。とりあえず洗い終えましたけど、次はどうしましょうか」

「何を言っているんだい？　あれだけの量だよ？　しかも薬を混ぜたり、素材を砕いたりする器具なんだ。そんなに早く終わる訳が……こ、これはどういう事なんだいっ⁉」

「どういう……って、水魔法で洗い流しただけですけど？」

「水魔法の水で洗い流しただけ⁉　……レッドスネークの肝や、バジリスクの舌を混ぜた乳鉢が、それだけでこんなに綺麗に⁉　これは聖水を使わないと落ちない汚れなのにっ！」

え⁉　ちょっと待って。蛇の肝とか、バジリスクの舌って何なの⁉　どっちも毒とかがありそうじゃない！　それに、聖水を使わないと落ちない汚れを洗え……って無茶苦茶よっ！

「アンタ……いや、アニエス。こっちへおいで」

「な、何ですかっ⁉」

「この白い液体は、チャモミールの花を煎《せん》じたもので、これを水に溶くとポーションの一つになる。アニエスの水魔法で、ポーションを作ってみておくれ」

「はぁ。構いませんけど」

最初にソフィアさんと会った作業台に連れていかれ、またもや唐突に作業を依頼される。

冒険者ギルド経由で依頼を受けているからちゃんとやるけど、もう少し説明が欲しいな。

とりあえず、目の前に白い液体の入った小瓶があって、隣に空の小瓶が置かれているという事は、ここに水とこの液体を混ぜるのよね？　……割合とかわからないけど、適当で良いのかな？

とりあえず、小瓶の八割くらいまで水を入れ、残りの二割を白い液体にしてみる。

「あれ？　白い液体を入れたのに、透明になっちゃった。量が少なかったんですか？」

「量はむしろ多いくらいなんだが……アニエスの水魔法は特殊なのかもしれないねぇ」

「そ、そんな事ないです……よ？」

「いや、聖水を使わないといけないのに、その代替になっている時点で、少なくとも聖水に近い効力があるはずだよ。これは研究のやり甲斐があるね。依頼料は上乗せさせてもらうから、しっかり手伝ってもらうよ」

うーん。報酬が上がると、早くB級に上がれて、他の国へ行けるから嬉しいんだけど、神水《しんすい》がバレても大丈夫なのかな？　ソフィアさんって、こんなに大きな屋敷でポーションを作っているのだから、それなりにすごい人なんだろうし。

「アニエス。さぁ次はこれだよ。一口にポーションって言っても、いろいろあってね。さっきの白い液体で作るバイタル・ポーション——体力を回復する薬もあれば、クリア・ポーション——呪いを解くためのポーションもある。アニエスが生み出す水は聖水に近い効果があるみたいだし、解呪の効果もあるかもしれないね」

そう言って、ソフィアさんが透明な液体の入った小瓶を差し出す。先程と同じように水魔法で生み出した水に適当に混ぜてみる。

今回は、さっきと違って元から透明なので、成功しているのかどうかわからない。

「ふむ。とりあえず、効果を確認してみようかね」

私が作ったポーションを手にしてソフィアさんが立ち上がった。

「えっ⁉　まさか、その成功しているかどうかもわからないポーションを飲むんですか⁉」

「流石《さすが》の私でも、いきなりそんな事はしないさ。だけど、何も飲むだけがポーションの使い方ではないから……ついておいで」

ソフィアさんについていき、屋敷の裏口から外へ出ると、中庭とは対照的な薄暗い場所へ出る。

そのまましばらく進むと真っ黒い実を付けたウネウネと動く蛇みたいな草が生《は》えていた。

「こいつは、デーモンプラントっていう植物系の魔物なのさ。こいつにクリア・ポーションを振りかけると、通常なら枯れるんだが……さて、どうなるかね」

「えっ⁉　植物系の魔物⁉　ソフィアさん、ちょっと待っ……」

私の制止は間に合わず、ソフィアさんが私の作ったポーションを振りかける。

「な……ど、どうなっているんだい⁉　デーモンプラントが枯れるどころか、赤い実に変わって動かなくなっただって⁉　こんな効果、初めて見る！　アニエス、すごいじゃないか！　これはポーション界に革命が起こるかもしれないよ！」

ち、違うんです。聖水とかポーションとかじゃなくて、そもそも私の水魔法を植物系の魔物にかけると、浄化できちゃうんです！　……言えないけどさ。

「ふむ。この赤い実はイチゴに見えるね。デーモンプラントはイチゴが魔物化したのか。これは新発見だよ！　アニエス、このポーションを使えば、さまざまな植物系の魔物を調べられる！　すごい事だよ！」

ソフィアさんがすごく興奮しているけど、それはポーションの効果ではないんですううう っ！

「あの、ソフィアさん。それ……どうするんですか？」

デーモンプラントっていう植物系の魔物が私の作ったポーション……というか、私の水魔法で浄化された後、先程の作業台に戻ってきた。

ソフィアさんが私の作った体力を回復するポーションを手に取る。

ソフィアさん曰く、白い色のポーションになるのが正解らしいんだけど、思いっきり無色透明なので、ただの水だと思う。……いや、ただの水ではないんだけどさ。

「さっきのデーモンプラントの効果を見ただろう？　こっちのポーションも、一見失敗しているけど、すごい効果があるかもしれないじゃないか」

「そうですかね？　少しも白くないですよ？」

「確かにそうだけど、まぁ飲んでみればわかるだろう」

って、飲んじゃうの⁉　ソフィアさん自ら⁉

ポーションの効果がなくても、神水《しんすい》は私だけじゃなく普段から皆が飲んでいるし、大丈夫かな？　イナリが言うには状態回復効果もあるみたいだし。少なくとも、身体に害はないと思う。

ソフィアさんが小瓶に入った水をゆっくりと飲み干す。

「む……こ、これは⁉　な、何だい⁉　身体の中から力が溢れてくる⁉」

戸惑い、困惑している。……あ、そういえば、能力が倍増する事を忘れていた。

何て言い訳をしようか……

「――っ⁉　あ……あぁぁぁっ！」

突然ソフィアさんが大きな声で叫びだす。

え⁉　神水《しんすい》には害はないと思うんだけど……副作用があったの⁉

なす術もなくオロオロしているといつの間にかソフィアさんの姿が消え、代わりに見ず知らずの綺麗なお姉さんが立っていた。

「あれ？　あの、ソフィアさんは？」

「変な事を言うね。私ならここにいるじゃないか。……しかし、ずいぶんと身体が軽くなったけど、どういう効果だったんだろうね」

「えぇぇぇっ⁉　ソフィアさん……ですか？」

「ソフィアだよ。見ればわかるだろうに」

「……ソフィアさん。ご自身の手や腕を見ていただけますか？」

「手？　私のシワクチャな手を見てどうするんだい？　…………は？」

目の前に居るのがソフィアさんだとしたら、そういう反応になりますよね。

だって、どう見ても二十歳前後で、めちゃくちゃ綺麗な女性になっているんだもん。

自分の手を見たソフィアさんが、どこからともなく手鏡を取り出した。

「なにぃぃぃっ⁉」

そして自身の顔を見て再び叫ぶ。

しかし、どうして体力回復ポーションが若返りポーションになったんだろう。ペタペタと自身の顔を触るソフィアさんを眺めていると、トコトコとイナリが歩いてきた。

『さっきから、どうしたのだ？　騒いでいるから昼寝もできないのだが……む。どうしてドリアードが居るのだ？』

「ドリアード？　ドリアードって、あの樹の精霊の？」

思わず声に出してイナリに話しかけると、ソフィアさんがビクッと小さく身体を震わせる。

「アニエス。な……なぜ、私がドリアードだってわかったんだい？」

私の声が聞こえたようで、ソフィアさんが怪訝な顔でこっちを見る。

どうしよう。言える範囲で正直に言うべきなのかな？　流石《さすが》にイナリが九尾の狐だなんて事までは言えないけど不思議な力を持っている……くらいなら大丈夫よね？

「えっと、実はこのイナリが……」

言葉を選びながら、イナリの説明をしようとした瞬間。

「い、イナリ様っ⁉　その力は確かに！　力が衰《おとろ》え、気づかなくて申し訳ありません！　あの時は本当にありがとうございました！」

ソフィアさんが、イナリに向かって深々と頭を下げた。

「……え？　ど、どうなっているの⁉　えーっと、イナリってソフィアさんと知り合いだったの？」

『いや、知らんぞ』

ええー。ソフィアさんはイナリを知っているんだから、イナリが忘れているだけじゃないの？　もしくは何か隠しているか。

思わずイナリをジト目で見つめると、イナリがふいっと目を逸《そ》らす。

いいもん。ソフィアさんに聞くから。

「ソフィアさん。イナリとお知り合いなんですか？」

「イナリ様は、人間たちが我々ドリアードの森を焼き払おうとした時に単独で人間の軍隊と戦い、森を守ろうとしてくださったのだよ」

「えっ⁉　そんな事があったんですか⁉」

「かなり昔だけどね。我々ドリアードも加勢したかったんだけど、我々の力は真っ先に人間たちの魔法で封じられ、身動きが取れなかったんだ」

ソフィアさんが詳しく話をしてくれたんだけど、この国の二代くらい前の王様が、人間の住む場所を広げるために、広大なドリアードの森に目を付けたらしい。

王国側が大掛かりな封印魔法を用いてまずドリアードたちの力を封じ、森を破壊し始めたので、イナリが人間たちを追い払ってくれたと。

それに怒った王がイナリを悪い魔物だと言いふらし、周辺国の軍隊を集め、大群で攻めてきた。

だけどイナリがすごく強いので、ドリアードに使っていた封印魔法を解除して代わりにイナリの力を封じてしまったそうだ。

「そのおかげで我々ドリアードは逃げる事ができたんだけど、イナリ様が力を失い、しかも嘘ばっかりの悪評が伝わってしまってね」

「そうだったんだ」

確かに初めてイナリに会った時も聞いていた話と全然違うと思ったけど、昔の王様の作り話だったんだ。

『……あー、あの時のドリアードの一体か。しかし、それにしてはずいぶんと若くないか？』

「そうだね……って、イナリ。ソフィアさんはイナリを知っているみたいだし、本来の姿に戻れば？　もしくは普通に喋《しゃべ》るか」

「そうだな。この姿の念話に慣れすぎていて、すっかり忘れていたな」

そう言ってイナリが久々に美男子？　美女？　の姿に戻った。ソフィアさんも綺麗だから、二人が並ぶとものすごく絵になる。

「改めて聞くが、いくらドリアードが長寿とはいえ、当時のドリアードの生き残りにしては若すぎるように思うのだが」

「それは、アニエスが作ってくれた若返りポーションの力です。ほんの少し前までは、私は枯れ木同然の老いぼれでしたから」

「ほう。アニエスがポーションを作るとそんな効果があるのか。あいかわらず、神水《しんすい》はすごいな」

「神水《しんすい》⁉　水の聖女だけが生み出せる、あの⁉」

「そうだ。アニエスは水の神に愛されており、神水《しんすい》を生み出す事ができるのだ。我もその神水《しんすい》を飲んでいるおかげで、こうして元の姿に戻っている」

ソフィアさんがイナリの話を聞いてものすごく驚いているけど、大事な事を伝えておかなくちゃ。

「あの、さっきの若返りポーションなんですけど、たぶん失敗していると思うんです」

「どういう事だい？　現に私はこうして若返っているんだけど」

「ソフィアさんが樹の精霊ドリアードだって聞いて確信したんです。神水《しんすい》って、私やイナリが飲めば能力が向上するんですけど、植物に与えると枯れていても実を付けたり、

植物型の魔物に与えると本来の植物に戻るんです」

「つまり、ポーションの効能ではなく、元々の神水《しんすい》の力という訳かい？」

「はい。ですから、ポーションとしては失敗なのかなって」

ポーション作りのお仕事に私の水魔法は使えない。

だから、ソフィアさんのお仕事のお手伝いはできないのかもしれない。

「はっはっは。そういう事かい。だったら、普通の綺麗な水で作れば良いじゃないか。体力回復や解呪なんて効果は、神水《しんすい》に元から含まれているんだね。すごいポーションができたと思ったけど、流石《さすが》にすごすぎて流通させられないからね」

ソフィアさんが何事もなかったように話しだす。

でも、良かった。変に誤解されて、新しいポーションって言って販売したら、大事になるもんね。

「お婆ちゃん。向こうのお片付けが終わったよー……って、あれ？　お姉ちゃん、お婆ちゃんは？　それに、このお姉さんとお兄さん？　こっちもお姉さん？　わかんないけど、この人たちは？」

片付けの仕事を指示されていたコリンが戻ってきた。

「えっとねー。いろいろあったんだけど、こっちがソフィアさんで、こっちはイナリなの」

「……お姉ちゃん。ボク、お姉ちゃんが何を言っているかわからないんだけどだよねー。」

私も、それぞれの姿が変わるのを目の当たりにしていなければ、同じ事を言うと思うよ。

簡単に事の経緯をコリンへ話す。

「お姉ちゃんのお水って、すごいんだねー！　それに、イナリって、あの九尾の狐様だったんだー！」

意外にあっさりと受け入れてくれた。

もしかしてコリンは、かなりの大物なのかしら？　ソフィアさんが若くなって、イナリが実は九尾の狐だったという話をしたんだけど、全く動じなかったわね。

「そうだ、コリン。九尾の狐って、悪い話がたくさんあるけど、実はあれってこの国の王様が作った嘘の話なんだって」

「うん。知っているよー。だって、九尾の狐様は獣人族にとってみれば英雄だもん」

「我々ドリアードにとってもイナリ様は英雄であり、命の恩人じゃな」

なるほど。獣人族も、ドリアードもデマに踊らされていなくて、人間たちだけが、王様の作り話を信じ込んでいたのね。それを知っているのは極少数の人たちだけで、大半の人はその嘘を真実だって思っているんだ。

「あ、イナリが九尾の狐様だったら、ボクもイナリ様って呼んだ方が良いのかな?」

「別に呼び方は好きにすれば良い。今までイナリと呼んでいたのだから、それでも構わんぞ。もちろんコリンに限らず、アニエスもな」

「じゃあ、ボクは今まで通りイナリって呼ぶねー! あと、ソフィアさんもすごいね。お婆ちゃんだったのに、お姉さんになっちゃったんだもんねー」

コリンがすごいすごいと言いながら、ペタペタとソフィアさんの腕とか脚を触っている。

コリンはただただ若返った事がすごいと思っているんだろうけど、腕はともかく、脚はちょっと微妙だから触らない方が良いんじゃないかな?

まぁソフィアさんが気にしていないから、止める程でもないみたいだけど。

「ねえ、お婆ちゃ……お姉さん? 次は何のお仕事をすれば良いかなー?」

「ちょっと待ってくれるかい。私もいろいろありすぎて、少々混乱しているんだよ。姿が変わってしまったから、私がソフィアだとギルドに伝えないと、ポーションを買い取ってもらえないからね」

コリンの言葉にソフィアさんが応じる。

「……あれ? 姿が変わると言えば、イナリって――九尾の狐様って、力を封印されたんだよね？　その封印された力の一つが、お城の地下にあるって聞いた事があるんだけど」

すごい情報が出てきた。でも、どうしてコリンがそんな事を知っているの？

「あ、ボクが実際に見た訳じゃないよ。孤児院にいた時、時々遊びに来てくれた獣人族の人……たぶん、孤児院出身の人が、お城の警備をしていて、それらしきものを見たって言っていたんだー。人間族には九尾の狐様が悪い魔物って話になっちゃっているからボクにしか話してくれなかったけど、確かに言っていたよ」

コリンが答えを教えてくれた。

「だって。どうする、イナリ？」

「ふむ。気にはなるが……しかし、王城の地下には容易に入れぬだろう。……破壊しても良いのであれば、入れるが」

「それは、ちょーっと困るかな」

「そうであろう。以前の我であれば、力を取り戻すために尽力したであろうが、今の我はアニエスのおかげで元の姿に戻れている。無理に力を取り戻す必要はない」

そう言って、イナリがポンポンと私の頭を撫《な》でてきた。

うぅ……最近はもふもふイナリで可愛くて良かったけど、こっちはこっちで言動がイケメンっ！

　どっちのイナリも良い！

「我よりもそちらのドリアード……ソフィアを優先すべきだろう」

「あ、ありがとうございます。イナリ様っ！」

　あ、あれ？　ソフィアさん。若返って早々、恋する乙女になってない……よね⁉


　若返ったソフィアさんがこれまで通り暮らしていけるように、ギルドの方にソフィアさん宅へ来てもらうように依頼しに行ったり、神水《しんすい》をポーションに利用できないか調べたり、空腹を訴えるイナリに催促されてお昼ご飯を作ったりしていると、あっという間に夕方になってしまった。

「アニエス。そろそろ、今日の仕事は終わりだけど、これからどうするんだい？」

「今日は宿に泊まってまた仕事探しですね。とりあえず、B級冒険者になる事が目的なので」

「なるほど。だったら、うちに泊まっていかないかい？　宿代も浮くし、若返らせてもらったし、神水《しんすい》の研究もしたい。ギルドに指名依頼すれば、報酬も上がって早くB級になれるだろう？」

「ありがたいお話ですけど、ソフィアさんは良いのですか？　指名依頼じゃなくても依頼を受けますよ？」

「いや、むしろこれくらいさせてほしいんだよ。若返りもそうだけど、イナリ様に再会させてもらえたんだから」

そう言って、ソフィアさんが熱っぽい視線をイナリに向ける。

そのイナリは眠そうに大きな欠伸《あくび》をしているんだけど、そういうのは子狐状態でしてくれないかな？　せっかくの綺麗な顔が……って、美形は眠そうな顔でも美形なのねっ！

「では、せっかくなので、お言葉に甘えさせていただきますね」

「あぁ、大歓迎だよ。ただ、一階はこの通り植物だらけだからね。二階にカモフラージュ用の自室と客用の部屋があるから、そっちを使うといい」

「あれ？　でも、それだとソフィアさんは？」

「はっはっは。カモフラージュ用の部屋だと言っただろう？　私はドリアードだからね。普段から、夜もここで過ごしているのさ」

そういう事ならばと、遠慮なく二階を使わせてもらう。カモフラージュ用とはいえ、ベッドやキッチンもあるので夕食を作り、就寝する。

最近は寝る時にいつもイナリが傍に居てモフモフに触れながら眠っていたけれど、今日は違う。イナリとコリンが客室で眠っているから一人なんだけど、これは何日振りかな?

王子たちについていくだけの生活から、自ら冒険者として依頼をこなす生活に変わって大変な事もあるけれど、楽しい日々を送っている。

この調子で、まずは国外に出られるように頑張ろう!

そう思いながら眠りに就き……その翌日。昨日ギルドに依頼した通り、オリアンヌさんがやってきた。

「おはようございまーす! ソフィアさん、オリアンヌですー」

「入っておいで」

「はーい」

なるほど。門にあった箱型のマジックアイテムが一階にもあって、会話できる仕組みなんだ。しかも、門の開閉もここで操作できる……って、魔力を使ってこんな仕組みを作れちゃうなんて、流石《さすが》はドリアードといったところなのかな?

聞けば、中庭の植物に自動でお水をあげるマジックアイテムも設置されていて、見た目を綺麗にする事が目的ではなく、薬の材料を育てているだけなので庭師なども不要なのだとか。

　そんな話をしていると扉が開き、昨日ギルドで会った時と同じく、オリアンヌさんが元気に入ってきた。

「お待たせしましたー。あらアニエス、おはよう。ずいぶん早いのね。ところでソフィアさんは？　あと、こちらの女性は？」

「えーっと、信じられないかもしれないですが、こちらの女性がソフィアさんです」

「いやいやいや、アニエス。ソフィアさんは、こんなに若くて綺麗じゃなくてさ、ヨボヨボっていうかカサカサで、生きている事が不思議なくらいのお婆さんだよ。で、ソフィアさんは？」

　うわー。オリアンヌさん、大丈夫かな？　本人を前にして、かなりの事を言っちゃっているけど。案の定、ソフィアさんの顔が引きつっているし。

「オリアンヌ。アンタに相談された、髪の毛を伸ばしたいけどすぐに傷むしうねるから伸ばせないっていう話……せっかく良く効くポーションを作ってあげたんだけど、もう渡すのはやめておこうかね」

「えっ⁉　その話はソフィアさんにしかしていないし、その喋《しゃべ》り方……ほ、本当にソフィアさんなのっ⁉」

最初からソフィアさんだと言っていたのに。まぁ信じられない気持ちもわかるけど、オリアンヌさんがソフィアさんに平謝りして、ようやく本題へ入る。

「えーっと、つまりアニエスが手伝いに来て、手順や材料を間違えてポーションを作ったと。で、もったいないからソフィアさんが飲んでみたら、若返った……って、本当ですか？」

神水《しんすい》の事は言えないので、私が作った失敗ポーションを飲んでソフィアさんが若返ったと説明した。

まぁ私が作った失敗ポーションというところは正しいんだけどね。

「本当も何も、現に私が若返っているじゃないか」

「いやまぁ、そうなんですけどー……ちなみに、そのポーションの再現とかはできないんですか？」

「残念ながら、アニエスも何をどういう風にして混ぜたかわからないらしくてねー。いやー、仕方がないねぇ」

「けど、この国で最高の薬師と呼ばれるソフィアさんが、もったいないっていう理由で、素人が作った失敗ポーションを飲むっていうのが、信じられないんですけど」

「いちいち細かい事にうるさいねぇ。初めてとった弟子が作ったポーションなんだ。その効果を確認するのが師匠ってもんだろう⁉」

あ、私、ソフィアさんの弟子だったんだ。それとも、オリアンヌさんを納得させるために、弟子って言ったのかな？

「で、弟子ですか⁉　冒険者ギルドへ助手の募集を出されて早十年。何人冒険者を送っても、一日ももたずに帰らされ、もはや誰もこの依頼を解決できないと思っていたのに！　そういう事ならわかりました！　流石《さすが》、アニエス。貴女ならきっとやってくれると信じていたわよ！」

突然オリアンヌさんの態度が変わったけど、そんなにすごいの？

あー、でも国内随一の薬師が依頼を出し続けて解決できないっていうのは、冒険者ギルドにとっては大問題だったのかも。

オリアンヌさんが納得し、今の若いソフィアさんが今後もポーションを作って納品するという話をして、ついでにオリアンヌさんが依頼していたという、髪の毛を綺麗に保護する塗布用のポーションの授受が行われる。

これで用件は終わりかな？

「えーっと、アニエス。実は別件で謝らないといけないんだよ」

なぜかオリアンヌさんが居ずまいを正して話しかけてきた。

「実はアニエスの元恋人がレイムスの街へやってきて、アニエスの行方を聞いてきたんだ。向こうでは教えられないと断ったそうなんだけど、その……元恋人が王族の力を使って脅迫してきたらしく、アニエスが王都に向かったと話してしまったそうなんだ。本当に申し訳ない」

オリアンヌさんが深々と頭を下げた。

元恋人と言われて何の事かわからなかったけど、どうやらトリスタン王子らしい。

何でも、エレーヌさんのお母さんが病気らしいんだけど、その治療を受けられなくするぞ！　と脅したのだとか。本当、あの人はロクな事をしないわね。

「あー、わかりました。あの人がやりそうな事ですね。でも悪いのはあの人であって冒険者ギルドの方々は被害者なので、頭を上げてください」

「本当にすまない。この件についてはしかるべきルートで、正式に抗議するからさ」

「そちらはお任せいたしますが……けど、一体どういう事なんでしょうね。あの人は私をパーティから追放したんですけど、今更何の用なんでしょうか」

「正確にはわかっていないが、改めてアニエスの魅力に気づいたんじゃないのかな？」

そうかなー？　私はどう見ても王子の好みから離れていると思うんだよね。もっと派手な女性が好きだって言っていたし。

目的がわからず首を傾げる。

「ふむ。初めて会った時に言っていた、婚約破棄か。しつこいようなら、我が方《かた》を付けてくるが？」

奥のテーブルで舟を漕いでいたイナリが近寄ってきた。

「えっ⁉　あ、アニエス。この方は、どちら様っ⁉　ものすごい美形なんだけど！」

「アニエスの仇《あだ》なす者は、何であろうと我が排除しよう。行動を共にすると言ったのだからな」

「はっはーん。なるほどねー。アニエスも隅に置けないねー」

オリアンヌさんはイナリを見て驚き、思いっきり誤解したまま帰った。

い、イナリとは一緒に行動しているだけで、変な関係じゃないんだからねーっ！

「はぁ……こいつは困った。どうしようかねぇ」

オリアンヌさんが帰った後も、神水《しんすい》をポーションに利用できないか調べているんだけど……ソフィアさんが、目の前にある大きな樹を眺めながら溜息を吐く。

というのも、ソフィアさんが国内随一の薬師である理由の一つが、ドリアードの木魔法によるウッドゴーレム——木でできた人形の作成だ。植物だけど動物の特性を付与させたゴーレムで、作ったポーションの臨床試験に使用できる。

「とりあえず、もう一度別のポーションで試してみようか」

そう言って、ソフィアさんは新たなウッドゴーレムを作り、裏庭の植物系の魔物の傍に仁王立ちさせた。その魔物は物理的な攻撃はしないが、近くに居る者から魔力を奪うそうで、もうゴーレムが持つ魔力が半分近くまで減っているそうだ。

その魔力が減った状態のゴーレムに、私が作った青いポーション――マジック・ポーションを飲ませる。

「あー、やっぱり同じ結果だねぇ」

ゴーレムが大きな樹に変わってしまった。

「私のウッドゴーレムだと元が植物だからか、神水《しんすい》の力で樹に戻ってしまうね」

ちなみに、ドリアードは植物の特性も持っているけれど、人型の精霊が本来の姿であり、樹の姿は擬態なのでソフィアさんは神水《しんすい》を飲んでも今の姿なのだとか。

どうやら神水《しんすい》は種族によって効果が違うみたいなので、私もソフィアさんみたいにちゃんと調べておいた方が良いのかもしれない。

「体力を回復するバイタル・ポーションは元々神水《しんすい》に体力を回復する効果があるからか、作れなかった。解呪効果や解毒効果のポーションも同じ。だけど、怪我を治すヒール・

ポーションや魔力を回復するマジック・ポーションは作れたのに、効果の確認ができないのは困ったねぇ」

「やっぱり、ちゃんと効果を確認してからじゃないと、使えないですよね」

「そういう事さ。私が飲んでも植物の特性を持っているから、きっと効果はないだろうしね」

ソフィアさんは溜息を吐いた。

「仕方がないね。まぁ使っている材料は、すでに効果が確立しているし、媒体に使っているのが神水《しんすい》だというだけだから、悪い影響はないはずさ。だから、実際に試してみようか」

「え？　ソフィアさん？　どういう意味ですか？」

「そのままの意味さ。アニエス、出掛けるからついておいで」

突然出掛ける事になってしまった。

コリンに留守番を頼み、ソフィアさんとイナリの三人で街の中を歩いているんだけど、美形の二人に挟まれているからか、すれ違う人たちにものすごく注目されている。

たくさんの視線を浴びながら、着いた先は……あれ？　冒険者ギルド？

「オリアンヌ。新しいヒール・ポーションを作ったんだ。悪いけど、またいつものを頼めないかい？」

「はーい。等級はどれくらいですか？」

「とりあえず中級程度で頼むよ」

　ギルドの奥でソフィアさんとオリアンヌさんが話をして、私が作ったヒール・ポーションを数本渡している。

「ソフィアさん。あのポーションって、ウッドゴーレムで試験できてないですよね？」

「あぁ。だから、ここなんだよ。魔物にやられた怪我人に無料で飲んでもらって効果を確認するんだ。最悪、効果がなくても、普通のポーションも用意してあるしね」

「だ、大丈夫なんですか⁉」

「きっと大丈夫さ。なんせ、使っている材料は普通のポーションと同じだからね。ただ媒体が神水《しんすい》というだけだからさ」

　本当に大丈夫かなと思いつつ、しばらく三人で隅にあるテーブルに着いて待っていると、

「おーい、職員さん！　何かボロボロの冒険者が来たぞー！　なんでも、夜通し山を歩き続けてきたらしい。ポーションを頼むー！」

　どこかで見た事のある三人が、それぞれの武器を杖代わりにしながら受付に近寄って

きた。

自意識過剰でキザっぽい金髪の剣士に、斧を持った男性と、槍使いの……待って！

お願いだから待って！　この三人組って……まさか⁉

「はいはい、どいてどいてー。お兄さんたち、ポーションをあげるから、まずはグイッと飲んで！」

ボロボロの冒険者たちが私の作ったポーションをオリアンヌさんから受け取り、一気に飲み干す。

「おぉぉっ！　何だ、これは⁉　疲れが……疲れが消し飛んでいく！」

「ほう。三人とも、体中にあった無数の傷が瞬時に消えたね。この治癒速度は上級ポーション、いや、それ以上だね。……使ったのは初級ポーションの材料なのに」

あっという間に体中の傷が治り、ソフィアさんが細かくチェックしていく。

「お嬢さん。このポーションは、貴女が作られたのですか？」

「お嬢さん？　私に言っているのかい？　……まぁいいさね。これは私の弟子が作ったポーションだよ。あっちに……って、どうしたんだい？　そんなに顔をしかめて」

三人のリーダー格である、金髪の男性がソフィアさんに話しかけ……あぁぁ、見つかったーっ！

「おぉ！　こんなところで再会できるとは！　探したぞ、我がフィアンセよ！」

「お、お久しぶりです」

最悪だ。

作ったポーションの効果を確かめるために冒険者ギルドへ来たものの、まさかその相手が、トリスタン王子になるなんて。二度と会わなくて済むと思っていたのに。

彼と話す事なんてないので、顔を逸《そ》らしているとトリスタン王子が近付いてきた。

「アニエス。お前をパーティから追放した時、俺はどうかしていたのだ。俺と、やり直そう」

……は？

オリアンヌさんから、トリスタン王子が私を探していると聞いたけど、よりにもよって、やり直そう!?　どの口がそんな事を言うのか。

「無理です」

「はっはっは。心配しなくても大丈夫だ。俺は懐《ふところ》が深いからな。アニエスが冒険者カードを再登録したと聞いたので、B級になって国外へ出られるようになるまで、ちゃんと待ってやる」

そういう意味で無理って言ったんじゃないんだけど、全然伝わらないのね。

もっとストレートに嫌だって言っても良いんだけど、ソフィアさんが私を弟子だって言ってしまった以上、言葉に気をつけないとソフィアさんに迷惑がかかるかもしれない。

本当、王族っていうのはつくづく面倒だ。

「察するに、お主がアニエスの元婚約者か。悪いがアニエスは我と行動を共にしている。無理強いするのであれば、我はアニエスを守るため、容赦せんぞ」

イナリが私を守るように、トリスタン王子の前に立ちはだかる。

すると、ポカーンとしていたトリスタン王子の顔が、一瞬で真っ赤に染まる。

「貴様っ！　俺様が誰か知らんのか⁉　この国の第三王子、トリスタン・フランセーズ様だぞ⁉」

「知らんな」

マズい、マズい、マズい。あのバカ王子！　まさか、イナリに斬りかかったりしないわよね⁉

そんな事をしたら確実にバカ王子が返り討ちに遭って、王族に手を掛けた罪でイナリが王家から狙われる。そうなったらイナリの怒りを買って国が滅ぼされたりしない⁉

何とか皆を宥《なだ》めなければ。

「あぁ、アンタがあのバカ王子か。優秀な兄弟たちと比べ、何も持たないバカなんだってね。王宮に特製ポーションを持っていった時、アンタの父親が嘆いていたよ」

ソフィアさんが、トリスタン王子に思いっきり呆れた表情を向ける。

ちょっとソフィアさん！　いくら国内随一の薬師でも、流石《さすが》にそれはマズくない⁉

正直に言い過ぎだってば。

「い、一体何を言っているんだ⁉　誰か知らんが、デタラメを言うなっ！」

「本当だよ。まぁ信じたくない気持ちはわからないでもないが、とにかくこれ以上アニエスに関わろうとするのはやめてもらおうか」

「くっ……おい、アニエス！　お前は、どうしたいのだ⁉　せっかく俺様が戻ってきてもよいと言っているのだ。戻ってくるよな？」

この状況でも、あいかわらずなのね。もう正直に言ってしまっても良いかしら？　ソフィアさんも結構言っていたし、私も言っちゃって良いよね？

「イヤです。私はイナリと行動を共にするので、話しかけないでください。本当は、もう王子の顔も見たくないんです」

「な、何だと⁉　下手《したて》に出れば、調子に乗りやがって！　俺が本気を出せば、どうなるかわかっているんだろうな⁉」

トリスタン王子が、声を荒らげた。

「そこまでです、トリスタン王子。我々冒険者ギルドは、王子から冒険者の資格を剥奪し、冒険者ギルドから除籍させていただきます」

　ギルドの奥からオリアンヌさんと共に、背の高い筋骨隆々な男性が近寄ってきた。

「あぁ!?　誰だ、お前は!?　俺はS級冒険者間近のA級冒険者様だぞ!?」

「私は冒険者ギルドの長です。トリスタン王子、貴方は王族である事を笠に着て、レイムスの街でギルド職員を脅迫しましたね？　これは由々《ゆゆ》しき問題で、正式に王宮へ抗議しました」

「な、何の事だ!?　俺はそんな事はしていない！」

「こちらの言い分はすでに王宮へ伝えていますので議論は第三者立ち会いの下《もと》、しかるべき場所で行いましょう。いずれにせよ、王子にはこの場から出ていってもらいます」

「何をするっ！　おい、俺はこの国の王子だぞっ！　放せっ！　放せと言っているだろっ！　クソッ！　誰か、誰かこの男を何とかしろっ！　クソがぁぁぁっ！」

　オリアンヌさんと共に現れた大きな男性はギルドマスターらしく、太い腕でトリスタン王子を建物の外へ放りだした。今度こそ王子と決別できたのかな？

　王子はギルドの扉をガンガン叩きながら、何か喚《わめ》いていたみたいだけど、しばらくすると諦めたのか扉を叩く音がやみ、声もしなくなった。

　それから数十分程待っていると、ギルドマスターさんが声を掛けてくれた。

「アニエスさん、お連れの方。そろそろ大丈夫ではないでしょうか。念のため、信頼できる冒険者を護衛に数名おつけいたしますので、今のうちにご帰宅ください」

ソフィアさんがギルドマスターに答える。

「そうだね。アニエスの新作ポーションの効果も確認が取れたし、一旦戻ろうか」

「おぉ、その喋《しゃべ》り方は……本当にソフィアさんなのですね。オリアンヌから話を聞いた時は、にわかに信じられませんでしたが、まさか本当に若返っているとは」

「まぁ、私だって信じられないくらいだからね。アンタには言っておくけど、このアニエスは本当にすごい娘なんだ。貴重な人材だから、ギルドとして大切にしなよ」

「畏《かしこ》まりました。アニエスさんは、他の村にも熱心なファンが居て、聖女と呼ばれている程ですからね。もちろん大切にしますよ」

えっと、何ていうか……目の前で私の話をされると、むずがゆいというか、照れるというか。ソフィアさんもギルドマスターさんも、できれば私の居ない場所で話してくれないだろうか。

「そうだ。さっきの冒険者の護衛の話だけど、あれは素直にお願いしておこうか。あぁいう実力はないのに、無駄に権力を持った奴は、大抵ロクな事をしないからね」

「へぇー、そういうものなんですか？」

「あぁ、そうだよ。それに、あれの父親――今の国王だけど、実は身内に甘いからね」

そうなんだ。国王だから身内でも厳粛に受け止める……とはならないか。

これからいろんな国を見て回るつもりだけど、とりあえず王族には近付かない！　これを徹底していこう。

それからギルドの厚意による護衛に加え、ソフィアさんが別途正式に護衛――なぜか護衛対象が私なんだけど――を依頼して、たまたまギルドに居たB級冒険者二人に守られながら、ソフィアさんの家へ。後で、追加で依頼した冒険者たちが来て、門の前や中庭の警備をするそうだ。

仮にトリスタン王子が騎士団とかを動かしても、こっちにはイナリが居るから大丈夫だとは思うんだけど、警戒するに越した事はないもんね。

「ただいまー。コリン……ちょっと、いい？　実はね……」

ソフィアさんの家に戻り、まずは留守番をしてくれていたコリンに冒険者ギルドで起こった事を説明しておく。

「トリスタン王子って、あの噂のバ……こほん。えっと、お姉ちゃんの元婚約者だったんだ」

「どんな噂か、おおむね想像できちゃうけど……まぁそうなのよ。それで、一旦はギルドマスターさんのおかげで助かったんだけど、何をしでかすかわからない人だから」

「じゃあ、ボクが冒険者ギルドとかで情報を集めておくよ。イナリやソフィアさんは、王子と会っているんでしょ？　ボクは王子と会っていないから、うってつけだと思うんだー！　早速行ってくるねー！」

そう言って、コリンが情報収集に行ってくれた。

気持ちは嬉しいけど、危険な事はしないでね？　そう思いながら、走り去ったコリンの背中を見ていると、今度はソフィアさんがやってきた。

「さて、アニエス。さっき試したヒール・ポーションは、初級の材料で作ってもらったんだが、効果は上級以上だった」

「王子たち一行の怪我が、一瞬で治りましたね」

「うむ。事前に知っていれば、治療せずに放っておいた方が良かったのだが、まぁ過ぎた事は仕方がない。それより、試してみたい事があるんだよ」

そう言って、ソフィアさんが植物を取り出す。

「この薬草は上級ヒール・ポーションの材料で、正しい手順を踏めば上級のポーションが、半人前が適当に作っても中級相当のポーションができるものだ」

「つまり、効能を全て引き出しきれなくても、それなりに効果があるのですか？」

「そうだね。それだけ、回復効果が高い植物なんだよ。さて、この材料とアニエスの神《しん》水《すい》を使ってポーションを作ったら、一体どれ程の効果のものができるか……私は、それを確かめたくてね」

なるほど。だけど、さっき王子に飲ませたヒール・ポーションで傷が即時回復していたし、すでに上級以上の効果って言われているんだけど、その上があるのだろうか。

ソフィアさんの指導の下で、上級ヒール・ポーションを作ってみる。

「えっと、完成……ですかね？」

「そうだね。見た目は普通のヒール・ポーションに見えるけど……さて、これをどこで試そうかね」

「また冒険者ギルドですか？」

「いや……ちょっとついてきておくれ」

中庭に居た護衛やイナリと共に、今度は全く別の建物へ移動する。

治療院と書かれた看板の建物に入ると、ソフィアさんが誰かと話をする。

「アニエス、こっちだよ。あと、アンタたちはここで待っていておくれ」

護衛の人を外して小さな部屋へ。そこには小さなベッドに人が眠っていた。

「ソフィア様。先程の話ですと、この方が……」

「わかった。じゃあ、責任は私が取るから、このポーションを飲ませておくれ」

「そうまで仰《おっしゃ》るのなら……な、何ですとっ⁉」

白いローブを着た人が、眠っている人に上級ポーションを飲ませた。

「ここは……あれ？　僕は一体……」

眠っていた人は突然目を覚まし、不思議そうに呟く。

「い、一年以上昏睡状態だった患者が……目を、目を覚ましたぁぁぁっ！」

「ふむ、アニエス。さっき作ったポーションは、エリクサー並みの効果がありそうだねぇ」

パニックになっている治療院の人たちとは対照的に、ソフィアさんが頷きながら呟く。

エリクサーってどういう事⁉　それって伝説の万能薬よね⁉　流石《さすが》にそれは言い過ぎよっ！


治療院が騒ぎの只中にあるのに、何食わぬ顔で帰路に就《つ》く。私もソフィアさんと共に家へ戻ってきた。あのまま放っておいて良いのかな？

「さて、アニエス。アニエスが上級ポーションを作れば、難病や不治《ふじ》の病の人を治せそうだ。これから数日間は、上級ポーション作りに専念してもらうからね」

「は、はい！　わかりました！」

どうやらソフィアさんは騒ぎを放置したのではなくより多くの人を救うため、私たちにできる事を行うつもりらしい。

しかし、私一人ではいまだ上級ポーションを作れず、作業もソフィアさんみたいに、早くも正確でもない。なので、ソフィアさんが上級ポーションを途中まで作り、私が神《しん》水《すい》を提供するだけというのが最も効率が良いと思うんだけど、マンツーマンで指導された。

「アニエスが自分で上級ポーションを調薬できる方が最終的に助かる人が多くなるだろ。それに私が作ったら、アニエスは神水《しんすい》を提供するだけになってしまう。そんなの面白くないだろうから、しっかり作り方を身につけな」

ソフィアさんが私の疑問に笑いながら答えてくれた。

丁寧に作り方を教えてくれるソフィアさんの期待に応えるため頑張り、いくつかポーションを作って本日は作業を終える。

今日もソフィアさんの家に泊めてもらうので、夕食の準備をしていると、情報収集に行っていたコリンが帰ってきた。

「ただいまー！　えっとね、いろいろ聞いて回ったんだけど、トリスタン王子はギルドを追い出された後、お城へ戻ったんだって」

「まさか、本当に騎士団を動かすつもりなのかしら？」

「んー、お城の中で王子が何をしているかまではわからないけど、騎士団は動かないらしいよ？　騎士さんたちは当番で街の中を巡回しているけど、そのパターンが変わってないから動かないって、教えてもらったんだー」

へぇー、そんな事で騎士団が動くかどうかがわかるんだ。

コリン曰く、子供の姿だからいろいろ聞けたり、孤児院出身の人や獣人族の人から教えてもらえたりするらしい。

コリンにお礼を言い、皆で夕食を済ませて就寝する。

トリスタン王子が変な事をしなければ良いのだけど……

その翌朝、まだ日が昇る前の薄暗い中、イナリが私を呼んだ。

「アニエス。起きてくれ」

「ふぇ？　……イ、イナリっ⁉」

寝ぼけた視界の中に、イナリの綺麗な顔が映る。

こ、これは……もしかして、そ……そういう事なのっ⁉

「アニエス。何かがこっちへ向かってきている。動けるように準備してくれ」

「わ、私たちはまだ出会ってから数日……って、どういう事⁉」

「わからぬ。我の力の一部……に似ているが、邪《よこしま》な黒い気に包まれているのが気になるのだ」

どうやら私の早とちりだった。ソフィアさんもコリンが起こしに行っているとか。

イナリの力に似ているってどうして？　……あ、確かお城の地下に、イナリの力の一部があるとかないとかって言っていたっけ。

イナリの指示に従い、大急ぎで身支度を整えて一階へ下りると、まだ眠そうなコリンと緊迫した表情のソフィアさんがすでに待機していた。その様子を見た直後、部屋の脇にあるマジックアイテムから、ピーピーと変な音が鳴る。

「む⁉　誰かが門をこじ開けたね」

「こじ開けたって、あのマジックアイテムで制御されて、自動で開閉する鉄の柵《さく》を……ですか⁉」

「あぁ。物理的に強い力で門を壊したのか、もしくはマジックアイテムを上回る強い魔力で干渉したのか。おそらく、門に居る冒険者も、何らかの手段で無力化されているだろうね」

「無力化……」

「眠らされたのか、大怪我を負わされたのか、それとも殺されてしまったのか。何にせよ、イナリ様の仰《おっしゃ》る通り、何かが来たよ」

誰かが……ではなく、何かが……というソフィアさんの言葉に不安を覚える。

「様子を見に行った方が良いですよね？　も、もしも冒険者さんが大怪我をしていたら大変ですし」

何かしなければ……と、夕方に作ったヒール・ポーションを手に取る。

「そうだね。もしも助けられる状態なら、手遅れになる前に手を打たないとね。ひとまず、私が行ってくるよ」

「あ、危ないですよっ！　私も行きます！　こ、これでも冒険者ですし」

「大丈夫さ。私はドリアードだよ？　普通の人間より、遥かに多くの魔力を持っているからね」

そう言って、止める間もなくソフィアさんが家から出ていってしまった。

その時、開いたドアから一瞬人影が見えたんだけど、そのシルエットが、何となくトリスタン王子に似ている……気がした。

「こんな時間にどうした。夜明け前の散歩か？」

ヘラヘラと笑いながら話す影が、少しずつソフィアさんに近付いていく。

「何、我が家に不法侵入したバカが居たからね。そのバカのおかげで叩き起こされただけさ」

「へぇ、こんな時間にねぇ。なるほど、何かマジックアイテムでも仕込んでいたのか」

遠目に、そうかな？　と思っていたけれど、あの声と喋《しゃべ》り方はトリスタン王子だ。

だけど、まだ夜が明けていないのに、どうして王子が外に居て、しかもソフィアさんの家に勝手に入ってきたのだろうか。

「そんなところだよ。で、アンタはどうしてここへ来たんだい？　迷子って訳でもないだろう？」

「あぁ、もちろん。お前にはギルドで恥をかかされたからな。その礼をしに来たんだ」

「そうかい。ただの事実なんだが……それにしても、よくここがわかったね。この姿で外に出たのは初めてなんだが」

「ふっ、知りたいか？　俺様は探知の魔法を手に入れたのだ。それから、この黒い魔法も……なっ！」

「――ッ⁉　アンタッ！　その力は……」

突然トリスタン王子の右手に、光を呑み込む黒い炎が生み出される。

あの黒い炎は、イナリが使う闇魔法と同じ⁉

だけど、人間に闇魔法は使えないし、そもそもトリスタン王子は魔法を使えない剣士なのにっ！

「王族である俺様を辱《はずかし》めた罰だ。死ね」

完全に人を見下した王子の暗い声と共に、黒い火の玉がソフィアさんに向かって放たれ……つい先程までソフィアさんが立っていた場所に着弾する。

「チッ……またお前か！　確か、イナリとかって呼ばれていたな」

「イナリ！　良かった」

私の隣に居たはずのイナリが、いつの間にかソフィアさんを抱きかかえていた。

よし！　イナリが傍に居るなら、ソフィアさんは大丈夫だ。だったら、私は門に居た冒険者さんを助けに行こう。そう考え、ヒール・ポーションを手に、中庭を大回りで静かに抜けようとする。

「アニエス。どこへ行くんだ？」

王子がイナリたちから一切視線を逸《そ》らさずに、声を掛けてきた。さっき言っていた探知魔法で察知しているのね。

「あの時、アニエスは俺様の元へ戻ってくるべきだったのだ。見よ！　この力を得た俺様は……無敵だっ！」

　王子が再び黒い炎を生み出すと、ソフィアさんとイナリに向かって飛ばしたが、その瞬間掻《か》き消えた。

「何っ⁉　なぜ、俺様の魔法が消えたんだっ⁉」

「お主の魔法ではないな。それは我の力だ」

「何を言っているかわからんが……これならどうだっ！」

　王子がイナリたちに向かって、黒い火の玉を乱射する。

　だけど、その全てが掻《か》き消え、さらに王子がムキになっていく。

「アニエスは動くなと言っただろ！　先に殺されたいのか⁉」

　この隙にそーっと動こうとすると、またもや、こちらに目も向けずに怒鳴られる。

　どうしてイナリは反撃しないんだろう。イナリの性格を考えると、相手が王族だろうと貴族だろうと、すぐにでも倒しちゃいそうなのに。

「イナリ様。相手が王族なので遠慮されているのですか？　もしくは私の家が壊れる事を懸念されているのであれば、気になさらないでください」

　私と同じように思ったらしく、ソフィアさんがイナリに尋ねる。

「残念ながら、奴は我の力の一部を取り込んでいるようでな。我の攻撃は我自身に通じないのだ」

「何をゴチャゴチャ言っていやがる！　クソッ！　どうして俺様の魔法が効かないんだっ！」

イナリの口から思わぬ言葉が出てきた。

つまり、王子はどこかでイナリの——妖狐《ようこ》の力の一部を得たけど、目の前に居るのがその妖狐《ようこ》だって気づいてない……って、待って！　ソフィアさんは思いっきり目の敵にされていて、イナリはトリスタン王子を攻撃できない。

つまり、私がこの状況を何とかするしかないのね⁉

でも探知魔法のせいで、動くとすぐに気づかれてしまう。ここから動かずに王子を無力化しないといけないんだけど……ど、どうしよう。

せめてもう少し近ければ、妖精の杖で私の水魔法が届くんだけど、今の位置ではそれすら届かない。どうすべきか、頭の中で考えていると、突然トリスタン王子が私の反対側に黒い火の玉を放つ。

「おい！　そこのガキ！　死にたくなければ、チョロチョロするなっ！」

「は、はーい。ごめんなさい」

コリンの声が聞こえたその直後、王子のすぐ近くに大きな人——ソフィアさんが作り出したウッドゴーレムが現れ、驚いた王子が私の居る方へ大きく跳ぶ。

「何だっ⁉　チッ……驚かせやがって！」

おそらく、コリンが王子の気を引き付けてくれたおかげだろう。

もう少しっ！　もう少しだけ近付けば届くっ！

「これは……ゴーレムか？　こんなものを召喚するなんて、珍しいマジックアイテムを持っているようだが、所詮は雑魚《ざこ》だな」

王子が黒い火の玉を放ち、一瞬でウッドゴーレムが闇色の炎に呑み込まれてしまった。

だけど、その直後に再びソフィアさんがウッドゴーレムを作り出す。

「うぜぇっ！　雑魚《ざこ》ばっかり無駄に出しやがって！」

今度は数歩しか動かなかったけど、少しずつこっちへ向かっている。

これなら私が近寄れば水魔法が届く！

……けど、私の水魔法が届いたところで、王子を止められるのだろうか。

神水《しんすい》は、すごい回復効果があるけれど、攻撃手段としては植物系の魔物にしか使えない。唯一攻撃らしい攻撃といえば、雷の魔法が使えるけど、これは触れられるくらいの近距離にしか届かないから、今使うのは難しいだろう。

「ぶわっ⁉　何だっ⁉　……クソッ！　これもマジックアイテムかよっ！」

突然王子の足元から大量の水が噴き出し、びしょびしょになっている。

おそらく、この広い中庭の植物に水をあげるマジックアイテムを、王子が踏んで壊してしまったのだろう。王子が水柱を避《よ》け、水溜りとなった中庭に立ち……

あ！　これって……やってみようっ！

王子を無力化する方法を思いつき、腰に挿《さ》している妖精の杖を後ろ手に掴むと、私の足元に水を生み出す。そのまま地面を這うようにして、王子が立つ水溜りまで水の道を作ると、

――バチッ！

足元の水の道に向かって雷魔法を使用する。

「ぐっ⁉　な、何だ⁉」

狙い通り、水を通ってトリスタン王子に雷魔法が届いた！

だけど、まだ膝を突いただけだ……もう一回っ！

「がっ⁉　これは……ぐはっ！　やめろ……。――ッ！　……」

追加で何度か雷魔法を使ったら、ついに王子が倒れ、動かなくなった。

ぴ、ピクピクしているし、死んではいない……よね？

「おぉ、アニエス。まだ隠し技があったのか！　すごいじゃないか。一体何をしたんだ

い？」

「か、隠し技というか、雷魔法で……」

「なるほどね。先に、このバカを動けないようにしよう」

ソフィアさんがコリンと共にロープを探すと言って家に戻った。

「アニエス、助かった。礼を言う」

ポンポンとイナリが私の頭を撫《な》でる。

「ま、まぁ、私だって冒険者だし。それに、イナリの攻撃が効かないって言うから、何とかしないとって思って」

「いや、本当の事を言うと我とこのバカでは力の差があるから効きにくいだけで、全く効かない訳ではないのだ。だが我が単独で倒そうと思うと、効きにくさゆえに、本気で攻撃しなければならなくてな」

「……イナリの本気の攻撃って、かなり危ない気がするんだけど」

「まぁ、そうだな。この街の半分くらいは消滅するのではないか？」

あ、危ない。私が何とかできて、本当に良かった。

内心安堵していると、ソフィアさんとコリンが戻ってきて、王子をロープでグルグル巻きにする。

「さて、イナリ様。このバカをどうしましょうか。イナリ様の一部を取り込んでいるようですが……とりあえず殺しますか？」

「ふむ。我の力を取り込んだ者——闇の力に魅了された者というのは初めてなのだ。どうすれば力を取り返せるか見当もつかぬゆえ、それも一つの手かもしれん」

ちょ、ちょっと、ソフィアさんもイナリも、怖い話をしないでよ。

けど、イナリの力は取り返しておかないと、トリスタン王子がまた変な事をするかもしれない。どうすれば王子を元の状態に戻せるのだろう……

「って、そうだ。ちょっとだけ試したいんだけど、良いかな？」

「アニエスもアイディアがあるのかい？　私も思いついた事があるんだよ」

トリスタン王子からイナリの力を取り返す方法を、私とソフィアさんが同時に思いつく。

人間よりも魔力が多いドリアードで、国内随一の薬師でもあるソフィアさんの意見を先に聞いてみた。

「私たちドリアードが使う木魔法には、相手の魔力を奪う魔法があるんだよ。このバカ王子の魔力を奪って、イナリ様に渡してみようと思うんだ」

「すごい！　そんな魔法があるんですか⁉」

「あぁ。とりあえず、やってみようかね」

ソフィアさんが、マジックドレインという魔法を使い、淡い光が王子を包み込む。

「むっ⁉ だ、ダメだね。イナリ様の力が強いからか、逆に私の魔力を吸い取られてしまう」

そう言って、慌てて魔法を中断した。

「ふむ。では我が戦闘の姿——大きな狐の姿となり、この者を丸呑みしてみようか。……マズそうなので、あんまり気は進まないんだが」

「ひゃぁっ！」

イナリの言葉にコリンが短い悲鳴を上げる。

それは私も反対かな。王子には、ちゃんと罰を受けてもらいたいし。

「ま、待って。ある意味イナリらしい選択だけど、その前に私の案を試させて」

「もちろん構わぬが……何をするのだ？」

「えっと、トリスタン王子は元々イナリの力——闇魔法を使えないでしょ？ さっきイナリが闇の力に魅了されているって言ってたから思ったんだけど、これも一種の状態異常かなって」

「なるほど。状態異常であれば、アニエスの神水《しんすい》で治るかもしれんな。我も変なものを食べたくないので、アニエスの案を試してみよう」

イナリも試す価値ありと言ってくれたので、ロープでグルグル巻きにされている王子の口をコリンに開けてもらい、そこへ水魔法で作った水を注ぐ。

コリンが口と鼻を塞ぐと……一瞬王子の身体が光り、右腕から闇色の丸い玉が転げ落ち、トリスタン王子が目を覚ました。

「ここは……ど、どうして俺は縛られているのだ⁉」

「イナリ。何か出てきたよ？」

「ふむ。この宝玉に我の力が封じられているようだな」

王子が何か叫んでいるのを全員で無視して、イナリが闇色の宝玉に手を伸ばす。

すると宝玉が砕け散り、闇色の霧みたいなものがイナリを覆《おお》った。

「おぉ。我の力が一つ戻ったぞ。これは……この者も言っていたが、探知能力だな。今まではだいぶ精度が落ちていたが……うむ……この能力が戻ったからか、他の我が力が封じられている方角が、何となく感じられるぞ！」

「お、おい！　さっきの黒い光は何だ⁉　それより、このロープを解けっ！」

「アンタ、自分が何をしたのか、忘れたとは言わせないからね。このまま騎士団に突き出すから覚悟しな！」

「あっ！　大変っ！　門に居る冒険者さんを忘れてたっ！」

ソフィアさんが王子に詰め寄ったところで、私がヒール・ポーションを持っていた理由を思い出し、慌てて門へ向かう。そこには身体を焼かれ、苦しむ男性が倒れていた。

「大丈夫ですかっ⁉　これを飲んでください！」

大急ぎで瓶の蓋《ふた》を開けると、倒れている男性の口にポーションを流し込む。

「うぅ……う？　な、何だ⁉　俺はトリスタン王子の黒い炎で焼かれたはずなのに？」

「間に合って良かった。ソフィアさんのヒール・ポーションのおかげです」

「おぉ！　そうか、貴女はあのソフィアさんの弟子と呼ばれていた方ですね。俺は、あのまま死んでしまうのだと、思っていた。ありがとう……本当にありがとう」

何とか間に合い、助け出せた。

「おい！　放せっ！　俺様は、この国の第三王子トリスタン・フランセーズ様だぞっ！」

「えぇ、良く存じております。トリスタン王子」

夜明けと共にコリンが大急ぎで冒険者ギルドへ走ってくれて、やってきた大柄な男性――ギルドマスターさんが縛られたトリスタン王子を冷たい目で見ている。

門に居た冒険者が王子に襲われたと話し、グチャグチャになった中庭の惨状が日の光で照らされ、目の当たりになった。その上、縛られている状態の王子という、十分すぎる証拠が揃っている。

「なっ⁉　これは……トリスタン王子⁉」

ギルドマスターさんが呼んだ騎士団が来て、状況を調べている。

ギルドマスターさんは絶対に許さないと言っているし、ソフィアさんや門番をしてくれていた男性も、しかるべき場で証言すると言っているので、もうトリスタン王子は逃れられないだろう。

「王子。この状況ですので、一旦身柄を拘束させていただきます」

「はぁっ⁉　お前ら騎士団は、王族の犬だろうが！　飼い犬がご主人様に噛みつくんじゃねぇよっ！」

「王子。何か勘違いされているようですが、我々騎士団は王族にではなく、王国に仕《つか》えているのです。王国とは、王族だけではなく国民も含みます。相手が王族であろうと、必要ならば我々騎士団は国民を守ります」

「だったら、必要ないだろうが！　これは誰かの陰謀だ！　どうして俺が拘束されなくてはならないんだっ！」

「王子。では言わせてもらいますが、王子はどうしてこんな場所におられるのですか？王子は自室で謹慎中だと伺っておりましたが」

謹慎中っていうのは、昨日ギルドマスターが言っていた、レイムスの街でのギルド職員脅迫の件かな？　というか、謹慎中なのに何をしているのよ、この人は。

「とりあえず、続きは取り調べ室でお伺いします」

「おい、待てっ！　そうだ、俺は拉致されたんだ！　誰かにここへ連れてこられて、ハメられたんだーっ！」

「王城の警備をかいくぐってですか？　そもそも普通の国民は、王子の部屋がどこにあるかすら知りませんよ」

「だから、魔法だっ！　闇の……妖狐《ようこ》の魔法なんだっ！」

「はいはい。おい、そっちの足を持ってくれ。……では、ギルドマスターや関係者の方々には、後程連絡させていただきます」

「クソがっ！　どうして俺の話を聞こうとしないんだぁぁっ！」

一瞬、妖狐《ようこ》の――イナリの話が出てきて、ちょっとだけ焦ってしまった。だけど、誰も王子の話に聞く耳を持たず、縛られたまま騎士さんたちに担がれて運ばれていく。

ようやく静かになり、ギルドマスターが話しかけてきた。

「ソフィアさん。この度は、護衛の依頼を受けていた冒険者の治療までしていただいて、ありがとうございました。何でも、瀕死の状態から回復する程、貴重なポーションを使っていただいたとか」

「ん？　……あぁ、そうか。確かにすごく貴重で、効果の高いポーションだよ。だけど、内密に頼むよ。無限に作れはしないから、治療院の偉いさんとどういう使い方をしていくか調整中なんだ」

「畏《かしこ》まりました。貴重なポーションですので、もちろん治療院を優先していただいて構わないのですが、緊急用に少し冒険者ギルドにも回していただけると助かります」

「大丈夫さ。その辺りはちゃんと考えているよ。調整が済んだら連絡するさ」

ギルドマスターさんは、ソフィアさんと話をして帰っていった。

「ソフィアさん。あの上級ポーションの材料って、そんなに貴重だったんですね」

「いや、上級ポーションの材料は、そこまで貴重ではないよ。冒険者ギルドで依頼すれば、定期的に誰かが採取してきてくれるしね」

「え？　だったら、どうして貴重だから使い方を調整しているだなんて……」

「貴重なのは、アニエスの水魔法だよ。アニエスはいつまでもポーション作りをする訳ではないだろ？　だから、ここに居てくれる間にできるだけ多くの上級ポーションを作ってもらうつもりだからね。頼むよ？」

「は、はい」

「さっきの話で、封じられたイナリ様の力の場所がわかると言っていたし、私としてもイナリ様の力を取り戻す事を優先してもらいたいんだよ」

そう言って、ソフィアさんがチラリとイナリに目をやる。

イナリは私たちの会話を聞いていなかったみたいで、ジッと南西の方角を見つめていた。おそらく、奪われた力があっちの方角にあるのだろう。

ソフィアさんの下でポーションをたくさん作って、B級冒険者になったら、南西の方に観光……そう、あくまで観光に行きますか。

――その頃のトリスタン王子――

「トリスタン王子。正直に話してください。でないと、我々も違う手を使わなければならなくなります」

「だから、俺は黒い炎なんて知らないと、何度も言っているだろうがっ！」

冒険者ギルドでアニエスと再会し、あのイナリという男とソフィアという女に恥をかかされた。それだけでも万死《ばんし》に値する罪だが、その後ギルドマスターが現れ、脅迫がどうこうと意味不明な事を言って、俺を追い出したのだ。

俺は本気で怒り、城に戻って騎士団を動かそうとしたのだが、あのギルドマスターがどういう手を使ったのか、父から――国王から自室での謹慎処分にされてしまった。

だから俺は深夜に部屋を抜け出し、かつて城の地下で見た妖狐《ようこ》の力を手に取り……取り込んで、黒い炎を出せるようになったのだ。探知魔法でどこに誰が居るかもわかるようになったので、同じ家に居たアニエスたちを襲ったのだが……

「いいですか、王子。繰り返しになりますが、レイムスの街の冒険者ギルド脅迫事件については、状況的には真っ黒です。ですが、証拠が被害者と周囲の冒険者たちの証言しかないため、王族を嫌う者たちの共謀だと、無理矢理こじつける事もできるかもしれません」

「当然だ。それが事実だからな」

「ですが、ソフィア様宅については、王子が現地で捕縛されていたため、どうしようもありません。ですから、正直にお話し願います」

「くどい！　知らぬものは知らぬと言っているだろう！」

あの女の家で身体がびしょ濡れになった後、なぜか身体が痺れ、気を失い、気づいた時にはロープで拘束されていた。その上、何が起こったのかはわからないが、あの黒い炎――妖狐《ようこ》の力が使えなくなっている。

なので、騎士団の取調室で周囲を騎士に囲まれ、武器も取り上げられている今、ここから抜け出す術がない。だが妖狐《ようこ》の力を使っていたというのは非常にマズいので、とにかく全力でとぼけるんだっ！

「昨晩、王子は自室で謹慎させられていたはずですが、どこに居られましたか？」

「自室に決まっているだろう」

「ではなぜ、王子は早朝にソフィア様の家に居られたのですか？」

「だから、知らぬと言っているだろうがっ！」

声を荒らげ、目の前の騎士に苛立ちをぶつけると、なぜか周囲の騎士たちが部屋を出ていき、目の前の騎士と一対一となる。……もしかして、俺の威圧が効いたのか？

だったら、もっと高圧的に出れば、こいつも怯えて逃げるだろう。

そう思った直後、目の前の騎士から表情が消え、俺に向かって殺気が放たれる。

「王子。ここから先は騎士隊長以上の者しか知らない話をします。昨晩、何者かが王宮の地下へ忍び込んだ形跡がありました」

「そ、それが、どうしたと言うのだ？」

「王宮の外部から忍び込まれた形跡はありません。内部からの侵入です。そして、その地下には、かつての王が封じたといわれているS級の魔物、妖狐《ようこ》の力が封印されておりました。ですが、その封印されていた宝玉がなくなっているのです」

「そ、それは大変な事なのか？」

「はい。妖狐《ようこ》が使うのは強力な闇の力とされています。その力が使われれば、大きな脅威となるため……所持している者は、たとえ王族であったとしても最優先で処分せよと命が下っています」

そう言いながら、目の前の騎士が腰の剣に手を掛けた。

「お、おい。何をするつもりなのだ⁉」

「妖狐《ようこ》の力は、闇――黒い炎を使うそうです。あの冒険者が、王子にやられたと証言しているのと同じ、黒い炎です」

「だから、それは知らないと言っているだ……」

――ッ！

小さな金属音と共に目に見えない速さで剣が抜かれ、気づいた時には俺の首筋に冷たい刃が触れていた。

「知らない。本当に知らないんだっ！」

「王子。左腕があれば、右腕はなくても構いませんね」

「待て！　本当だっ！　……そうだ！　あの、イナリとか呼ばれていた男が、黒い霧のようなものを纏《まと》っていたぞ！　アイツだ！　アイツが妖狐《ようこ》の力を使い、俺をハメたんだっ！」

「はぁ……この期に及んで、被害者側に罪を擦《なす》り付けようとするのですか。王子らしいと言えば王子らしいですが……漏らす程なのに、妖狐《ようこ》の力を使わないとすれば、本当に知らないのでしょうね。くっ……まだ調査が必要か。ひとまず王子は、しばらく留置室にいてもらいます」

漏らす……？

何を言っているのかと思ったのだが、いつの間にか俺の足下に水溜りができており、下半身がびしょ濡れになっていた。

第四章　観光という名目の太陽の国訪問

「アニエス、話がある。そろそろ……ポーション作りの助手の仕事は終わりにしようか」

「えっ⁉　ソフィアさん⁉」

トリスタン王子の事件が起こってから数日が経ち、ソフィアさんに手伝ってもらわなくても上級ポーションを作れるようになってきた頃、予想外の話が告げられた。

「私、何か気に障《さわ》る事でもしちゃいましたか？」

「そうじゃないよ。アニエスとコリンの仕事で、もうB級冒険者に上がれるくらいの報酬と、当面の生活費は稼いだだろう？」

「あ、そうでしたっけ？」

「そうだよ。まぁ、冒険者ギルドから受け取っていないから実感がないのかもしれないけど、ギルドに取られる手数料を差し引いても、余裕で超えているはずさ」

そっかぁ。ポーション作りを習得するのに必死で、すっかり意識から漏れていたよ。

「B級冒険者になれば、隣の国へ移動する事ができる。イナリ様の行動から察するに、おそらく南西の方角にイナリ様の力の一部があると思うから、どうかその力を取り戻してくれないかい？」

「そうですね。別の国へ行けるというのであれば……イナリとコリンを呼んできますね」

当初の目的であった、別の国への観光ができそうだ……と、イナリとコリンを呼んできた。

「なるほど。ならば、世話になったソフィアへ、感謝の気持ちを込めて宴を開きたいのだが、構わぬか？」

「あ、それは良いわね！　私、料理に腕を振るうわよ！」

「ボク、食材の買い出しに行ってくるよー！」

改めて四人で話し、今夜はささやかなパーティを開き、明日の朝に冒険者ギルドで手続きをして国を出ようと決めた。

「あの、イナリ様。お気持ちは嬉しいのですが……」

「はっはっは、遠慮するな。アニエスの料理はうまいぞ。我が保証する」

「そうだよねー。お姉ちゃんの料理は本当に美味しいよねー」

ソフィアさんは困惑したけれど、イナリとコリンの猛烈なアピールによってお別れ会の開催が決定する。

……二人は単にご馳走を食べたいだけなのでは？　とも思うけど、まぁいいか。

「じゃあ私は、今ある食材で料理を作り始めるから、イナリとコリンは食材を買ってきて。あと、明日からまた移動するから、多めに買ってきてくれると助かるかな」

「はーい！」

コリンに多めのお金を渡し、イナリにもついていってもらう。

「ソフィアさん。何かお好きな料理とかってありますか？」

二人が出掛けた後、今回の主賓であるソフィアさんに聞いてみると、なぜか先程よりもさらに困った顔をされた。

「あの、アニエス。忘れているかもしれないが、私はドリアードだ。なので、水と日光があれば良くて、特に人間みたいな食事は必要ないんだよ」

「……え、えっと、スープくらいなら、いかがですか？」

「すごく薄味にしてもらえれば」

どうやら今日の夕食は、ただただ私たちが美味しいものを食べる会になってしまいそうだ。

「すみませーん。お買い上げいただいた商品をお持ちしたんですけどー」

しばらくすると、コリンとイナリが買った食材が、次々に運ばれてきた。

家の前まで運んでもらい、今晩必要な分だけ取り出して、あとはイナリの異空間収納魔法で取り込んでもらう予定だ。

「一体、どこへ行ったのかしら」

ただ、コリンは帰ってきているものの、イナリが帰ってこない。

「ごめんね、お姉ちゃん。イナリがお肉を自分で選びたいって言って、別行動になっちゃったんだ」

「コリンは悪くないわよ。けど、メインの料理で使うからお肉は早く欲しいのに」

コリンにも手伝ってもらい、メイン料理以外のサラダやスープを作っていると、ようやくイナリが帰ってきた。

「すまん。待たせたな」

「おかえり。気に入った食材は見つけられた？」

「もちろんだ。我があれしきのものに遅れをとる訳がないからな。とはいえ、流石《さすが》に一撃では倒せなかったが」

「え⁉　な、何をしてきたの⁉」

「何を……って、食材を獲ってきただけだが？」

そう言って、イナリがものすごく大きなお肉を出現させる。

……私の身体よりも大きいんだけど。

「一応確認するけど、これは何のお肉なの？」

「ん？　あぁ、ここから北へ行ったところに、ブルードラゴンが居たから狩ってきたのだ。雛《ひな》の方が肉が柔らかくてうまいのだが、あいにく成竜しか居なくてな」

「またドラゴンの肉を持ってきたの!?　……お店で売っている普通のお肉で良いんだけど」

「何を言う。世話になったソフィアとの別れだ。今できる最高の食材を用いるのが礼儀であろう」

まぁ、言っている事はわかるけど……イナリが食べたいだけでは？

なお、イナリ曰く、今出した大きなお肉は切り分けたうちの一片で、異空間収納の中にドラゴンのお肉がまだまだたくさんあるらしい。

しばらくお肉を買わなくて済むのは良いけれど、また変な魔法が身についてしまいそう。

「さてアニエス。食材も揃った事だし、調理を頼む」

「……まぁ、今からお肉を買いに行っていたら遅くなるし、仕方ないか」

「うむ。……そうだ、雛《ひな》ではないドラゴンの肉の外側は硬くて食べられないが、内側は大丈夫だ。すでに外側は外皮ごと捨ててきたし、血抜きも済んでいるぞ」

という事は、ドラゴンのお肉の食べられる部分だけでもこんなに大きくて、それがまだいくつも……って、実際のドラゴンって、どれだけ大きいのよっ！

とりあえず、他の料理はほぼ出来上がっているので、イナリが持ってきたドラゴンの肉は変に凝らず、シンプルなステーキにしてみた。

「お待たせっ！　ご飯できたよっ！」

二階のテーブルに料理を並べ――ソフィアさんは薄味のスープだけなんだけど――コリンに皆を呼んできてもらう。

「いっただっきまーす！」

「うむ！　うまいっ！　このドラゴンステーキのソース……肉によく合うな」

「お姉ちゃん！　このお肉もサラダも、すっごく美味しいよっ！」

イナリとコリンが美味しそうに料理を食べ、困惑気味のソフィアさんもスープを口にする。

「おや。流石《さすが》はアニエスだね。これなら私でも……うん、美味しいよ」

笑顔を向けてくれる。うん、皆が喜んでくれて良かった。

では、私もドラゴ……こほん。ステーキ。これは、普通のステーキよと、自分に言い聞かせながら、一切れを口に運ぶ。

「美味しいっ！　何、この溢れ出る肉汁！　噛む度に、中から美味しさが溢れ出てくるっ！」

気づいた時には、ステーキを食べ終えていた。

「アニエス。ステーキをおかわりだ！」

「お姉ちゃん、ボクもー！」

「……し、仕方ないわね。じゃあ、私も……」

めちゃくちゃ美味しいドラゴンのお肉に舌鼓《したつづみ》を打ちながら、ソフィアさんを交えて楽しい夕食の時間を過ごした。

「おぉ、アニエス。ブルードラゴンの肉を食べたからか、氷魔法が使えるようになっているぞ」

「お姉ちゃん、すごいねー！」

翌朝になると、案の定、また使える魔法が増えていた。

同じような感じで使えるようになった雷魔法が役に立ったし、決して悪い事ではないんだけど……ちょっと常識外れというか、普通は使える魔法が増えたりしないからね。

「氷魔法って言っても大雑把すぎるから、どんな事ができるか確認しておこうか」

「待つのだ。アニエス、今回は前に食べたサンダードラゴンの雛《ひな》とは違い、成竜の肉だ。どれ程の効果や威力かわからないのであれば、室内で使うのはやめておいた方が良いであろう」

「え⁉　……わ、わかったわ」

私が使える魔法が、水を生み出す魔法と小さな雷を出す魔法だから、今回も大した効果はないだろうと思っていたんだけど……お世話になったソフィアさんに迷惑をかけてはいけないので、イナリの忠告通りやめておく。

「じゃあ、ソフィアさんに挨拶したら、皆で冒険者ギルドへ行きましょう。ソフィアさんの話によると、隣の国へ行けるようになっているはずだから」

「ねぇ、お姉ちゃん。隣の国っていっぱいあるけど、どこへ行くの？」

「南西に隣接している、イスパナっていう国よ」

「へぇー。えっと、確か太陽の国って呼ばれている暑い国だっけ？」

「うん。だけど、水はいくらでも出せるから安心してね」

無邪気なコリンと話をしていると、

「アニエス。南西というのは、もしや……」

イナリが何とも言えない微妙な表情を浮かべた。

「えっと、観光よ、観光。前から一度行ってみたかったのよ。お祭りが盛んな国だし、大聖堂とか遺跡なんかも多い国らしいし。べ、別にイナリのためとかじゃなくて私が行きたいだけなんだから」

「……感謝する」

呟くようにお礼を言われ、私も聞こえないフリをして、三人でソフィアさんの居る一階へ行く。

「ソフィアさん。短い間でしたが、本当にありがとうございました」

「いや、私の方こそ、本当にありがとう。アニエスがたくさん作ってくれた上級ポーションは、この国のために使わせてもらうよ」

「いえ、こちらこそ、上級ポーションの作り方を教えてもらいましたし、材料までいただいちゃって。とはいえ、これを使わなくても良いようにしたいですけどね」

数日間で作った上級ポーションは三桁になり、私も数本貰って、材料と簡易の調合道具まで譲ってもらった。

普通に旅をするのであれば、調合道具はかさばるし、壊れる可能性もあるから持っていけないけど、イナリの異空間収納があるので、万が一の場合は旅先でもポーションの調合ができる。

まぁでも、イナリが居るから、怪我はないと思うけどね。

「イナリ様。いつかまた、お会いできますでしょうか」

「それは行き先を決めるアニエス次第だが、互いに長寿の身。どこかで会う事もあるであろう」

「はい！　いつか、再会できる日を楽しみに待っております」

うぅ……やっぱりソフィアさんはイナリに熱っぽい目を向けている。

いやまぁ、ソフィアさんだけでなく、ドリアードっていう種族の命の恩人な訳だし、当然なのかもしれないけれど……何だろう、このモヤモヤする感じは。

「お姉さん！　元気でねー！」

「あぁ。コリンは、アニエスを守ってあげられるようになるんだよ」

「うん、頑張るねっ！」

それぞれがソフィアさんに挨拶を済ませると、突然イナリの姿が消える。

「よし。では、行くか」

「……って、どうしてイナリはモフモフの姿になったのよ」

「どうして……って、この街を出るのであろう。また身分証とかで面倒ではないか」

なるほど。イナリはちゃんと考えていた。

私はイナリの本来の姿に慣れすぎて、身分証をどうするかすっかり忘れていたよ。

「では、行ってきまーす！」

「気をつけるんだよー！　あと、バカ王子の件は、何かあれば冒険者ギルド経由で伝えるからねー！」

「はい、ありがとうございますー！」

こうして、しばらく滞在させてもらったソフィアさんの家を出て、まずは冒険者ギルドへ行く。

「おはようございまーす！」

「あら、アニエス。朝からどうしたの？　ソフィアさんのポーションなら、こっちから取りに行くよ？」

「いえ、違うんです。一旦、依頼が完了したのでその報告に来たんです」

「あぁ、なるほど。ポーション作りの助手のお仕事が……って、ど、どういう事っ⁉」

あのソフィアさんのところで、結構続いていたよね⁉　どうして辞めちゃうのっ⁉」

冒険者ギルドで、オリアンヌさんに依頼が完了した事を告げると、ものすごい勢いで迫られる。

「アニエスは、あのソフィアさんの弟子とまで言われたんだよ⁉　国王様と直接話をするくらいの、国内最高の薬師のだよ⁉　そのまま続けていれば、将来はソフィアさんの跡を継いでウハウハだよ⁉　というか、ソフィアさんの助手なんてできる人は本当に貴重だから、お願い辞めないで！　ね、何か悩みがあるのなら、お姉さんに話してごらん」

「いいえ、別に悩みとか、嫌な事があった訳ではないんです。元々、私はB級冒険者になれたら、この国から出るつもりだったので」

「それは……もしかして、あのバカ王子のせい⁉　だったら、今日は留守にしているけど、ウチの熊――もとい、ギルドマスターを王宮に突撃させるよ？　あのバカ王子に早く謝罪させせろって！」

「オリアンヌさん、落ち着いて。トリスタン王子の件は、早く結論を出してほしいのですけど、前から、私はいろんな国を観光しようって決めていたんです。それで、ソフィアさんにも、もうB級冒険者になれるだけ稼いだだろうって言われまして」

おそらく冒険者ギルドには、再びソフィアさんから助手募集の依頼が来るんだろうな。

トリスタン王子については、私はもう関与したくないし、ソフィアさんと仲違いしたのではない事を説明して、報酬の話へ持っていく。

「まぁ、そういう事なら……とりあえず、アニエスが受けていた依頼の報酬を確認するから待っていてね」

オリアンヌさんが奥の部屋へ姿を消したので、コリンと、こっそりイナリとも雑談しながら待った。

「アニエス、お待たせ。えっとね、数日間のポーション作りの助手のお仕事なんだけど、ソフィアさんが金貨百二十枚を特別報酬として支払うって」

「ひゃっ……ちょ、ちょっと、それは流石《さすが》に多すぎませんか!?」

「まぁC級の依頼としては破格だねー。ひと月も経っていないし。けど、それだけアニエスが、あのソフィアさんに認められたっていう事だよ。元々の報酬は、二日で金貨三枚って書いてあるしね」

それにしても百二十枚は多いよ。節約すれば、これだけで二年くらい生活できちゃう金額だもん。

「けど、ソフィアさんには、大した金額ではないと思うし、きっとアニエスの働きに見合った報酬なんだよ。それに、国外へ観光しに行くなら資金は必要だろ？　せっかくの厚意を無にするのは失礼だし、受け取っておきなよ」

「そっか。わかりました」

「よし。それじゃあアニエスとコリン、それから、そっちのモフモフ子狐は……イナリちゃんっていうのね。……何だか、最近どこかで聞いた名前だけど、晴れて貴女たちはB級冒険者となりました。おめでとー！」

オリアンヌさんは朝から元気だなーと思いつつ、B級となった冒険者カードを受け取った。

やった！　これで、ようやくこの国を出られる！

「わかっていると思うけど、B級の冒険者カードで行けるのは隣国だけだから、アニエスがいろんな国を観光したいって思うのなら、A級冒険者にならないといけないからね？」

「はい。だけど、ひとまず隣の国へ行ってみようと思います」

「そっか。もしも、途中で路銀がなくなったらここへ戻ってきて、ぜひソフィアさんのお手伝いをしてね！　それと、例のバカ王子については、進展があれば連絡するからねー！」

オリアンヌさんは、最後の最後までソフィアさんの依頼を受けてほしいって言っていたけど、他の人は、そんなにすぐ辞めちゃうの⁉　確かに最初は驚いたけど、別に悪い人ではないと思うんだけどね。

ギルドを後にし、乗合馬車乗り場へ。南西の国イスパナ行きの馬車に乗ろうとする。

「お嬢ちゃん。申し訳ないんだけど、テイムされていても魔物は馬車に乗せられないんだよ」

するといつか言われた事と、同じような指摘をされてしまった。

すっかり忘れていたけれど、子狐姿のイナリは乗合馬車に乗せてもらえないんだ。けど、流石《さすが》にイスパナまで歩くのは遠いし……

「んー、ソフィアさんからたくさんお金を貰ったから、今回は貸し切り馬車で行く？　ちょっと高いけど」

「貸し切り⁉　すごい！　乗ってみたい！」

「ま、まぁ、我も馬車とやらに乗ってやらん事もないぞ」

コリンとイナリと相談し、今回は大奮発して貸し切り馬車で移動する。

ちなみに……それなりの距離を移動するんだけど、念願の馬車に乗れたからか、子狐姿のイナリは終始ご機嫌で、大きな尻尾を左右に振り続けていた。

第五章　太陽の国イスパナの聖女

「着いたー！　太陽の国イスパナよーっ！」

貸し切り馬車に揺られ、特に大きなトラブルもなく、フランセーズ国からイスパナ国へ少し入ったところにある、国境の街ザラゴーザへ到着した。

ちなみに、小さなトラブルとしては、馬車の休憩中に美味しそうな魔物の気配を感じたイナリがどこかへ行こうとしたり、コリンがトイレに行って迷子になったり、珍しい薬草が生《は》えているとイナリに言われ、私が休憩時間を超えて採取してしまったり……御者の人、ごめんなさい。

何はともあれ、国境も難なく越えられて、馬車の旅は終了となった。

「ふむ……何というか、普通の街だな」

「まぁ、イスパナの聖都からは遠く離れているしね」

「聖都？　王都みたいなものか？」

「そうよ。馬車の中で、御者の人がいろいろ教えてくれたじゃない」

「……そ、そうか」

どうやらイナリは、馬車の乗り心地や景色に夢中で、御者さんの話を全く聞いてなかったらしい。観光にオススメの街とか、美味しい料理とかをたくさん教えてくれたのに。

で、私も知らなかったんだけど、イスパナはフランセーズみたいな王制ではなく、代々聖女が国を治めるため、王都ではなく聖都っていう呼称になるそうだ。

「確かにそんな事を言っていたような気もするな。あまりにも滑稽《こっけい》なので聞き流しておったが」

「え？　どういう事なの？」

「まず、代々聖女が国を治めていると言うが、そもそも本物の聖女が同じ国に生まれるとは限らん。世界中のどこに居るかもわからん聖女を探し出して国を統治させるなど、不可能であろう」

なるほど。イナリの言う聖女っていうのは、本当に神様から選ばれた人の事で真の聖女。

一方、イスパナで国を治めている聖女は、人が選んだ名義上の聖女だって言いたいのね。

「イナリ。言いたい事はわかるけど、それをこの国で言っちゃダメだからね？」

「はっはっは。流石《さすが》にそれくらいは我もわきまえておる。人が何を信仰するかは自由だからな。本物の聖女だろうと、偽者だろうと」

だから、それを言っちゃダメなんだってば。

今は周囲に人が居ないから大丈夫……っていうか、全然人が居ないわね。

「お姉ちゃん。まずはどこへ向かうの？」

「えっ⁉　その……観光としては、ここからさらに南東へ行けば海があるし、南西に行けば聖都があって……うん、南西ね」

イナリは子狐状態だと、感情が尻尾に出るみたいで、南西って言った途端にピクッと尻尾が反応した。うん。わかりやすくて助かる。

「とりあえず、貸し切り馬車と国境を越える費用とで、結構お金を使っちゃったから、何か仕事を受けながら、南西へ向かいましょう」

子狐のイナリを抱っこして、コリンと共にギルドらしき建物を探していると、

「お姉ちゃん。あれが冒険者ギルドだって」

「どこどこ？　……って、これが？」

街の出入口のすぐ傍にある、小屋みたいな建物に案内される。

本当にこれがギルドの建物なの？　と、半信半疑で入った。

「いらっしゃい。ここは冒険者ギルドですけど、間違えていませんか？」

な、なかなか変わった挨拶をされた。

「あ、えーっと、間違えてないです」

「そうですか。しかし、ご存知かと思いますが、街に冒険者がほとんど居ないため、いつ依頼を受けてもらえるわかりかねますが、大丈夫でしょうか？」

「いえ、私たちは依頼者ではなくて、冒険者なのですが」

イマイチやる気のなさそうなお姉さんに話す。

「失礼いたしましたーっ！　冒険者ギルド、ザラゴーザ支部へようこそっ！　どうぞ、お座りください。お飲み物は冷たいお茶でよろしいですかっ!?」

冒険者だと名乗った瞬間に、ギルドのお姉さん――カタリナさんの態度が豹変《ひょうへん》し、冷えたお茶が出てきたので、まずは私たちの事情を説明する。

「なるほど。フランセーズから、聖都へ観光に行く途中で立ち寄ってくださったのですね。お二人と、テイムしたシルバー・フォックス？　……こちらでは聞いた事がありませんが、フランセーズに居る魔物ですかね？　とで、行動を共にされていると」

「はい。昇格を目的にしていませんから、仕事の等級は何でも良いです。できれば、聖都方向へのお使いとかだと、ありがたいんですけど」

いつかはA級冒険者になって、世界中の国を観光してみたいけれど、それはまだ先の話で、今は慌てて昇格しなくても良い。だから、E級の薬草摘《つ》みのお仕事でも構わないんだけど。

「ちなみに、アニエスさんもコリンさんも、この国へ来るのは初めてでしょうか？」

「そうなんですよ。太陽の国っていう名の通り、暑いですね」

「それです！　違うんですよ！　今年は暑すぎるんです。確かにこの国は太陽の国と呼ばれる程暑い国ではあるんですけど、いつもはここまで酷くはないんです」

「え？　そうなんですか？」

「はい。暑すぎるせいか、姿を現す魔物が減り、最初はありがたいと思っていたんですけど、農作物も不作で若い人は皆仕事を求めて聖都へ行ってしまって。本来こんなに寂《さび》れた街ではないんですよ！」

ずいぶんと人が少ない街だとは思っていたけど、カタリナさんによるとこのザラゴーザの街は農業が盛んな街らしい。

「そこでお願いがあります。本来B級冒険者の方にお願いするような依頼ではないのですが、日照りで、農業用に使っていた溜池が干上がってしまったんです。そこで、別の川からの農水路作りのお手伝いをしていただけないかと思いまして」

「……あー、えっと、農水路は……」

「力仕事なのは、わかっています。ですが、この街を救うためだと思って、どうかご協力いただけないでしょうか」

「……いえ、違うんです。何て説明すれば良いのかわからないんですけど……」

「わかりました。依頼人からの報酬に加え、ギルドから色を付けさせてもらいます。お願いします！　どうか、依頼を受けていただけないでしょうか」

カタリナさん。必死なのはわかるけど、私の話を聞いてくれないだろうか。

農水路作りは構わないんだけど、不作なんだよね？

私が用水路を作った途端に、いきなり豊作になっちゃったら、また騒ぎにならない？

それだけが心配なんだけど。

「……あら？　アニエスさん。今気づいたんですけど、仕事の履歴を見ると、フランセーズで農水路作りの指名依頼をたくさん受けられているじゃないですか！　まさにこれは運命の出会いですよ！　農水路マスターであるアニエスさんが協力してくだされば、この街は生き返るんです！」

いや、農水路マスターって。あんまり嬉しくない二つ名なんですけど。

「農水路マスターのアニエスさんは、やっぱり土魔法を……あれ？　水魔法を使われるんですか？　いえ、手段は問いません。必要なものがあればギルドで用意いたしますので、受けてくださいませんか!?」

カタリナさんが、私の目を見つめながら、グイグイと迫ってくる。

「困っているみたいだし、コリンもイナリも、受けて大丈夫？」

「ボクは構わないけど……」

コリンはカタリナさんの迫力に押されたのか、それとも街を救うためか了承してくれる。

『何かうまいデザートを作ってくれるなら、頑張るぞ』

イナリも承諾してくれた。

「わかりました。ですが、私たちは水路を作る事はできるんですけど、どう作れば良いのかわからないんです。依頼を受けるにあたって、その辺りを指示できる方を呼んでください」

「ありがとうございますっ！　では、今すぐ呼んできますねっ！」

依頼を受けると返事をした途端に、カタリナさんがすごい速度で手続きを始める。

「貴女が農水路マスターのアニエスさんですか。どうか、お助けください」

そこに立っているのがやっとではないかという、ヨボヨボのお爺ちゃんがやってきた。

前に農水路を作ったエペナイ村でも高齢の方に案内されたけど、農業される方が高齢なのか、この街に若い人が全く居ないのか、それとも両方か……いずれにせよ、あんまり無理をさせてはいけない気がする。

「では、どういう風に水路を作るかと、使ってよい樹があれば教えてもらえますか？　あとは、私たちでやりますので」

「わかりました。では案内いたします」

　街を取り囲む壁の外側に農地があるそうで、お爺ちゃんが案内してくれるんだけど……お、遅い。

　これ、一緒に行くのは無理じゃないかな？

「あの、現地に行かなくても、地図上で教えていただければ大丈夫ですよ」

「おぉ、そうですか。すみません。実は少し前に転んで足を悪くしてしまいましてな。そう言っていただけると助かります。では、家に地図を取りに……」

「……えーっと、良ければこれを飲んでみませんか？　私たちはフランセーズ国から来たんですけど、そこの最高の薬師と呼ばれるソフィアさんが作ったポーションです。よく効くと評判ですので」

　そう言いながら、こっそり空のビンに水魔法で水を注ぐ。

「ほぅ、フランセーズの薬ですか。では、ありがたく……な、何じゃぁぁぁっ!?　身体から力がみなぎってくる!?　あ、足も動くっ！」

良かった。見たところ、怪我とかはしていないし、状態異常みたいなものかな？　って思ったけど、その通りだったみたい。

「アニエスさん、ありがとうございます！　しかし、すごいポーションですな」

「ふ、フランセーズのソフィアさんが作ったんです。フランセーズ屈指の薬師さんです」

お爺ちゃんが家に向かってスタスタと歩いていく。

「だ、ダニエル爺さん⁉　どうしたんだ⁉　そんなに早く歩いて大丈夫なのか⁉」

案内してるお爺ちゃんの、お隣さんらしきお爺さんが驚いている。

「いや、こちらのお嬢さんがくれたフランセーズのポーションを飲んだら、体力は湧き出してくるし、足は治るし、目もすごく見えるようになってな」

「そ、ソフィアさんです。フランセーズのソフィアさんが作ったポーションです！」

「へぇー。そいつはすごいな。覚えておくよ……あ、ミランダも見てくれよ！　あのダニエル爺さんが、フランセーズの薬で動けるようになったらしいぞ」

あ、あれ？　良かれと思ってやったら、どんどん話が広まっている⁉

とりあえずソフィアさんがすごいって事にしておいたけど……だ、大丈夫だよね？

ようやく地図を借り、水源と農水路を作る場所、使ってよい樹の場所を聞く。

「では行ってきますね」

「アニエスさん。いただいたポーションのおかげで、すこぶる調子が良いのでワシも行きますぞ？」

「いえ、すぐ終わりますので、このままお待ちください」

「しかし……」

「わ、私たちは農水路マスターなので大丈夫です」

「そうですか。では、お願いいたします」

あぁぁっ！　お爺ちゃんを説得するためとはいえ、自分で農水路マスターって名乗るのはめちゃくちゃ恥ずかしいんだけどっ！

しかしお爺ちゃんは、カタリナさんからそう紹介されているのだろう。あっさり引き下がった。それで、急いで現場へ向かう。

「うわ……これは酷いね」

「お姉ちゃん。本当にここで合っているのかなー？」

「合っていると思うわ。ほら、水路みたいなのもあるし」

借りた地図の場所へ行ってみると、思っていた以上に広い農地と、しっかり整備された水路があった。

ただ、そこに水は流れておらず、畑に生《は》えている作物もほとんどが干からびている。

「これだけ水路が整備されているのだから、いたずらに水路を増やさずとも、元の溜池に水を入れてやれば解決するのではないか?」

「でも、その溜池の水が、暑さで干上がっちゃったって話じゃなかったっけ?」

「ふっふっふ……我に策ありだ。農水路を作るより、この方が早く依頼が終わるであろう」

「そ、そうなの? とりあえず、今回作る予定だった農水路の水源も見ておこうか」

イナリが不敵な笑みを浮かべている。

「地図だと、ここなんだけど……」

「お姉ちゃん。こんなに小さな川から水を引くって、無理じゃないかなー?」

私の足首くらいまでしか深さのない、本当に小さな川で、ここから水を引いても、あの広い農地には全く足りない。だけど、ここしか使える水がないのだろう。

「うむ。やはり、我の案を実行した方が良さそうだな」

「じゃあ、今度は元々の溜池に行きましょうか」

暑いので、ところどころで水分補給をしながら地図に載っている溜池へ向かう。

大きく窪んだ池らしき地形の底に申し訳程度の水がある、到底池とは呼べない代物だった。

「ふむ。これくらいの広さがあれば大丈夫であろう。アニエス、ここで氷魔法を使ってみるのだ」

「氷魔法？　どんな効果になるか、まだわかっていないアレを？」

「うむ。ここなら周囲に家もないし、大きな氷ができても、溶ければ溜池の水になるだけだから、問題ないであろう」

「なるほど。確認と水の確保で一石二鳥って事ね」

一般的な氷魔法は、コップに入れるような小さい氷や、太い氷柱《つらら》みたいな大きな氷を生み出し、すごい人は人間の身体と同じくらいの氷を出せるらしい。

私がどれくらい大きな氷を出す事ができるかわからないけど、とりあえず、達人レベルといわれる、人間大の大きさをイメージしてみよう。

イメージが鮮明な方が良さそうな気がしたので、人間の姿のイナリを想像しながら氷魔法を使う。

「ほぉ……そうきたか」

「お姉ちゃん、すごい！　イナリそっくりの氷の像が出てきたよー！」

人間サイズではあるけど、その……彫刻みたいなイナリそっくりの氷像を出してしまった。

「なるほど。アニエスは、このようなイメージを持っておるのか」

「お姉ちゃん。イナリはこんな変なポーズしないと思うよ？」

「ち、違うのっ！　な、何となく頭に浮かんじゃっただけで、へ、変な意味はないんだからっ！」

なぜかは自分でもわからないけど、私が魔法を使う直前に右手を腰に当て、左手で髪をかき上げるイナリの姿が浮かんで……あぁぁっ！　どうして、よりによってこんな格好の像を作っちゃったのよっ！

「ま、待って。や、やり直すから。今度は……うん。上手くできた」

「えっと、お姉ちゃん。ボク、お姉ちゃんにこんな風に思われているの？」

「え？　でも、可愛いわよ？」

「でもボク、こんな内股でモジモジしてないよーっ！」

次に私が出したのは、モジモジしながら上目遣いで見上げるコリンそっくりの氷像だ。

会心のできだと思ったんだけど、本人には不満らしい。

「ふむ。人間大の大きさの氷を作り出せるのか。しかも、人間そっくりの」

「人間以外のものも出せるかやってみるね」

どういうものを出せるのかを確認すべく、何度も氷魔法を使ってみる。

「……お姉ちゃん。これはやり過ぎじゃないかな？」

どうやら頭に浮かんでいるものは何でも氷で作れるみたい。ソフィアさんの家を思い浮かべながら氷魔法を使うと、大きな家を完璧に再現してしまった。

達人レベルを遥かに超えているんだけど。

小さな氷のグラスを作ってみたり氷の壁を作ってみたりして、大小さまざまのものをたくさん作った。

「アニエスの氷魔法の効果はわかった。普通の氷魔法だが、好きな形を作れるのだな」

「そ、そうみたいね。ただ、なぜか実物と同じ大きさでしか作れないけど」

「ボクは、むしろその方がすごいと思うんだけど」

ポーズや形は多少変えられるけど、どういう訳か大きさはそのままでしか作れない。

「とりあえず、この氷が溶ければ水ができるし、あとは仕上げだな」

「仕上げって？」

「これを使って、干上がり難くしよう」

そう言って、イナリが異空間収納から何かを取り出した。

「イナリ、何それ？」

「これか？　さっき、その辺りで拾った木の実だが？」

「えっと、何かの薬の材料になるとか、食べると魔力が回復するとか？」

「そうだな……この樹の皮は打身の薬になるな。食べられない訳ではないが、うまくはないぞ？」

イナリが取り出したのは、大量の小さな茶色い木の実だ。

これをどうするの？

「よし、コリン。この木の実を埋められるくらいの、小さな穴を掘ってくれ」

「え？　こ、こんな感じで良いの？」

「うむ。その穴に、この木の実を入れて……次はアニエスが神水《しんすい》を注ぐのだ」

コリンが開けた穴に、子狐姿のイナリが小さな前足で木の実を落とし、土をかぶせる。

その様子が何だか猫みたい……と思いつつ、言われた通りに水魔法で生み出した水をかけると、急成長してあっという間に大きな樹になった。

「うむ。良いではないか。こうやって一定間隔で植えていくと、樹の影で溜池が木陰になり、多少なりとも干上がりにくくなるであろう」

「なるほど」

この策では池の一部しか木陰で覆《おお》えない。けれど、大きな溜池の全ては覆《おお》えないし、屋根を作る事も不可能だし、やらないよりは良いのかな？　代替策もないしね。

樹を生《は》やしながら皆で溜池を一周して、樹々に囲まれる湖が完成した。

……したんだけど……

「イナリ。あの氷、まだ溶けないね」

「ふむ。この暑さだし、そろそろ溶けてもおかしくないと思うのだが……待てよ。確か、ブルードラゴンのドラゴンブレスは、永久氷結という別名があったような……」

「永久氷結……って、もしかして溶けない氷なのっ⁉　というか、ブルードラゴンって怖すぎない⁉」

いやまぁ、そもそもドラゴンって時点ですごい存在だし、だからこそS級の魔物に指定されているんだけどさ。あと、溶けない氷だとしたら、この溜池に作った氷像とか、氷の家とかってマズくない⁉　一旦水に沈めたとしても、水位が下がってきたら、謎の氷の像が出てくるとか！

しかも、私たちそっくりだし、調子に乗って私やソフィアさんの像まで作っちゃったしさ。

「いや永久氷結とはいうが、自然解凍しないというだけで状態異常の一種だからな。治癒魔法や炎系の魔法で相殺できたはずだ」

イナリがそう言って、黒い炎を生み出すと氷像の一つが溶けて水になる。

ただ、イナリが真っ先に自分の――変なポーズのイナリ像を溶かしたのは、偶然？

それとも、実は内心すごく嫌だったとか？

　イナリが私が生み出した氷を順番に溶かしていく。

「そうだ。アニエス、大きくて尖《とが》った氷を作り出せないか？　できれば、尖《とが》っている部分を下にして」

「うーん。そんなのは見た事ないかな」

「ならば、大きな壁などを作り、それを土にめり込ませられるか？」

「んー、わかんないけど、やってみるね」

　氷の壁は練習で作っていたので、今度はそれを半分くらい地中にめり込ませるイメージで出してみる。

「思っていたのとは少し違うけど、一応できたのかな？　本当は、もう少し埋めたかったんだけど」

　イメージより浅くなっているけど、とりあえず、イナリの言う通りの状態にはなった。

「うむ。水に浮かないようにしてくれれば構わぬ。では、今の壁は溶かさぬので、同じものをいくつか作ってくれるか」

「いいけど……どうするの？」

「先程の木陰だけでは、ちと弱いからな。溜池の水を氷で冷やせば、さらに干上がり難くなるであろう」

「わかった！　土に埋めたのは、池に溶けない氷が浮いていたら怪しすぎるからね。了解っ！　作っておくね」

イナリは私が練習で作った氷像を溶かし、私は池を冷やす用の氷を作り……氷の壁がいくつか底に埋まった溜池が出来上がった。

だけど、思っていた以上に溜池が大きいからか、七割くらいしか水がない。

「じゃあ、残りの三割は私が水を足しておくね」

水魔法で大量の水を生み出し、十分な量の水が溜《た》まったところで、溜池が草花に囲まれる。

「お姉ちゃん。池の周りにお花がいっぱい咲き始めたよー？」

「あ……そっか。神水《しんすい》だから……まぁ、いっか」

「良いのか？　まぁアニエスが良いと言うのであれば、構わんが」

「うん。それよりも本当に困っているみたいだし、あっちの畑にも神水《しんすい》を使って作物を蘇《よみがえ》らせよう」

「……どうやったのか聞かれたら、どうするのだ？」

「え、えっと……ソフィアさんの作った植物用ポーションって事で」

同じ国内だと、すぐに確認されるけど、違う国だから良い……よね？

すごいのはソフィアさんという事にして、辺り一面の干からびた畑を水魔法で蘇《よみがえ》らせた。

「な……何じゃこりゃぁぁぁっ！　あ、アニエスさん。いえ、アニエス様！　これは一体、何がどうなったのじゃ⁉」

農水路作りの代わりに溜池と畑を復活させたので、依頼内容の代替として良いか確認してもらうためにダニエルさんを呼んだんだけど……溜池を見ては叫び、畑を見ては叫ぶ。

いやまぁ、気持ちはわからないでもないけど、叫びすぎではないだろうか。

「街でもご説明した通り、すでに農水路が十分整備されていたので、新たな水源から水を引くのではなく、既存の溜池を利用可能にさせていただきました」

「いや、溜池を利用可能に……って、ここはほぼ干上がっていたのに、綺麗な湖みたいになっているし、草木に囲まれているし……いや、それよりも何よりも干上がっていた畑が完全に蘇《よみがえ》っておる。ま、まさかアニエス様は奇跡を起こす、土の聖女様なのですか⁉」

「ち、違いますっ！　土の聖女とかじゃないですから」

「で、では一体どうやって、このような状態にしたのでしょうか？」

ダニエルさんが、イナリの予想通りどうやったのかと聞いてきた。

だけど、すでに準備はできているからね。

「それはね、これですよ。フランセーズ国が誇る、天才薬師ソフィアさんが作った、植物用ポーションです。これを干上がった畑に注ぐと、植物が蘇《よみがえ》るのです！」

「フランセーズの薬⁉　しかし、いくらなんでもすごすぎやしませんか？」

「ですが、その効果はダニエルさんご自身がすでにわかっているはずです。さっき飲んでもらったソフィアさんのポーションで、元気になられていますし」

「な、なるほど。確かに、フランセーズの薬はすごかった。そのソフィア様という薬師は、人間用だけでなく植物用のポーションも作っていると……」

「はい、その通りです。すごいのはソフィアさんという薬師なんです」

すごいすごいと感心し続けるダニエルさんが、実りに実りまくっている畑に入る。真っ赤なトマトを手に取り、しばらく大きなトマトを眺めた後、かぶりついた。

「う、うまいっ！　何だ、このトマトはっ⁉　ものすごく瑞々《みずみず》しい上に、甘いっ！」

「そ、それもソフィアさんのポーションのおかげです。収穫量が増える上に、味も格段に良くなりますので」

かじりついて、さらに驚きの声を上げる。

とりあえず、すごい事は全てソフィアさんのおかげ……そう説明する。

「ところで、あの溜池の水がいっぱいになっているのは、どうしてですか？」

今度は溜池の話になった。

「溜池は大した事ないですよ。あれは単に、私が水魔法で水を入れただけですから。ただ、それだとまた干上がったら困るので、ソフィアさんのポーションを使って樹で囲み、一応日陰にしておきましたけど」

「は……？　水魔法で水を入れた……って、アニエス様お一人でですか？」

「はい、そうですよ。それが何か？」

「それが何か……って、あの大きな溜池を水魔法で満水にするなど、やはりアニエス様は聖女なのでは⁉　以前に水魔法を使える人を冒険者ギルドから派遣してもらいましたが、一人が一日に出せる水の量は、せいぜい小さな風呂程度でしたぞ⁉」

あ、あれ？　そうなの⁉

困惑しながら、子狐のイナリに目をやると、イナリは「え？　そんな事を聞かれても知らないけど？」と言いたげに目を逸《そ》らしてしまった。

だけど思い返すと、水の神様の巫女《みこ》をしていた頃、私が一番多く水魔法を使えた気がする。でも、あの頃は毎日決まった量しか出さないし、神様の水――山の中の湧き水を、食事や飲料水に使っていたから、私の魔法が神水《しんすい》だなんて気づかなかったのよね。

「あ、わかった。その派遣されてきた方が、ランクの低い方だったとか」

「……非常事態という事で、A級冒険者の方々に来ていただいたのですが」

だったら、ソフィアさん製の水が増えるポーション……いや、流石《さすが》にこれは苦しいか。

「……そ、そうだ！　えっと、ソフィアさん特製の魔力が上がるポーションを飲んでおいたからです。いやー、本当ソフィアさんのポーションはすごいなぁー」

「魔力が増えるポーションというのは信じがたいですが、何やら事情がありそうですし、そういう事にしておきましょう。聖女様」

あ、あれ？　依頼完了のサインは貰えたけど、どうして私を聖女って呼ぶの⁉

「しかし、我が国の太陽の聖女リタ様と違い、フランセーズの聖女様は本当に奇跡が起こせるのですね」

「えっと、どういう意味ですか？」

「いえ、冒険者ギルドの話によると、この街に限った話ではなく、この国全体が異常に暑いらしくて、各地から太陽の聖女に気温を下げるように陳情されているそうなんです。

しかし、一向にその気配がなくて」

「あー、でも気温を下げるってすごく難しいでしょうし……」

「ですが、太陽の聖女は代々天候を操り、国民を守ってきたといわれています。我々国民から徴収している税金で暮らしているのですから、今こそ力を使うべき時なのに……と、すみません。アニエス様には関係のない話でしたね」

思わぬところで聖女扱いされてしまったけど、依頼が完了し、ものすごく喜んでもらえた。

さて、聖都に向けて出発よ！


――その頃の太陽の聖女リタ――


「リタ様っ！　大変ですっ！　ザラゴーザの街に続き、カータユードの街とフエルタ村でも奇跡が起きたとの事です」

「わかりました。ありがとうございます。引き続き、情報収集をお願いいたします」

太陽の聖女である私の専属の侍祭ディアナが、慌てて部屋に入ってきて、また奇跡があったという話をした。

最初に報告を聞いた時は、干上がっていた溜池や畑が蘇《よみがえ》った……なんて言われて、そんな事があるはずないと、ディアナを叱ってしまったけど、その後も他の村……ザラゴーザの街の近くの村から、奇跡と呼ばれる事象が起こったと報告されていた。

「リタ様。よろしいのでしょうか。今年は国内が非常に暑く、気温を下げてほしいと多くの要望が出ております。このまま何もしなければ、リタ様よりも得体のしれない謎の奇跡の方が支持されてしまいます」

そんな事、アンタに言われなくてもわかっているわよ！

だけど暑いって言われても、気温を下げたり雨を降らせたりなんてできる訳がないじゃない！

それに、前任から引き継がれている雨乞いの祈祷《きとう》なんて毎日やっているけど、ちっとも効果がないのよっ！

「……私も国内の状況には心を痛めておりますが、天候操作は非常に大掛かりな儀式が必要で、そう簡単にはできないのです」

「しかし、今は要望を出していない街や村などが、ほとんどないと言っても良いくらいの状況ですよ⁉　しかも、噂を聞きつけたのか、先程述べた奇跡を起こしてほしいという要望が、こちらへ届いている程です」

「……その池や畑が蘇《よみがえ》る奇跡を、私が起こした事にできないかしら」

「リタ様⁉ その奇跡は、フランセーズから来た冒険者が起こしています。冒険者ギルドの依頼として行っているため、そんな事をしたらギルドから訴えられますよ？」

「じょ、冗談に決まっているじゃない」

チッ……私の指示でやっている体《てい》にできれば、民の要望を叶えた事にしたのに。他国の冒険者っていうのは、圧力が掛けづらくて少し厄介ね。でも冒険者だし、金銭で買収ができるでしょ。

「ちなみに、その奇跡を起こしている冒険者っていうのは、どういう人なの？」

「アニエスとコリンという男女の二人組ですね。何でも、フランセーズで最高といわれる薬師のポーションを使って、奇跡のような現象を起こしているそうです」

「なるほど。つまり、そのポーションを買えば同じ事ができるわね。誰かフランセーズに派遣して、そのポーションを買いに行かせなさい」

「わかりました。フランセーズ最高の薬師という人物を探させますね」

よし。あとはポーションが届いたら、太陽の聖女の名で同じ事を各地にしましょう。これで、私を非難している声を抑えられるはず。

「しかし、この二人……ザラゴーザの街、カータユードの街、フエルタ村……って、この聖都に向かってきていませんか？」

「確かにそうね。……というか、わざわざフランセーズから、こんな異常気象の時に何をしに来たのかしら。しかも、これ見よがしに奇跡なんて起こして」

「観光……とかじゃないですかね？」

「観光なら、ザラゴーザから真っ直ぐ聖都に向かってくるのはおかしくない？　あそこから、南東に行けばすぐ近くに観光都市バーセオーナがあるじゃない」

「そっちは帰りに寄る……とか？」

帰りに寄る……ね。まぁ、先に聖都を見ておくというルートも考えられなくはないけど。果たして、そうかしら。もっと何か違う理由があると考えるべきでは？

「待って！　この異常気象に乗じて奇跡を起こし、人気を得ながら聖都へ向かう……まさか、太陽の聖女という地位を奪いに来たんじゃないのっ⁉」

「いえ、それこそないと思いますよ？　他国の冒険者ですし」

「そんなのわからないじゃない！　とにかく、その冒険者たちを監視しなさい！　今すぐにっ！」

太陽の聖女という地位は、スケベなジジイたちに色目を使いまくって、ようやく手に入れた、何もしなくても国民が貢《みつ》いでくれるポジションなのよ！　絶対誰にも譲らないわっ！

「リタ様っ！　大変ですっ！　リタ様ーっ！」

「どうしたのですか？　落ち着いてください」

完全に日が落ち、太陽の聖女としての仕事が終わって寛いでいると、部屋にディアナが飛び込んできた。

「ゴロゴロしながら本を読んでいる場合ではありませんよ！　また奇跡です！　ピナーの街の周辺にある、広大な農地が全て蘇《よみがえ》りましたっ！」

「まぁ！　あの大きな街の農地を……本当にすごいわね」

「感心している場合じゃありませんよっ！　あの広大な農地を一日足らずで蘇《よみがえ》らせたと、ピナーの街では土の聖女を称《たた》えたお祭りが開かれているそうです！」

「土の聖女ですって⁉　どういう事なのよっ！　この国の聖女と言えば、私――太陽の聖女でしょっ！　しかも、お祭りってどうしてよっ！」

ピナーといえば、主要な街道が集まる大きな街でしょ⁉　そんな場所でお祭りまで行って、大々的に土の聖女のアピールなんてされたら……だ、ダメよ！　絶対にダメ！

そもそも、土の聖女って何よ！　自分で勝手に聖女って名乗っているの⁉　ただ、フランセーズ産のポーションを撒《ま》いているだけなのに！　それなら、フランセーズ産のポーションを持っている人は、全員聖女だとでも言う気なのっ⁉

「しかも、ピナーの街から得た情報によると、土の聖女は聖都が目的地だとハッキリ言ったそうです。そのため、すでにその噂を聞きつけた聖都の住民たちの一部が、土の聖女の歓迎祭を計画しているそうでして」

「はぁっ⁉　何よ、歓迎祭って！　私の立場はどうなるのよっ！　それなら、太陽の聖女の生誕祭とかをしなさいよっ！」

うぅ……つい先日、二十歳の誕生日を迎えたのに、祝ってくれたのはディアナだけ。私、聖女なのよ？　この国の象徴ともいえる太陽の聖女なのよっ⁉

「まぁ、イスパナの国民はお祭り好きですし、何より土の聖女はわかりやすい実績がありますからね」

実績なら私だって……ま、毎日お祈りしているじゃない！　ただ、雨が降らないだけでさ。

「ところで、その土の聖女は何しに聖都へ来るの？」

「それなんですが、歓迎会でピナーの領主から同じ事を聞かれたのには、答えられないと言ったそうです」

「……怪しいわね。イスパナへ来てから各地で奇跡を起こしまくった挙げ句、自らを土の聖女だなんて呼称して、聖都へ乗り込んでくる……やはり、太陽の聖女の座を奪いに来たのね！」

「うーん、それはないと思っていましたが、あながち否定できないかもしれません」

「フランセーズの薬師はどうだったの⁉」

「それが……早馬で使いを送りましたが、アニエスの名を出しても笑うだけで、ポーションについては、売れないの一点張りでした」

これは、その薬師もグルかもしれないわね。

とはいえ、フランセーズ国内に居る薬師へ変な事はできない。狙うなら、イスパナに居る土の聖女ね。

「……わかりました。太陽の神殿の裏部隊を使いましょう」

「り、リタ様っ⁉　それはつまり、土の聖女を……」

「えぇ。そうよ。今は知名度と人気が出てしまっているから、目立った事はできないわ。だけど、光あるところに影あり……不幸な事故に遭ってもらいましょう」

私も動いてもらうのは初めてだけど、使えるものは使わなきゃ。

「あの、流石《さすが》にそれはやり過ぎではないでしょうか」

「何を言っているの⁉　攻められているのだから、反撃するのは当たり前でしょう？」

「ですが、奇跡で国を救ってくれているのも事実ですよ？」

「だから、向こうが持っているポーションも奪えば、一石二鳥でしょ。それに、指を咥《くわ》えて待っていて、万が一この太陽の神殿が奪われてみなさい。土の聖女に、土の神殿。土の国イスパナ……めちゃくちゃ地味じゃない！」

「た、確かに地味ですね」

「でしょ？　じゃあ、今すぐ裏部隊を動かすのよっ！」

ふんっ！　この光輝く神殿は、私のものなの。

土の聖女アニエス……ちょっと調子に乗りすぎたわね。

＊＊＊

「おぉ……ずいぶんと大きな街が見えてきたな。あれが聖都なのか？」

フエルタ村で干上がった畑を蘇《よみがえ》らせ、徒歩で一山越えて太陽の国イスパナに入ってから、三つ目の街に到着した。

「えっと、さっきの村で教えてもらった話だと、ピナーの街って言って、大きな街道が交わる交易都市なんだって」

「なるほど。それで、こんなに大きな街なのか」

「うん。そして、この街の次がいよいよ聖都のはずよ」

路銀を稼ぐため、通った街や村で何か一つは依頼を受けよう……そう話してはいたけど、まさかその全てが農水路作りになるとは思わなかった。

とはいえ、いずれも水路は作らずに、干上がった畑を復活させたんだけど。まぁ、ものすごく感謝されたし、困っている人たちを助けられたので、良しとしよう。

ただ、その弊害というか、何というか……

「身分証を拝見……B級冒険者のアニエスとコリン⁉　お、お待ちしておりました！土の聖女様っ！」

街へ入る時の身分証チェックの際に、問答無用で聖女扱いされるようになってしまった。

「あの、違うんです。私、本当に土の聖女とかではないんです」

「そう仰《おっしゃ》らずに、どうぞこちらへ。街の長が歓迎会を開きたいと申しており、ささやかながら宴を開くと申しておりますので」

「えぇぇぇっ⁉　わ、私たちは観光に来ただけなんですけど」

「観光でしたら、ぜひ案内の者をつけさせていただきます。お願いします！　土の聖女様をお連れしないと、私がクビになってしまうんです」

その言い方はズルいよ。そんなの行くしかないじゃない。

『はっはっは。これは行くしかないな。聖女様』

事前に子狐の姿になっていたイナリがからかうけど、その尻尾が嬉しそうに左右に揺れている。イナリは歓迎会の料理が食べたいだけじゃないの⁉

「コリン。どうする？　ついていく？」

「ボクは行ってもいいよー。パーティが開かれるみたいだし」

あぁぁぁ……イナリもコリンも、食べ物に弱いっ！

「わかりました。では、ついていきますよ」

「ありがとうございます、聖女様！　おい、一走りして先に連絡だ」

兵士さんの言葉で、若い人が猛ダッシュで、どこかへ走っていく。

うーん。街の長から歓迎会を開かれるなんて……人助けのつもりでやってきたけど、ちょっと話が大きくなりすぎている気がする。

そもそも、この国にはすでに太陽の聖女が居るのに、聖女なんて呼ばれて大丈夫かな？

若干不安になりながらも、兵士さんについていくと、大きな屋敷に着いた。中へ入ると、身なりの良い中肉中背のおじさんが出迎えてくれる。

「おぉ、これは聖女様。ピナーの街へ立ち寄っていただき、誠にありがとうございます。私は、この街を治めるクラウディオと申します」

何だか立派な応接室に通され、いろんな人を紹介される。

農業担当者、食料流通担当者、資金管理担当者……いやもう、途中から誰が誰だかわかんなくなっちゃったよ。

私が混乱しているうちに、歓迎会と称して料理が運ばれてきた。せっかくなのでいただく事に……って、美味しい！　後でレシピとか貰えないかな？

イナリも部屋の端で大きなお肉の塊《かたまり》を食べているので、機嫌は大丈夫そうね。

「ところで聖女アニエス様。イスパナへ来られてから、我が国の街や村の田畑を蘇《よみがえ》らせてくださっていると伺っております。どうか、この街の周辺にある農地も蘇《よみがえ》らせていただけないでしょうか」

クラウディオさんから、予想通りの依頼がきた。

「それは構わないのですが、私は冒険者なので、ギルドを通していただけますか？」

「それについては、承知しております。実はすでに冒険者ギルドの職員も招いておりますので」

え？　ここにギルドの職員さんが居るの⁉　そう思って、クラウディオさんの視線の先に目をやる。

「あ、ども。ごちそうさまです」

美味しそうにご飯を食べ続ける男性が会釈する。ギルドの職員さんが居るなら、いいか。

「えっと、あとはギルドとは関係なしに、私たちの都合であまり広大な土地には対応できないのですが、よろしいですか？」

「そうなのですか？　それは、魔力や使用するフランセーズ産のポーションの数に限りがあるからでしょうか？」

「いえ、時間の問題です。私たちは聖都を目指しているので、あまり時間を掛けられないのです」

「なるほど。ちなみに、どのようなご用件で聖都を目指していらっしゃるのですか？」

おっと、どうしよう。

正直にイナリの力を……とは言えないし、表向きの理由である観光っていうと、それなら後でゆっくりすれば良いと言われたら、反論できない。急ぐ旅ではないけど、イスパナの各地を蘇《よみがえ》らせ続ける事も不可能なので、ある程度区切りは要る。

少し考えた後、困りつつも告げる。

「すみません。旅の目的は言えないんです。でも、できる範囲では対応しますよ」

「失礼いたしました。ですが、可能な範囲で蘇《よみがえ》らせていただけるというのは、本当に助かります」

目的をはぐらかし、負担になりすぎない範囲で依頼を受けよう。


「お祭り楽しかったねー！」

「そうだな。何より、好きなものを食べ放題というのが良かったな」

「コリンとイナリは食べるだけだったから良いけど、私は大変だったんだからねっ！」

クラウディオさんの依頼で広めの畑を蘇《よみがえ》らせた後、先を急ぐって言ったのに、感謝の祭を開きたいって言われ、結局もう一泊してしまった。

私とクラウディオさんが並んで街をねり歩き、街中の人たちから「土の聖女様！」と声を掛けられる。でもね、私は土魔法とか使えないから！　あと、すごいのはソフィアさんだから！　と、何度もクラウディオさんに説明したのに。

「だが、恥ずかしそうに照れているアニエスは可愛かったぞ」

クラウディオさんの家の客室で、本来の姿に戻っているイナリがとんでもない事を言ってきた。

唐突にイケメンみたいな事を言ってきたから、ビックリしてしまう。

「かわっ……な、何を言っているのよっ！」

「あ、お姉ちゃんが赤くなったー！」

「な、なってないわよっ！　も、もう寝るわよっ！　おやすみっ！」

慌てて照明を消してベッドへ潜り込む。

もうっ！　イナリったら、乙女心をからかうような事を言って。……でも、結構行動を共にしてきたけど、イナリは私をどう思っているんだろう。

いまだに男性なのか女性なのかわからないけど、ソフィアさんの家に泊まっていた時、コリンと同じ部屋で寝ていたのでたぶん男性なんだと思う。

だったらなおさら発言には気をつけてほしいんだけどな。

……ドキドキさせられちゃうから。

「では、我も寝るとするか」

そう言ってイナリが私のベッドに入ってきた。

「えぇぇぇっ⁉　い、イナリ⁉　どうして、こっちに⁉」

「すまぬ。子狐の姿になるのを忘れておった」

話を聞くと、クラウディオさんがイナリを子狐としか認識していないので、私とコリンのベッドしかないらしい。それで、子狐の姿でどちらかのベッドへ入りたいが、この姿だとコリンが嫌がるから私のベッドへ来たそうだ。

うーん。確かに子狐の姿のイナリはいつも野営の時に暖を取るため、私が抱きしめて寝ていたけど……これって、イナリはどう思っているんだろう。

だけど私が手を伸ばさなくても、ここが自分の定位置とでもいうように子狐姿のイナリが私にくっついてきたし……今の姿は可愛いから、まぁいっか。

「おやすみ、イナリ」

「うむ。おやすみ、アニエス」

よく考えたら、野営ではなく部屋の中で、しかもフカフカベッドなので、イナリが居なくても十分に暖かいのだけど……いつものようにイナリを抱きしめて眠る事にした。

「おはようございます。アニエス様、コリン様。朝食の準備が整いました」

すごい。流石《さすが》は領主さんの家だ。メイドさんが起こしに来たよ。

歓迎会の時にも居た気がするんだけど、あの時はそんな余裕がなかったから、改めて驚く。身支度を整え、クラウディオさんと談笑しながら朝食を済ますと彼が言った。

「アニエス様。聖都方面へ向かうのでしたら、私の馬車でお送りいたしましょうか？」

「えっ⁉　良いんですか⁉」

「はい。私個人の馬車ですから、そちらの子狐も乗っていただいて構いません」

「それは助かります。ぜひお願いいたします！」

やったー！　徒歩だと、どうしても時間が掛かるからね。神水《しんすい》で疲れは取れるけど、移動速度が速くなったりはしないし、とても助かる。

「ですが、一つだけお願いがあります。聖都は隣の街ですが、途中にある村も救っていただきたく、お送りするのは、隣の村まででもよろしいでしょうか」

「はい。それでも、構いません。徒歩と馬車では移動速度が全然違うので助かります」

こうして、私たちはピナーの街を後にし、コトコトコト……と、領主用の立派な馬車で次の村へ。

乗合馬車とは違ってシートがフカフカだし、広いし、個室みたいになっている。小さな窓を開けなければ、御者さんにもこちらの声は聞こえなそうだし、流石《さすが》は領主用ね。

その上、早く着くし、イナリもご機嫌だし、本当にすごく助かる。

しかし、それにしても街道っぽくない、全然整備されていない変な道を通るのね。

御者さん側の小窓を開けて尋ねる。

「あの、御者さん。道を間違えていませんか？」

「大丈夫ですよ。ピナーの街は、多くの街道が交わる街ですので道が多いんです。この道は少し揺れますが、近道なので少しだけ我慢してください」

念のため聞いてみたけど、大丈夫らしい。

まぁ、私たちはこの国を知らないし、御者さんたちに任せておけば良いか。

だけど、そう思ったのも束の間で、整備されていない道どころか、すごく細い崖の道を馬車が走っていく。

右側は壁みたいな山で、左側は崖。馬車がギリギリ通れるくらいの道で、一歩間違えれば、崖の下へ転落しちゃいそうなんだけど。

「アニエス。この馬車……南西とは違う方角へ向かっているのだが」

「そうだよね？　私もそう思うの。でも、御者さんは近道だって言っているんだけど……」

馬車の側面の窓から下を見てみると、眼下には広い森が広がっていて、落ちたら絶対に怪我では済まない。

そう思った直後、突然馬車の速度が上がる。今まで登り坂だったのが下り坂に変わったからだけど……それにしても、速度を出しすぎじゃない？　流石《さすが》に怖いよ。

「すみません。もう少しゆっくり……え⁉」

速度を落としてもらおうと御者さん側の小窓を開けると、その御者さんがなぜか御者台から降りて直接馬に乗っている。

「土の聖女。アンタはやり過ぎたんだよ。我々太陽の聖女を敵に回すべきではなかったな」

御者さんがそう言った直後、道が右側に大きく曲がり……馬と馬車が繋がっていない⁉

馬に乗った御者さんは道なりに進んでいくけど、馬車はそのまま真っ直ぐ進んでいき、崖から……落ちたっ！

「きゃあぁぁぁっ！」

「えぇっ⁉　な、何っ⁉　お姉ちゃん！　何が起こったの⁉」

大きく傾き落下していく馬車の中で、コリンと共に叫んでいると、

「ふむ。あの領主にハメられたか、もしくは太陽の聖女とやらの手の者が御者になりすましていたか。屋敷に居る時や祭りで幾度となく機会があったのに、何もしなかったという事は後者かの？」

「この状況で、どうして落ち着いていられるのよっ！　もしかして、イナリは空が飛べるのっ⁉」

「はっはっは。アニエスはおかしな事を言う。翼もないのに、飛べる訳がないであろう」

なぜか動揺していないイナリが、いつもの調子で喋《しゃべ》っている。

これはつまり、イナリは諦めたって事なの⁉　だったら、私が何とかしなきゃ……って、この状況をどうすれば良いのよっ！

「さて、そろそろか。アニエス、我にしっかり掴まるのだ。コリン、行くぞ」

「イナリ⁉　……あ、わかったわ！」

「うひゃぁぁぁっ！　大きい！　食べられるぅぅぅっ！」

馬車の天井を壊す程大きな狐の姿になったイナリに掴まると――コリンは咥《くわ》えられていたけど――イナリが高く跳躍し、崖に爪を立てて、落下速度を減速していく。

「さて、太陽の聖女とやら。……アニエスに手を出す者は我が許さぬぞ」

そして、無事に地面に下りると、元の姿に戻ったイナリが、真っ直ぐどこかへ向かっていく。

私たちが下りた森の中に何があるのかわからないけど、そのままついていくと、遠くに壊れた馬車があり、見知らぬ二人の男性がキョロキョロと何かを探していた。

「チッ……どこに落ちたんだ⁉　死体からポーションを回収しないといけないってのに」

「樹の上に引っかかっているとかだったら最悪だぞ。リタ様に何て言えば良いんだ」

風に乗って二人の話し声が聞こえてくる。

とりあえず身を隠した方が……って、無理か。イナリが怒っているし。コリンだけでもと、大きな樹の陰に二人で隠れて様子を見る。

「ふむ。お主らはリタという者に従っているのだな？」

「誰だ、お前は！　こんな場所で何をしている！」

「確か、リタとやらは太陽の聖女と言ったかな？　我も、とある聖女に仕《つか》える者でな。とりあえず、二人居るなら一人は殺しても構わんだろう」

イナリがとんでもない事を言い出し、その右手に黒い炎が生み出された。

「イナリ！　ダメーっ！」

思わず樹の陰から飛び出して叫ぶと、イナリの手から黒い炎が消える。

「仲間が居たのか！　何者かは知らんが我々の姿を見た者は生かしておけん。悪いが死んでもらう」

「やれやれ。せっかく我が主が慈悲の心で、お主たちの命を助けてやったというのに。まぁ死なぬように加減してやろう」

大きな剣を手にした二人がイナリに斬りかかる。

対するイナリは丸腰だけど、それでも絶対にイナリが男性を殺さないという保証はない。最悪、ソフィアさんから貰った上級ポーションを飲ませないと。

大丈夫かとドキドキしながら見守っていると、あっという間に勝負が決する。

「なぜだ⁉　どうして剣が粉々に⁉」

「こっちもだ……くっ！　一体どんな魔法を使ったんだ⁉」

「今のは警告だ。お主らの身体が、その剣よりも硬いという自信があるなら、挑むが良い。とはいえ、首から下はすでに動かぬだろうが」

「これは……影縫い⁉　チッ、影魔法か！　だが、甘いな。影魔法は、我らの光魔法とは相性が悪い。こんな魔法、すぐに打ち破ってくれる！」

「影？　ふっ……我の力をそんなものと間違えるでない。我が力は闇。太陽ごとき、呑み込んでくれるわ」

あぁぁ……闇魔法の事は言っちゃダメって、出会ってすぐの頃に注意したのにっ！

とりあえず、人の命は奪っちゃダメっていうのも含めて、後でキツく言っておかなきゃ。

少し離れて様子を窺う。

「くっ……なぜだ⁉　なぜ、影魔法を相殺できない！」

「だから、影ではなく闇だと言っているだろう。光の力など、闇の前では無力。それよりも、お前たちは太陽の聖女に仕《つか》えているのは間違いないのだな？　そして、崖の上から我らを落とした者の仲間……そういう事だな？」

「……知らないな。そもそも、お前らがあの崖から落ちたというのであれば、生きている事は不自然だろうがっ！」

「そんな事はどうでも良い。質問しているのはこっちだ。なぜ、殺そうとした？　理由を言ってみよ」

イナリが二人の男に問いただす。

普段より声が低いけど、私の話を思い出したようで、いきなり殺したりはしないみたい。ところが、しばらく身体を動かそうと頑張っていた二人の男性が、諦めたように小さく呟く。

「リタ様……申し訳ありません」

その直後、イナリが叫んだ。

「アニエスっ！　伏せるのだっ！」

空から白く輝く柱が落ちてきてイナリと対峙していた二人を直撃する。そして光の柱が膨らんで、突然視界が真っ白になり、何も見えなくなった。

「……って、あれ？　ただ眩しいだけ？　何とも……ない？」

すごい光で、まだ目が見えないけど、暖かいモフモフしたものに包まれている。

フカフカで気持ちが良い……と、視界が戻るまでモフモフに埋もれていると、イナリの声が聞こえてきた。

「……だ、大丈夫か？　アニエス」

「イナリ？　うん、私は平気だよ。まだ視界は戻ってないけど。……あ、そうだ。これも一種の状態異常だから、水魔法で治るのかな？」

それから、水魔法で手に水を出し、飲むと思った通り目が見えるようになる。

「……って、イナリっ⁉　だ、大丈夫っ⁉　これっ！　ポーションを飲んでっ！」

最初に視界へ飛び込んできたのは、大きな狐のモフモフ尻尾なんだけど、私を庇うように横たわったイナリは、血を流していた。

慌てて上級ポーションを飲んでもらう。

「ありがとう、アニエス。アニエスが無事で良かった」

「イナリが守ってくれたからだよ。ありがとう、イナリっ！」

大きな身体に抱きつく。

それから少しして、コリンの姿が見えない事に気づいた。

「……コリンっ！　コリンは大丈夫っ⁉」

「ぼ、ボクは大丈夫だよ。離れていたし、大きな木の下でハムスターの姿になっていたから」

コリンが声を震わせながら姿を見せてくれた。

改めて周囲を見渡すと、周辺の樹々が消し飛び、少し離れた場所にある樹も燃えていたり、焦げていたりする。

「な、何なの⁉　一体……」

「おそらく、太陽の光を集約させたのだろうな。かなり強力な魔法だから、己の命を賭して使ったのであろう。しかし、自爆ともいえるこの魔法を、攻撃として使ってこられると、少し厄介だな」

見ると、先程まで男性たちがいた場所には大きな穴が開いているから、イナリの言う通り、まさに自爆なのだろう。

「どうしてこんな事を……」

「おそらく、秘密保持のためであろう。我は使えぬが、自白魔法などを使える者も居るかもしれん」

「そんな……」

「アニエスよ。お主は心優しいが、相手はそうとは限らぬ。事実として、向こうは我らを亡き者にしようとしてきたのだからな」

「そうだけど……」

殺されそうになったのだから、甘いと言えば甘いのかもしれない。

けど、そもそもどうしてこんな事になってしまったのだろう。

「だが、そこがアニエスの良い点だ。こういう事は我に任せ、アニエスは今のままでいてほしいものだ」

いつの間に元の姿に戻ったのか、人の姿となったイナリが優しく頭を撫《な》でてくれる。

「さて、我は、もう一仕事してくる。アニエスとコリンは、ここから離れたところで休んでいてほしい」

「え？　一仕事って？」

「最初に我らを崖から落とした、あの御者だ。先程の光を見たのであろう。崖の上から、こちらを窺う者がいるからな。ちと話を聞いてくる」

「だ、大丈夫なの⁉」

「もちろんだ。あのような魔法を使うとわかっていれば、いくらでも対策は取れる。それより、今は周囲には崖の上の者しかいないが、他に仲間が居ないとは限らん。我はアニエスの位置がわかるから、とにかくここから離れるのだ。コリン、アニエスを頼んだぞ」

そう言って、イナリはすごい速さで走っていった。

「と、とりあえず、イナリの言う通り、ここから離れましょうか」

「う、うん。イナリにも頼まれたし、ボクがお姉ちゃんを守るから！」

コリンの小さな手が私の手を取り、歩きだそうとする。

「あ、でも、少しだけ待ってね」

一旦制止して、水魔法を使う。

燃えている火を消し、焦げたり折れたりしてしまった樹々を元に戻す。

「お待たせ。じゃあ、行きましょう」

コリンに手を引かれて、この場を離れると、少しして崖の上に白い光の柱が見えた。

それからしばらくすると、イナリが現れる。

「待たせたな」

「イナリ。さっき、白い柱が見えたんだけど……」

「うむ。先程と同様に相手の動きを止め、話を聞こうとしただけで、あの自爆魔法を使われてしまった。警戒しておったから、我が被害を受ける事はなかったが……」

イナリが苦虫を嚙み潰したような顔でそう言った。

わかるよ。白い柱を使って、秘密を守るために自ら命を捨てさせているんだもん。この指示をしている人は、命を何だと思っているんだろう。

今のところ、太陽の聖女のリタっていう人が指示をしているというのが濃厚だけど、本当にこの人が首謀者だったら……許せないっ！

広い森を抜けると、遠目に大きな街が見えた。

「ついに着いたわね。おそらく、あれが聖都よ」

「そうだな。太陽の聖女とやらを探そう」

そう言って、子狐姿のイナリが表情を硬くした……気がする。

「イナリ。森の中でも言ったけど、まだ太陽の聖女リタさんが指示したっていう確信はないからね？　さっきの人たちが太陽の聖女って言っていただけで、濡れ衣を着せようとしている事だって考えられるんだから」

「わかっておる。まずは話を聞くというのであろう。心得ておる」

本当は私もリタさんを問い詰めたい。けれど、イナリが怒っているから、万が一間違いだった場合、取り返しがつかなくなってしまう。なので、リタさんには、あくまで話を聞く事から始めると念押しして、聖都メイドリッドの門へ向かった。

「身分証を拝見……アニエスとコリン⁉　あぁ、土の聖女と呼ばれている二人組か。この聖都には、何をしに来たんだ？」

「観光ですけど」

「嘘吐けぇぇぇっ！」

「え？　どうして、嘘だと思うのですか？」

ピナーの街では歓迎会を開いてくれたけど、聖都では逆で、正規の身分証を提示しているにもかかわらず、止められてしまった。しかも、兵士さんが嘘吐き呼ばわりするので、なぜかと聞いてみた。

「う……いや、各地で奇跡と称して騒ぎを起こしていると聞くが、何か目的がなければ、こんな事をしないだろう」

「それは、冒険者ギルドに正式な依頼があったので、対応しているだけですが」

「しかし、田畑を蘇《よみがえ》らせるなど、普通はそんな事できないだろう」

そこから根掘り葉掘りいろんな事を聞いてくる。

観光が目的だと言ったが、どこを見るつもりなのか。フランセーズのソフィアさんとは、どんな関係なのか。太陽の神殿には行くのか……などと、しばらく質問攻めにあった。

「おい。さっきから同じ者にずいぶんと時間を使っているが、何かあったのか？」

「あ、いえ。何でもないです。では、どうぞお通りください。ようこそ聖都へ」

別の兵士さんが来た途端に、愛想笑いを浮かべ通してくれた。

聖都の中に入りはしたんだけど、イナリが不穏な事を言ってくる。

『さっきの者は怪しいな。こちらを探るような感じであったし、我らを襲った者の仲間かもしれんな』

仮にさっきの兵士さんがあの人たちの仲間だとしても、直接襲ってこないだけマシだ。

街の中で白い柱を出すのは本当にやめてほしい。

「とりあえず、リタさんに話を聞きに行きましょう。太陽の神殿？　に行けば良いのかな？」

『そうだな。ただ、気をつけるのだぞ。先程の者に限らず、街の至るところに、こちらを見ている者が居る。もちろん、あの祭りのあった街とは違う、敵対の視線だ』

うぅ……何だか落ち着かないと思っていたけど、そのせいか。

ピナーの街でお祭りが開かれ、領主さんと一緒に歩いた時は、好意的な視線だったけれど、今はあの時とは全く違って、変な感じがする。

流石《さすが》に街中では襲ってこない……よね？　イナリを抱きかかえ、コリンの手を握って人通りの多い道を進む。

ところどころで聞くと、街の中心にある大きな建物が太陽の神殿でそこに太陽の聖女が居るそうだ。

「ここが太陽の神殿ね。有名な観光地の一つで周囲に人がたくさん居るし、入ったからっていきなり襲われたりはしないわよね」

とはいえ、警戒は続けつつ神殿の中へ入る。

中では、なぜか職員さんらしき人が皆慌ただしくしていたけど、どこへ行けば太陽の聖女に会えるかと聞いた。

「そんなの、こっちが聞きたいですよ！　今朝、太陽の聖女リタ様が居なくなってしまったんです！」

一体何が起こったのか、太陽の聖女が居なくなってしまったという。

「あ、あの。いつ頃戻ってくるとかってわかりますか？」

「だから、わかりませんってば。朝のお祈りの時間に姿を現さず、いつもの寝坊かと思ったら寝室にも居ないし、右腕とされている最も近しい侍祭も居ないし……そういう状況なんですっ！」

そう言って、職員さんはどこかへ行ってしまった。

『……なるほど。逃げたか』

「……えーっと、イナリ。子狐の姿でもわかるくらいに怒っているけど、暴れないでね？ここに居る人たちは、たぶん無関係だと思うし」

あからさまに不機嫌なイナリを抱きかかえ、優しく頭を撫《な》でる。

イナリの怒りを鎮めようと必死なんだけど……よくよく考えたら、子狐の姿だからこんな事をしちゃったけど、本来の姿のイナリなら、怒るかな？　しまった……と思いながら様子を窺う。

『ま、まぁ、アニエスがそう言うのであれば……』

頭を撫《な》でたのは意外に良かったのかな？

……イナリが自重してくれただけかもしれないけどさ。

『だが、あの三人に加え、街に入ってから感じる多数の視線を考えても、何らかの組織が動いているようだ。そやつらがアニエスに攻撃をしたのだ。無関係な人間を巻き込まぬようにはするが、許す訳にはいかぬ』

本来のイナリなら、街ごと破壊する……とか言いかねないから、それに比べれば遥かに良いかな。

とはいえ、現時点で首謀者らしき太陽の聖女が居ないと言うのは、イナリのストレスになる。今は何とか我慢してくれたけど、イナリが怒ったら私には止められないし、そうなったら、この街が危なくなる。

それを避けるためにも太陽の聖女を探したいんだけど……皆困っているみたい。何も手掛かりがないいんだろうな。

「と、とりあえず、せっかく聖都に来たんだし、観光でもする？」

『アニエス……今、お主は狙われており、実際に攻撃されておるのだぞ？』

「そうだけど、人が多い場所では、向こうも襲ってこないかなーって」

イナリがすごいジト目で私を見上げる。そ、そんなにダメな提案だったかな？

『我は、アニエスに敵意の視線を向けている者を、一人ずつ捕らえてはどうかと思うのだが』

「でも、その結果、街の中であの光の柱が落ちてくるかもしれないわよ？」

『む……確かに三人目も自爆してしまったし、否定できないな』

ヒソヒソと、神殿の隅でこれからの方針を話す。

「お姉ちゃん。早くしないと夜になっちゃうよ？」

「あ、本当だ！　そっか……森を抜けた時点でとっくにお昼を過ぎていたもんね。とりあえず、今日はどこかの宿に泊まって、明日考えましょう」

コリンの言葉で、神殿の外が茜色に染まっている事に気づく。

「今日はたくさん歩いたし、ピナーの街を出てから村へ寄らずに野営ばかりだったから、今日は奮発してちょっと良い宿に泊まろっか」

「ボクはお姉ちゃんのご飯が食べられるなら、野営でも大丈夫だよ？」

「あ、コリンの言葉で思い出したけど、食料も補充しておかないとね」

ひとまず、街で良さげな宿を探そう。

『それだ！　よし、アニエス。あえて街の外で野営を行うのだ』

「え？　せっかく聖都まで来たのに？」

『うむ。おそらく、この街のどの宿に泊まっても、夜襲されるであろう。そこで反撃すると、街中で自爆されてしまう。だが街の外であれば、他の者を巻き添えにしないであろう』

イナリから意外な提案が出てきた。

まぁ確かに、宿に迷惑をかける訳にはいかないけどさ……フカフカのベッドで眠りたかったよ。

「……仕方ないわね。じゃあ食料を補充して、野営にしましょうか」

見知らぬ街を急いで駆け回り、必要なものを調達して街の門へ向かった。

街の門にいる兵士さんたちにこんな時間に街を出るのか⁉と、当たり前と言えば当たり前の事を、言われながら外へ出る。

イナリ曰く、まだ視線を感じるが、街を出てまで追ってくる者は居ないそうだ。

ひとまず、街から近すぎず、遠すぎない場所で野営準備をする。

「しかし、我から言っておいて何だが……追手が来ないな」

「まぁ、それはそれで良いんじゃない？　イナリの言う通り、街で泊まっていたら襲撃されそうだし、あんなに強力な魔法を街中で使われたら大変だし」

「むぅ……しかし、野営にはそれだけではなく、追手を返り討ちにして情報を得るという目論見もあったのだが」

　街の外なので、本来の姿に戻っているイナリが眉をひそめているけど、そんな事まで考えていたのね。だけど、眉をひそめていたイナリがクンクンと鼻を動かし、簡易カマドへ近寄ってきた。

「む！　これは前に寄った街で、歓迎会や祭りの際に嗅いだうまそうな匂いではないか！」

「うん、正解！　あの時、レシピを教えてもらったんだけど、パエリアっていうイスパナの伝統料理なんだって」

「あの時は子狐の姿で、我は肉しか食べられなかったから、内心羨ましいと思っていたのだ。流石《さすが》はアニエス。わかっているではないか」

　えっと、ピナーの街で歓迎会を開いてもらった時のイナリは、嬉しそうに肉の塊《かたまり》を食べていた気がするんだけど。まぁ他の人が食べているものって、美味しそうに見えちゃうけどね。

「お待たせ！　できたよー」

「ほう。これは……米か。それに、エビや貝が入っているのか」

「お姉ちゃん、いただきまーすっ！　……美味しいよっ！」

かなり多く作ったんだけど、ドンドン消えていくので、なくならないうちに私も食べようっと……うん、美味しいっ！

「おぉ、イカも入っているのか。このままでも十分うまいが、海に棲《す》むクラーケンを捕まえれば、さらにうまさが……」

「魔物の肉とか要らないから！　今日、食料をいっぱい買ったから大丈夫よっ！　それに、この辺りは海がないでしょ？」

「なるほど。では、諸々解決したら、海に行くか。クラーケンの足もうまいのだが、シー・サーペントもうまいのだぞ」

シー・サーペントもうまい……って、それ別名が海のドラゴンじゃなかったかしら。

海の中に居る魔物を、どうやって倒すのよっ！

いや、イナリなら何でもアリなのかもしれないけど。

「ごちそうさまでしたっ！　お姉ちゃん、すっごく美味しかったよー！」

「うむ。やはりアニエスの作る料理はうまいな。ありがとう」

「いえいえ、どういたしまして」

後片付けを済ませ、いよいよこれからが本番ね。

襲撃を見越して、私とコリンが仮眠を取る。ちなみに、寝具を三人で眠れる大きさのものに新調したんだけど、イナリは一晩くらい眠らなくても大丈夫なのだとか。

警戒しつつ夜を過ごす。

「って、朝なんだけど」

「うむ。来なかったな」

「お姉ちゃん……おはよー」

結局、誰一人襲ってこず、朝になってしまった。

「ま、まぁ話していた通り、街に被害が出なくて良かったわね」

「そうだな。だが、どうしたものか。この場所のように、誰も居ない場所に隠れている者が居れば、探知できるが、街の中だと人が多すぎて流石《さすが》にわからぬぞ」

「うーん……そうだ。あの、イナリの力が封じられているものはどうなっているの？」

「それは、ずっと同じ位置にあるが……アニエスを襲った者とは別ではないか？」

いや、そうなんだけどさ。

観光とは言いながらも、イナリの力を取り戻しにここまで来た訳で。私としては、その力を取り戻したら、襲われた事を忘れて帰っても良いんだけど。

「何か手掛かりになるかもしれないし、そっちへ行ってみようよ」

「しかし我の事よりも、アニエスを襲った者を粛清する方が大事ではないか」

「いいから、いいから。ね、行ってみようよ」

本当は、イナリが気にしている事を、私は知っているんだからね？

「では……一旦街へ戻るか」

イナリが私の言葉を聞いてくれて、まずはずっと気にしていた自身の力が封じられている場所へ向かう。

「身分証を……うむ。通ってよし」

二回目だからか、それとも昨日の人がたまたま疑り深い人だったのか、今日はずいぶんと簡単に街の中へ。まぁ、私としても、あんなやり取りで無駄に時間を使いたくないから、ありがたいけどね。

「それで、イナリ。例の方角はどっちなの？」

「うむ。こちらのようだ」

人気のない路地裏でイナリが本来の姿へ戻り、街の中心に向かって……いや、少しズレてるかな？

むしろ、街の外れに向かっているように思える。

「ふむ……どうやら我の力の一つは、この建物の中にありそうだ」

「え⁉　ここ⁉　何ていうか、廃屋……は言い過ぎかもしれないけど、小さな古い民家って感じなんだけど」

「でも、お姉ちゃん。ここ、人が住んでいるよ？　新しい足跡があるし。だけど、同じ足跡しかないから、住んでいるのは一人かな？」

コリンったら、いつの間にか足跡とかを調べられるようになっていたのね。コリンの見えないところでの努力を想像して、ちょっと泣きそうになる。

「邪魔するぞ」

お構いなしにイナリが家の中へ入っていった。

ちょっと、コリンの努力を無駄にしないで！　というか、ボロボロでも人の家へ勝手に入っちゃダメでしょ！

「あ、あの……どちら様でしょうか？」

仕方なくイナリに続いて家に入ると、薄暗い部屋の中から鈴の音のような女性の声が聞こえてきた。

朧《おぼろ》げに見えるのは、小柄で線の細い、私より少し年上の女性だろうか。何だか儚《はかな》げ

な感じのする女性は、よく見ると少し怯えている……って、当然か。いきなり見知らぬ人が勝手に家の中に入ってきたんだもんね。

「あの、いきなりの訪問ですみません。私たちはフランセーズから来たんですけど……」

ど、どうしよう。

何のために私たちが来たのかを説明しないと、兵士さんを呼ばれそう。でも、どう説明すれば良いんだろ。妖狐《ようこ》の力の一部……なんて事を話しても、信じてもらえないだろうし、世間的には妖狐《ようこ》は悪者だから、そもそも言えない。

どうしようかと困ってしまう。

「む……まさか、お主。太陽の聖女ではないのか？」

イナリが唐突に変な事を言い出した。

太陽の聖女って、あの太陽の神殿に居て、消息不明になっているリタさんって人だよね？

イナリの言葉に、私だけではなく女性も驚いた。

「この姿で、よくおわかりになりましたね。確かに私は太陽の聖女と呼ばれておりました。……昨年までは」

肯定した⁉　この人が太陽の聖女リタさんなの⁉

「……って、去年までは？　今は、太陽の聖女ではないんですか？」

「はい。神殿内でいろいろとありまして、今は元聖女です」

「で、でも、イスパナで太陽の聖女といえば、偉い人ですよね？　それがどうしてこんなボロ……えっと、ふ、古い家に？」

「この家ですか？　その……先程申し上げた通り、いろいろとあったのですよ。ところで、失礼ながら、どちら様でしょうか」

あ、しまった。

イナリの言葉でつい聞いてしまったけど、よく考えたら私たちは名乗りもしていないし、どういう者なのかも説明してなかった。再びどうしようかと考えていると、またもやイナリが口を開く。

「そうだな。土の聖女と言えばわかるか？」

「土の、聖女……ですか？　失礼ながら存じ上げません。見ての通り、今は隠居生活のようなものですので」

「そうか。二つ聞きたい事がある。先程アニエスが言ったが、我々はフランセーズから来たのだ。ところが道中の街や村で、この日照りで農作物がやられ、何とかしてほしいと依頼され、聖女の力で大地を蘇《よみがえ》らせてきたのだ」

「なんと……土の聖女様。このイスパナの国民を救っていただき、本当にありがとうございます。現太陽の聖女に代わって、お礼を申し上げます」

そう言って、女性が深々と頭を下げる。

何ていうか、国民を大切に思っているという気持ちが伝わってくるし、それから所作がとても優雅だ。家は薄暗くてボロボロだけど、不釣り合いなくらいに気品がある。

「ところがだ。我々がこの聖都へ向かう途中、太陽の神殿の者と思われる者から、命を狙われたのだ。これについて、何か知ってはいないか？」

「……何という事でしょうか。それは……太陽の神殿に属する影。裏部隊と呼ばれる者たちかもしれません。ですが、私が太陽の聖女であった頃に、そういう組織があると聞かされただけで、私自身はその部隊を動かした事がないので、詳細はよくわからないのです」

「なるほど。では、そやつらがどこに居るかも知らぬのか」

「はい。イスパナの国民を、国を救ってくださった土の聖女様をどうして襲ったのかもわからず、申し訳ありません」

イナリの言葉で、再び頭を下げた。

「ま、待って。この方、えっと……すみません。お名前は？」

「失礼いたしました。ビアンカと申します」

「イナリ。ビアンカさんは悪くないと思うの。きっとビアンカさんは本当に何も知らなかったのよ」

元太陽の聖女であるビアンカさんを庇う。

「アニエスよ。勘違いするでない。我は、このビアンカという本物の太陽の聖女に怒っている訳ではない。光の力を宿すビアンカに代わり、仮初《かりそめ》の太陽の聖女となった者――確か、リタだったか――に怒りを覚えているのだ」

「本物の太陽の聖女……って、確かにビアンカさんは元太陽の聖女だけど……」

「我は探知能力が向上しておるからな。このビアンカの中に、光の力を感じておる。おそらく、この国の異常気象も、リタという者が何の力も持たぬため、太陽の神が怒っているのだろう」

なるほど。

トリスタン王子から回収したイナリの力で、本物の聖女かどうかわかるようになっていたんだ。

……じゃあ、私はどうなんだろう。イナリがそういう力を持つ前に、水魔法を使っただけで水の聖女だって言われちゃったんだけど。

「イナリ。ちなみに、私は……」

「何を今更言っておるのだ？　当然、聖女に決まっておるだろう」

「そ、そっか」

やっぱりイナリの勘違いじゃなかったのか。まぁ別に水の聖女だからって、何かある訳でもないし、別に良いけどね。

「あ、あの……太陽の聖女って、こういう場所――普通の街中とかでは力を使えないんですか？」

「土の聖女様はフランセーズから来たと仰《おっしゃ》っておりましたが、どこでも能力が使えるのですね？　太陽の聖女は天候という大きな力を扱うからか、神殿でしか力を行使できず、元太陽の聖女である私は、神殿への出入りが禁止されてしまったのです」

なるほど。天候を変えたりするなんて、確かにものすごい事よね。

私の水を出すだけの力とは全然違うし、光の力？　みたいなのが集まっている場所じゃないとダメなのかな。

「ふむ。ビアンカについてはおおむねわかった。では、二つ目の質問だ。お主……その後ろに置いている闇色の宝玉が何かわかっておるのか？」

イナリの言葉で部屋の奥を見ると、薄暗い部屋の中でもさらに暗い、周囲の光を吸い込んでいるかのような黒い玉があった。

何となくだけど、前にトリスタン王子から出てきた丸い玉に似ている気がする。

「これは……残念ながら、詳しい事は存じません。ですが、代々の太陽の聖女が、昔の国王の指示によって、太陽の神殿で厳重に保管してきたものです」

「ほう。では、なぜその厳重に保管されていたものが、こんなところにあるのだ？」

「……それは、少々恥ずかしい話ですが、私の次に太陽の聖女となった者がこの宝玉の保管を拒否したのです」

えーっと。傍で聞いているだけでも、現太陽の聖女のリタっていう人は、聖女向きじゃない気がするんだけど。代々保管してきたものなんだよね？　太陽の神様？　が怒るのも仕方ない気がしてきた。

「わかった。では、ビアンカよ。取引といこう。我が仮初《かりそめ》の聖女リタを排除する。その見返りとして、その闇色の宝玉を我に返してもらえぬだろうか」

「……失礼ながら、私は太陽の聖女に戻りたくないのです」

イナリがビアンカさんに取引を持ち掛けたけど、意外な事に断られてしまった。

「そうなのか？　だが、今の暮らしと神殿での暮らしは、かなり差があると思うのだが」

「私が望むのは、国民が皆豊かに暮らしていける事です。それが叶うのであれば、誰が聖女でも構いませんし、私は今の暮らしで十分なのです」

「だが、今の聖女には国民を守る気概も、力もないのではないか？」

「それは……今の私には何とも言えません。ですが、彼女は太陽の聖女としての勤めは果たしているはずです」

現在のイスパナの気温の高さは、現太陽の聖女リタが国民を守れていない事実を如実に表している。

「……でも、現太陽の聖女って、行方がわからないって、神殿の人たちがすごく困っていましたよ？」

「えぇっ⁉　神殿に聖女が……リタが居ないのですか⁉」

「昨日は居ないって言っていましたよ？　右腕と呼ばれる侍祭と一緒に姿を消したって」

「リタが姿を消した？　では今朝のお祈りは……大変っ！　すみません。私、太陽の神殿に行ってきます」

「え？　ビアンカさん⁉」

「古来より、太陽の聖女が朝日にお祈りをする代わりに、太陽の神様がこの国を守ってくださっているのです。代々の聖女が、今まで欠かした事がないというのに、それを途切れさせると何が起こるかわかりません。朝日には間に合っていませんが、せめて朝のうちにお祈りをしなければ！」

そう言って、ビアンカさんはそのまま家を飛び出してしまった。

……目の前にある、イナリの力が封じられた宝玉をそのままにして。

このまま持ち去りもできるけど、どうするんだろう。

チラッとイナリの顔を窺う。

「むっ！　太陽の聖女に向かって、何者かが移動しているな。動きからして、ただの住人ではないぞ」

「それってもしかして、さっき言っていた裏部隊とかっていう人たち？」

「おそらく。そしてすでに囲まれているな。アニエス、コリン。少し様子を見に行くぞ」

そう言って、イナリも家を飛び出していく。

うーん。ビアンカさんは元太陽の聖女で、その裏部隊とやらは、もう関係がないはずなのに……どうしてだろう？

イナリについて走っていくと、太陽の神殿へと延びる細い道で、数人の男がビアンカさんの行く手を塞いでいた。

建物の隙間に身を隠して様子を窺う。

「ビアンカ殿。どこへ行くおつもりですか？」

「神殿です。昨日からリタさんの姿が見えないと聞き、代わりにお祈りを捧げに行くのです」

「いけませんな。リタ様が太陽の聖女となった際に、この街から出ていくように指示があったはずです。それを大目に見てあげているというのに、リタ様に代わって聖女の勤めを行う？　これは許されざる行為ですな」

行く手を阻む男たちとビアンカさんが、口論になっている。

「ですが、このままでは、この国に何が起こるかわかりませんよ⁉」

「ふっ……そもそも聖女の力など、ただの偶然ではありませんか。雨が降るまで雨乞いを行えば、聖女の力で雨が降った事になる。聖女の祈りなど、何の意味もないというのに」

「違います。太陽の国イスパナは、建国の王が太陽の神に導かれて作られた国。太陽の聖女が神に祈りを捧げて初めて、太陽の神に守っていただけるのです！」

「まったく……そんな古臭い考えだから、更迭《こうてつ》されたというのに。仕方ありませんな。少々痛い目に遭ってもらいましょうか」

えっ⁉　えぇ⁉　相手は五人……ううん。囲まれていると言っていたから、もっと多いかも。でも、ビアンカさんを助けなきゃっ！

「やめなさいっ！」

「何だ⁉　関係ない奴は引っ込んで……いや待て！　あの女は……土の聖女⁉　お前ら、殺《や》るぞっ！　……って、どうなって……がはっ！」

思い切って飛び出したものの、どうしようかと思っているうちに、五人の男性が全員倒れていた。

「太陽の聖女よ。邪魔者は眠らせておいた。行くが良い」

どうやら私が話を聞いている間に、イナリが周囲に潜んでいた人たちを含め、全員無力化させていたらしく、ビアンカさんが深々と頭を下げて、再び神殿に向かって走り出す。

この人たち、動きを止めると自爆しちゃうから、こうやって眠らせるのが正解みたいだけど……とりあえずロープで縛って、兵士さんに渡した方が良いのかな？

「む……こやつらを眠らせたばかりだというのに、また太陽の聖女の下《もと》に、何者かが集まってきたな」

「じゃあ、この人たちは私とコリンで縛っておくから、イナリはビアンカさんを……」

「何を言っておるのだ。我はアニエスも太陽の聖女も守るぞ。……こいつらは放っておいて良いだろう。以前に襲ってきた者とは違い、光の魔法を使えないようだ。おそらく下っ端だろうし、リタという仮初《かりそめ》の聖女の所在も知らぬだろう」

なるほど。あの時に対峙したのは、裏部隊？　の中でも優秀な人で、全員が全員自爆する訳じゃないんだ。

「放っておいても、縛っておいても、こやつらの仲間が回収するであろうし、仮に兵士が来るまで見張っていたとしても、大した話は出てこず、トカゲの尻尾切りとなるだけであろう」

「お姉ちゃん。この人たちはボクが縛って兵士に渡しておくから、ビアンカさんのところへ行ってあげて。イナリは二人とも守るって言ったけど、絶対お姉ちゃんを優先するはずだから、ビアンカさんに近い場所に居る方が良いと思うんだ」

少し考えて、結局コリンの言葉に従う。私も神殿へ向かって走り出す。すると、先程と同じくビアンカさんが行く手を塞がれていた。

「……何度も同じ事を繰り返すのは面倒だな。アニエス、跳ぶぞ」

何の事？　と聞くより早く、イナリが私を抱きかかえると、そのままビアンカさんの傍へ行く。

「ん？　こいつは、土の聖……」

男性たちが私に気づいたところで、イナリが左腕で私を、右腕でビアンカさんを抱えた。

「え？　きゃぁぁぁっ！」

「ちょ……跳ぶって、こういう事なの――っ⁉」

高く……家の屋根まで跳び上がる。

「風魔法か！　誰か風魔法を使える奴は居ないのかっ⁉　……追えっ！　とにかく追うんだっ！」

下の方でいろいろと騒いでいるけど、たぶんこれは魔法じゃなくて、イナリがジャンプしただけだと思うよ？

イナリは、そのまま私とビアンカさんを抱え、すごい速度で屋根から屋根へと飛び移り……って、やめよう。これ、目を開けていたら、恐怖で気絶するやつだ。

ビアンカさんは大丈夫かな？　……って、すでに気を失ってるーっ！

ビアンカさんは小脇に抱えられてぐったりしているけれど、私は先に抱きかかえられたから腕でお尻を支えられていて、イナリにしがみ付く。

まだこっちの方がマシなのかな？　それとも、イナリの身体能力を知っているから？

幸い私は気絶する事なく無事に観光客が多い神殿の正面から、少し離れた場所へ下ろしてもらった。

「着いたぞ。太陽の神殿だ」

「ありがとう……って、ビアンカさん。ビアンカさん！　……あ、そうだ。神水《しんすい》を飲ませたら、目を覚ましそうね」

気絶したまま目を覚まさないビアンカさんの口へ、状態異常から回復する神水《しんすい》を少し注ぐと、

「あ、あら？　私……あれ？　いつの間に神殿へ？　何か、空を飛ぶ夢を見ていたような……」

「ま、まぁいろいろありまして。それより、お祈りをするのでは？」

「そうでした！　なぜか体力や魔力がみなぎっています。今なら太陽の神様の力を、多くお借りできそうな気がします！」

無事に目を覚ました。

けど、よくよく考えたら、今からお祈りをするというビアンカさんに神水《しんすい》はマズかった気もする。

能力……特に魔力が倍増した状態で、お祈りしても影響ないよね？　祈るだけだもんね？

若干ドキドキしながら、ビアンカさんと共に神殿の中へ足を進める。

「すみません。ここから先は、神殿の関係者しか立ち入りを……ビ、ビアンカ様っ⁉　ビアンカ様ーっ！」

「えっ⁉　ビアンカ様ですって……本当だっ！　ビアンカ様っ！　よくぞお戻りくださ

いましたぁぁっ！」

「ビアンカ様ーっ！」

最初こそ職員さんに止められたものの、一転して歓迎の大合唱に変わる。

すごい。ビアンカさん、めちゃくちゃ人望あるのね。

「ビアンカ様っ！　どうか今一度、聖女に戻ってくださいませ。リタ様に代わられてから、雨は降らず、厳しい日照りが続く一方で……」

「話は後程伺います。それよりも、リタが今日、朝のお祈りをしていないと聞きましたが、それは間違いありませんか？」

「はい……昨日からお姿が見えず、朝のお祈りができておりません」

「わかりました。今すぐお祈りの準備を。日の出と共に行うのが習わしですが、何もしないよりは良いでしょう」

「はいっ！　畏《かしこ》まりましたっ！」

ビアンカさんの指示でオロオロしていた職員さんたちが慌ただしく動き始める。

「アニエスさん、イナリさん。ありがとうございます。では、お祈りをしてまいりますね」

ビアンカさんが深々と頭を下げる。

「うむ。だが気をつけるようにな。……まだ周辺にお主を狙う者が潜んでおる」

イナリがそう言った直後、飛んできた矢を掴んで止めた。

もしかして、ビアンカさんを狙った矢を止めたの⁉　すごい……けど、ビアンカさんがお祈りの最中に狙われたら避《よ》けようがないんじゃない⁉

「……アニエス。気づいたか？　我はアニエスとビアンカを守りつつ、潜伏している者を無力化してくる。できれば、ビアンカの近くに居てほしいのだが」

ビアンカさんに見えないように矢を隠したイナリが囁いた。

「ビアンカさん。できればお祈りを見学させてもらいたいんですけど、近くで見ていても良いですか？」

「はい。祭壇の傍は祈りを捧げる者しか入れませんが、その近くまででしたら」

お祈りする場所の近くまで行けるようになった。

それから私はビアンカさんについていき、イナリは姿を消す。時々、遠くで何かが倒れるような音が聞こえるけど、イナリなら心配しなくても大丈夫だろう。

大きな窓から太陽の光が降り注ぐ祭壇へビアンカさんが近付き、慌ただしくお祈りが始まった。その周囲を職員さんが取り囲み、私もその中に交ぜてもらって見学していると、職員の一人が静かに祭壇へ近付いていく。

お祈りの儀式の一つなのかな？　と思っていたけど、手にナイフを持っている⁉

周囲の職員さんたちは、目を閉じてお祈りを捧げているから気づいていないし……これって絶対に違うよねっ⁉

「死ねぇっ！　……なっ⁉」

あ、危なかった。慌てて氷の壁を生み出し、ビアンカさんに向けて振り下ろされたナイフを防ぐ。

ふぅ……間一髪ビアンカさんを守れた。

今ので、ようやく異変に気づいた職員さんたちが、ナイフを持った偽者の職員を捕まえる。

しばらくするとお祈りが無事終わったらしく、ビアンカさんが立ち上がる。

「おぉ……ビアンカ様の祈りが通じたぞっ！　雨だ……雨が降ってきた！　太陽の光が射しているのに雨が……奇跡だっ！　奇跡が起こっているっ！」

すごい！　これが太陽の聖女ビアンカさんの、天候を操る力なんだ。

「お疲れ様です。ビアンカさん、すごいですね」

「えっと……なぜか、いつもより身体に魔力が満ちていまして。こんなに早く効果が出るのは初めてなのです。……そういえば、気を失って目が覚めた後から、身体の調子がとても良いような……」

「ぐ、ぐっすり眠ったからじゃないですかね？　睡眠は大事ですよね」

ビアンカさんのおかげで、長く続いていたイスパナの異常気象がようやく収まったようだ。

「ビアンカ様。奇跡のお祈り……お見事でした。そして、ありがとうございます」

「ビアンカ様。やはり太陽の神殿……いえ、イスパナにはビアンカ様が必要です。どうか聖女に戻っていただけないでしょうか」

お祈りを終えたビアンカさんを、職員さんたちが取り囲み、口々に太陽の聖女へ戻ってほしいと懇願する。しかし、ビアンカさんは首を横に振る。

「皆さん。私は、あくまで元聖女です。太陽の聖女であるリタが所在不明という話を聞いて、神様へのお祈りを欠かさないようにと、一時的に代行しただけです」

「ですがっ……」

「それに、教会が正式にリタを聖女と認めたのです。私が勝手に戻るのは良くないでしょうし、私がここに居る事すら、本来はよろしくないでしょう」

確かにお祈りの最中、ビアンカさんに向けてナイフを振りかざした人が居た。

今のままビアンカさんが聖女に戻ると、また危険な目に遭う事になる。

「ふむ。何やらややこしそうだな」

「イナリ。お疲れ様。ビアンカさんを守ってくれて、ありがとうね」

「太陽の聖女はアニエスを守るついでだ。気にするでない」

「じゃあ……私を守ってくれて、ありがとう」

「む……ま、まぁ我はアニエスを守ると約束したからな。当然だ。しかし、それよりもいまだにアニエスを襲った首謀者……リタとやらを捕らえられぬ。おそらく、真の太陽の聖女を襲ったのも、そやつの差し金であろう」

そう言って、私の隣にやってきたイナリが、顔をしかめる。

裏部隊っていう人たちが何人居るかわからないけど、リタっていう人を捕まえないと、ビアンカさんは聖女に戻れず、イスパナが元通りにはならないんだろうな。

「リタという者がどこにいるかを知る必要があるな」

「イナリの探知能力でもわからないの？」

「一度も会った事がない者は無理だな。真の聖女のように、特異な魔力を持っていれば別だが」

「……何となくだけど、今まで日照りが続いていた訳だし、リタさんには、そういう力はなかったんじゃないかな？」

「おそらく、その通りであろう。今日無力化した者たちに聞いてみるが、いずれも末端の者だろうから、行き先は知らぬであろうな」

という事は、前に森で私たちを襲ってきた人たちを捕らえないといけないんだけど、あの人たちは魔法で自害しちゃうからね。捕まえても何も教えてくれない上に命を捨ててしまうから、場所によっては周囲に被害が出てしまう。

「……って、ちょっと待って。今の会話で思い出したけど、コリンをずっと待たせているよ！」

「そうだったな。とりあえず、神殿内に潜んで殺気を放っていた者は全員無力化しておいたから、一度ここを離れても大丈夫であろう」

イナリと共に、最初にビアンカさんが襲われそうになった場所へ戻ると、コリンが寂しそうに座っていた。

「あ、お姉ちゃん！　イナリも！　遅いよー」

「ごめんね」

それから兵士さんを呼びに行き、事情を説明する。

「……話を纏《まと》めると、つまり暴行未遂でしょうか」

「まぁ、そうなりますね」

「わかりました。ではあとはこちらで引き受けます。ご協力、感謝いたします」

ずいぶんと淡々とした感じで、ビアンカさんを襲おうとしていた人たちを連れていった。

何ていうか、もっと質問とかがあると思っていたんだけど、一方的に私たちの話を聞いただけ。

あんなので、本当に良いのかな？

「あ……もしかして、今の兵士さんたちも、リタさんの息が掛かっている……とか？」

「むぅ。あり得ん話ではないな。だが、そうなると、リタという者……というか、太陽の聖女を巡る話は、かなり根が深いな」

兵士さんが去っていった方向を眺めながら、溜息を吐いてしまった。


「おかえりなさい。いかがでしたか？」

「ビアンカさん、ただいま。残念ながら、特に進展はないですね」

ビアンカさんが前太陽の聖女として祈祷《きとう》を行い、イスパナの気候がかなり穏やかになったのが数日前。あれから、私たちは現太陽の聖女であるリタさんを探しているのだけど、全く手掛かりがない。それでいて、いまだにビアンカさんを狙う人たちも居るので、聖都に私たちが居る間は、護衛も兼ねてビアンカさんの家に泊めてもらっていた。

見た目はボロボロの家だけど、中は綺麗に整理されているし、ビアンカさんの料理は美味しいし、住み心地が良かったりする。

「お姉ちゃん。やっぱりリタさんっていう人は、もうこの街を出ちゃっているんじゃないかなー？」

「その可能性はあるわね。けど、どこへ向かったかわからない以上、探しようがないのよね」

イスパナはフランセーズと同じくらいの国土で、街や村も無数にある。

しかも聖都はイスパナの国土の中心にあるから、東西南北どこに向かっても街があるので、手掛かりがないと、移動もできない。

「しかし、ここ数日……聖都に変化は起こっているぞ？」

「そうなの？　イナリ、どんな変化があるの？」

「うむ。街から少しずつ人が減っているな」

「減っている⁉　ビアンカさんが太陽の聖女の代行をしているから、増えてもおかしくないのに」

いまだにリタさんが行方不明なので、戻ってくるまでの間……という事で、ビアンカさんが毎朝のお祈りだけ行っている。その時間は、私とイナリも太陽の神殿へ同行して、ビアンカさんを守っているんだけど、数日前と比べて怪しい人も見なくなったのに。

「だが、間違いないな。毎晩、夜中に逃げるようにして、街を出ていく数名の集団がいくつかある。おそらく、家族で街から逃げているのだろう」

「どうしてかしら。旅行とかなら、わざわざ危険な夜に街を出たりする必要がないものね」

しばらく考えてみたものの、答えが出てくる訳もなく、とりあえず夕食にしようという話になった。

「今日はリゾットにしてみました」

「いつもすみません。ビアンカさん、ありがとうございます」

「いえ、私の方こそ、ありがとうございます。守っていただいている上に、食材まで分けてもらっていますし」

ビアンカさんの手料理を美味しくいただく。

『肉……ドラゴンの肉を食べたいのだが』

イナリが念話で、前に取ってきたブルードラゴンの肉を食べたいと、こっそり言ってきた。

いやいやいや、絶対にダメでしょ！　私……は、もう食べちゃったから今更だけど、ビアンカさんには絶対食べさせちゃダメなやつよ！

無言のままジト目でイナリを見つめると、ちょっと悲しそうな表情をした。イナリも相手が太陽の聖女であるビアンカさんだからか、口に出さず念話で伝えてきたのだろうけど……うぅ、私にはそんな考慮も遠慮もなく、サンダードラゴンのお肉を食べさせたくせに。

……ものすごく美味しかったけどさ。うーん、思い出したら私まで食べたくなってきちゃったよ。

ビアンカさんにお礼を言い、後片付けを終えて、就寝……となったところで……

「アニエス。アニエス……」

「……イナリ？　どうしたの？」

「静かに。さぁ行くぞ」

「え？　行くってどこへ？　私、寝間着なんだけど」

「そんな事を気にしている場合ではない。急ぐのだっ！」

突然イナリが私のところへ来たかと思うと、だ……抱きかかえられたっ！

そのまま窓から家を出ると、屋根から屋根へと飛び移り、あっという間に街を囲む高い壁を越えて、街の外へ。

「ここなら良いであろう。さぁ、アニエス頼む！」

「頼む……って、こんな人気のないところで、な、何をさせる気なの⁉」

「決まっておるであろう。ブルードラゴンのステーキを作ってくれ！　太陽の聖女の料理も悪くはないのだが、我はアニエスの料理が食べたいのだっ！」

……私の料理というより、ドラゴンの肉を食べたいだけじゃないのかしら。

まぁでも、いつもイナリが食べる量からすると、少ないもんね。イナリが異空間収納から出してきたドラゴンの肉を、苦笑交じりに調理してあげると、あっという間に食べてしまう。

「うまい……改めて、アニエスの料理の腕には感心させられるな」

「食材が良いからよ。焼いただけだもの」

「いや、謙遜しなくても良い。アニエスの料理の腕は素晴らしい。我が保証しよう」

イナリが美味しそうにお肉を食べる様子を、微笑ましく見つめる。

「おい、お前たちもッ脱出組だろ？　こんなところでメシなんて食っていないで、早く逃げろ！　見つかるぞ！」

すると大きな荷物を載せた荷車を引く男性が声を掛けてきた。

「脱出？」

「違うのか？　いや、それなら出逢った縁で教えてやる。数日後……早ければ明日にでも災厄が聖都を襲う。死にたくなければ、急いで逃げるんだな」

もしかして、この人ってイナリが言っていた、夜中に街から逃げている人!?

詳しく話を聞きたかったんだけど、それ以上は教えてくれず、逃げるように森の中へ消えてしまった。


――その頃の太陽の聖女リタ――


「リタ様！　大変です、リタ様ーっ！」

「どうしたのですか？　騒々しい」

タイミング的には、前に指示した裏部隊の活動報告といったところかしら。

でも、それでこの反応という事は、土の聖女が持っていたポーションを回収できなかった……のね。あわよくば、土の聖女のポーションをこちらが使い、向こうの功績を私がした事にしたかったんだけど、まぁ土の聖女を始末できただけでも良しとしましょうか。

「リタ様。土の聖女に裏部隊の精鋭三名を派遣したのですが……三名とも柱になりました」

「……柱になった？　どういう事？」

「裏部隊は、太陽の神殿を支える影の部隊。古来より汚れ仕事を全て請け負《うお》っており、神殿の象徴たる太陽の聖女の敵となる存在を葬ってきました。そのため、万が一にもその存在が公になってはいけない……つまり、敵に捕らえられたりした場合は、自ら光魔法を使って自害するのです」

「それで？　……柱になったというのは？」

「太陽の光を自らに集め、周囲もろとも光になって消えたのです」

ふぅん。私の知らない魔法ね。まぁ、そもそも私は周囲を明るく照らす魔法くらいしか使えないんだけどさ。

「なるほどね。つまり、土の聖女を襲って何かしらの反撃を受けたので、自爆して土の聖女を巻き添えにしたのね。ポーションが回収できなかったのは残念だけど、及第点ね」

「いえ、違います。ピナーの街の領主のところへ潜り込んだ一名と、土の聖女の死体からポーションを回収する二名……その三名全てが柱となっておりますが、土の聖女は無傷です」

「無傷⁉　ど、どういう事なのっ⁉」

「残念ながら、詳細はわかっておりませんが、柱となった場所から、真っ直ぐ聖都に向かってくる男女二人と銀色の子狐の姿が、裏部隊の偵察係から報告されています」

戦闘や工作を専門とする、太陽の神殿の裏部隊を無傷で返り討ちにしたという事は、同行している男がかなりの手練《てだ》れか、もしくは土の聖女が魔法の行使に長けているのか。

前者であれば買収すれば良いけれど、厄介なのは後者ね。

土の聖女自身が魔法に長けている場合、買収には応じないだろう。土の聖女の目的――何のために聖都を目指しているのかを調べなければ。

「残念ながら、土の聖女側はかなりの手練《てだ》れのようね。正攻法では返り討ちに遭ってしまうから、諜報係を使いましょう」

「……と、言いますと？」

「土の聖女が、なぜ私を狙っているのかを知れば、買収できるかもしれないじゃない」

「あの……元々はただの観光で、裏部隊に攻撃されたから、怒ってこっちへ向かっているという可能性は？」

「それはないでしょ。そもそも、裏部隊が私の差し金だって事はわからないでしょうし。金か名誉か、それとも別の目的があるのか、それを知りたいのよ」

「……実は本物の聖女で、イスパナの異常気象を救うため、太陽の聖女に協力しようとしているとか」

それこそあり得ないでしょ。何が本物の聖女よ。聖女は、私……太陽の聖女ただ一人よ。それに万が一……いえ億が一、本当に神様から愛された聖女だとしたら、私に何の力もないのがバレてしまうじゃない。

だけど、裏部隊を退ける程の実力があるなら、交渉に応じない可能性もある。

そうなったら私は……死ぬのはイヤっ！　痛いのもイヤっ！　私は平穏に、国民のお金で豪遊したいだけなのっ！　だったら……

「リタ様？　どちらへ？」

「私は一時的に姿を隠します。諜報活動を行い、その後の事は土の聖女の目的によって考えましょう」

安全を優先し、いつも居る神殿から滞在場所を変える事にした。

「ふぅ……ここなら安全でしょ」

太陽の神殿を抜け出し、裏部隊の秘密通路を使って聖都を抜け出すと、お昼前に隣街に到着した。

とりあえず、半年は遊んで暮らせる資金を持ち出してきたから、しばらく宿を転々と変えていけば大丈夫でしょ。土の聖女が諦めて、国を出ていけば早めに神殿へ戻れば良いしね。

「さてと。この街で一番高級な宿はどこかしら」

「それなら……あの、中心にある大きな建物の宿ではないでしょうか」

「そう。じゃあ、とりあえず三日程、そこに滞在しましょう」

神殿程ではないけれど、大きな建物へ入り、宿泊手続きをしてもらう。

しかし今更だけど、何か変装しないとダメね。聖都からもっと離れれば大丈夫でしょうけど、私を見た事がある人だって居るかもしれないし。

手続きが終わったらしく、部屋へ案内されたのでまずは窓から景色を眺める。

突然宿の外から大きな歓声が聞こえてきた。

「おぉぉぉっ！　ついに聖女様が……」

「聖女様！　ありがとうございますっ！」

まさか、宿の外から私の顔を見られた⁉

しまった……三階だからと安心していたけれど、無用心すぎた！　ここで取り乱したりしたら、私の――太陽の聖女の変な噂が流れてしまう。

とはいえ、今は隠れている身。些細な事だと切り捨てていいものか。

「リタ様っ！　外を……外をご覧ください！」

「わかっているわよ。でも、今は隠れるべきでしょう？」

「隠れる？　何の話ですか？　とにかく、ちゃんと外を見てください」

ディアナが勝手に窓を開けてしまった。

窓を開けると、はっきりと聖女を称《たた》える声が聞こえてくる。

「聖女様のおかげで、ようやく恵みの雨が降ったぞ！」

「陽射しも柔らかくなった！」

「奇跡だ！　聖女様が奇跡を起こされたのだっ！」

雨？　……本当だ。空は明るく晴れているのに、雨が降っている。

どうやら、やっと雨乞いの祈りの効果が表れたみたいね。

少し遅かったけど、何とか聖女の務めも果たせたわ。

「ふっ……この、私を称《たた》える歓声は悪くないわね」

「こ、この雨は、やはりリタ様が降らせたのですか？」

「当然じゃない。国民が困っているなら、それに応えてあげるのが聖女の務めよ」

「しかし、かなり前から、国民の陳情はあったのですが、どうして今なのですか？　天候操作の魔法は、大掛かりで簡単にはできないというお話でしたが……」

「愚問ね。天候操作の魔法は太陽の神殿でしか行えない。だけど、土の聖女に狙われ、離れざるを得なくなってしまった。いつ戻れるかもわからない状況なのだから、多少無理をしてでも、天候を変更してから離れたのよ」

「なんと……流石《さすが》はリタ様ですね。私が眠っている間に、そんな事をなさっていたなんて」

まぁ実際は、私も熟睡していたんだけど、毎日行っていた雨乞いの祈りのおかげで雨が降ったのに変わりはないから、良いでしょ。

「ふふっ。この私を称《たた》える歓声を肴《さかな》に飲むのも悪くないわね。貴女……ちょっと近くの店で葡萄酒を買ってきなさい」

「はい。どれくらいの等級のものにしましょうか？」

「私が飲むのよ？　店で売っている、一番高い葡萄酒に決まっているじゃない」

まったく。私は太陽の聖女なのよ？　この国は私のおかげで存在しているに等しいのだから、私が口にするもの、手にするものは全て最高級品でなければならないのに。

しばし、聖女コールを心地好く聴いていた。

「た、大変ですっ！　リタ様っ！」

「ずいぶん遅かったけど、どうしたの？　まさか葡萄酒が安物しか売っていなかったの？」

「ち、違います。先程、裏部隊から知らせを受けたのですが……この雨は、前太陽の聖女、ビアンカが降らせた事になっているそうです！」

「な、何ですって⁉　あのトロい女が私の居ない間に……裏部隊は何をしているのよっ！」

「それが……例の土の聖女と共にいる護衛によって、ことごとく裏部隊の人員が戦闘不能にされているそうです」

これは、ビアンカと土の聖女が手を組んだって事⁉　どこまで私の邪魔をする気なのよっ！

「ビアンカ……まさか、私が行った奇跡を自分がした事にするなんて」

「いかがいたしましょうか。裏部隊からの情報によると、聖都はビアンカこそが本物の太陽の聖女だと、そこかしこで噂が流れていて扇動するのは難しい状態です」

「どうにか……どうにかならないの⁉」

「はい。ビアンカの近くに居る、土の聖女の護衛が強すぎるそうで、暗殺すら無理だと」

くっ……天候操作は大掛かりな魔法なので、術者である聖女の魔力では足りず、侍祭の中から選抜された巫女《みこ》の魔力を貰わなければならない。

私が聖女となる前に、ビアンカがそう言っていたから、巫女《みこ》の中にも私の息が掛かった者を入れておいたのに。ビアンカが聖女を辞めてから、魔力が増えた？

……いや、魔力は、そう簡単に増えるものではない。だったらなぜ？

「そういえば、土の聖女の護衛の話が出てくるけど、土の聖女自身は何をしているの？」

「ビアンカと行動を共にしているという話です。何でも、ビアンカが祈りを捧げている間も、巫女《みこ》に交じって近くに居たと」

なるほど。土の聖女がビアンカに魔力を与えたのか。

数名の巫女《みこ》が魔力を与えなくとも、天候操作の魔法を発動できる……つまり、土の聖女は巫女《みこ》数名分の魔力を持つ。

万が一の懸念……土の聖女は本物ではないか？　という考えが当たってしまったと考えるべきだろう。

「仕方ないわね。奥の手を使うわよ」

「奥の手……と申しますと？」

「火の魔物、ファイアー・ドレイクを放ちなさい」

「リタ様⁉　そんな事をしたら、聖都が壊滅してしまいますよっ！」

「仕方ないじゃない！　だったら他に良い手があるの⁉」

大昔、聖都を作り始めた頃に現れた太古の魔物、ファイアー・ドレイクは、当時の太陽の聖女が、水の聖女の力を借りて封印したという災厄級の魔物で、今も神殿の地下深くで生きている。

ビアンカが光魔法を使えると言っても、火の魔物に大きな効果はないし、土の聖女が本物だとしても、土は火に弱いから、どうしようもできないはず。

いかに土の聖女と言っても、土は火に、火は水に、水は風に、風は土に弱いという原則には抗えないはずよっ！

「しかし、それでビアンカや土の聖女を亡き者にしたとして、その後はどうされるのですか？」

「決まっているじゃない。イスパナで二番目に大きな街、観光都市バーセオーナを聖都とするのよ。あそこは聖都から離れているし、何より海のすぐ傍だから、ファイアー・ドレイクも近付いてこないでしょ」

「……本当に、あの魔物を解放するのですか？　おそらく、大勢の国民が亡くなりますが」

「人なんて、聖都以外にもたくさんいるじゃない。ただ……そうね。高価な品物や、今後の資金は持ち出しておきたいわね。私たちがバーセオーナへ移動する時間も必要だし、まずは準備期間としましょう」

ふんっ！　ビアンカに土の聖女め。せいぜい今は歓声に酔いしれるがいいわ。

だけど、私の準備が整った時、聖都は地獄に変わるわ。助かりたければ、どこにいるかもわからない、水の聖女を探す事ね。

「ふふっ……土の聖女は、縁もゆかりもない、この国の街を救うお人好しだし、ビアンカも神殿への寄付金を貧困層に配ったりするバカだから、ファイアー・ドレイクから逃げずに、真っ先に死ぬでしょうね。あはははっ！　あははは……」

「リタ様……」

ビアンカも土の聖女も、後悔は地獄ですればいいっ！

第六章　壊滅する聖都

「む……アニエス、コリン！　急いで太陽の聖女のところへ戻るぞ！　我に掴まるのだ！」

いつものように、聖都でリタさんの手掛かりや、その配下の人を探していると、突然イナリが私を抱きかかえる。困惑していると、ヒョイッとコリンを小脇に抱えて高く跳び、すごい速さで屋根から屋根へと飛び移っていく。

「うわわわーっ！　イナリっ⁉　イナリーっ！」

私は二回目だから、少しだけ余裕があるけど、コリンがパニックになっていた。

まぁ、突然こんな事になったら困惑するよね。

「イナリ。突然どうしたの⁉」

「わからん。わからんが、街の中心からすごく強い力を感じる。ドラゴンなど比べものにならない程の強さだ」

「えっ⁉　ドラゴンよりも強いの⁉」

「うむ。その力がどんどん大きくなっておる。とりあえず、太陽の聖女を連れて逃げるぞ！」

イナリが逃げる程の力って……マズいどころの話じゃないよね!?

だけど、どうやらビアンカさんは外出しているみたいで、イナリが家から少し違う方向に向かって移動して……見つけたっ！　買い物をしていたらしく、大きな袋を両手に抱えたビアンカさんの目の前にイナリが下りると、突然激しく地面が揺れ始めた。

「きゃあっ！　地震!?」

「コリン！　小さくなって、アニエスにしがみ付くのだ！　跳ぶぞっ！」

周囲の家や壁が崩れ落ちる中、イナリがビアンカさんを小脇に抱え、再び高く跳ぶ。

前回同様にビアンカさんは気を失っているけれど、この酷い有り様は見ない方が良さそうだ。

崩れていく家を足場にして街を覆《おお》う壁を越えると、街から少し離れたところで私たちを下ろしてくれた。

「酷い……一体何が起こったの？」

「わからぬ。だが、壁の中から強大な力が……アレか」

「アレ？　……って、な、何なの!?」

崩れた壁から、とてつもなく大きな、紅いドラゴンが見えた。

ここから見ただけでは、普通の――といっても、普通でも十分に恐ろしいんだけど――ドラゴンだと思う。でもイナリの言う、ドラゴンよりも遥かに強いっていうのは、どういう事だろうか。

「アレは、ファイアー・ドレイク……太古から存在する、火だ」

「火？　レッドドラゴンとか、そういうのとは違うの？」

「根本的に全く違うものだ。レッドドラゴンは火の竜だが、ファイアー・ドレイクは火そのもの。魔物どころか生物ですらない、自然現象とでも呼ぶべき天災だ」

天災ファイアー・ドレイク……紅いドラゴンに見えるそれは、街を破壊し、建物を呑み込み、その姿をどんどん大きくしていく。

「イナリっ！　あそこには大勢の人が住んで居るのよ！　何とか……何とかならない⁉」

「……何とかできるとすれば、我ではなく、アニエスの力であろう。水の聖女の力――神水《しんすい》を使えば、あの天災を抑え込めるかもしれん」

「わかった。じゃあ私、行ってくるね」

水の聖女だなんて呼ばれても、できる事は水を出すだけで、トリスタン王子と行動を共にしていた時と、大した変わりはない。だけど、そんな私の力で街の人たちを救えるのなら……行くしかないわ！

「待つのだ、アニエス。我も行こう。アニエスだけだと、心配だからな」

「……ありがとう、イナリ。あなたが居てくれるなら、きっと何とかなる気がする」

「とりあえず、ここからファイアー・ドレイクへ近付くのに、歩いていくには遠すぎるであろう。本気でいくぞ……我が背に乗るが良い」

そう言って、イナリが大きな狐の姿になり、その背に跨《また》がらせてもらう。

「コリン！　ビアンカさんをお願いね！」

「う、うん。わかった……けど、お姉ちゃん。気をつけてね！」

「大丈夫！　イナリが一緒だから！」

私を乗せたイナリがすごい速度で駆けていき、あっという間に壁の中へ。

改めて周囲を見ると、あの大きな太陽の神殿はなくなっていて、神殿を中心に多くの建物が倒壊していた。

「酷い……」

「アニエス。街の事を考えるのはまだ早い。まずは、あのファイアー・ドレイクを何とかしてからだ」

崩れた建物の下に人が居るのではないだろうか……と、気になるけれど、イナリの言う通りで、先にあの紅いドラゴンを活動停止させないと、救助活動もできない。

「アニエス！　来るぞっ！　しっかり掴まるのだ！」

私たちに気づいたファイアー・ドレイクが、紅く燃え盛る大きな口をこちらに向け……炎の弾を飛ばしてきたっ！

迫りくる炎の弾をイナリが避《よ》けてくれるけど、早く何とかしないと、街の被害がどんどん大きくなってしまう！

「イナリ。もう少しだけ近付けないかしら。ここからだと、水魔法が届かないの」

「うむ……やってみよう」

イナリが炎をかい潜り、ファイアー・ドレイクに近付く。

だけど、改めて見ると、何て大きさなんだろう。

太陽の神殿と同じくらいの大きな姿を見上げながらイナリにしがみ付く。

「いくわよっ！」

生み出した水を妖精の杖で操作し、ファイアー・ドレイクに放出する。

勢い良く放たれた水がファイアー・ドレイクの右足を少しだけ小さくしたけれど……

炎の弾を避《よ》けるために放水を止めると、すぐに元の大きさに戻る。

「……き、効いてない⁉」

「効いていない訳ではないが、ファイアー・ドレイクの火の勢いが強すぎるな」

「だったら、これよっ！　必殺、ソフィアさん邸アタック！」

ファイアー・ドレイクの身体に重ねるようにして、氷魔法でソフィアさんの家を生み出す。

「あ、あれ？　あんなに大きな氷の塊《かたまり》なのに、全く効かない⁉」

氷でできた大きな家が一瞬で溶けただけで、ファイアー・ドレイクには何の影響もなさそうだ。

「アニエス。どうやらファイアー・ドレイクには、神水《しんすい》での攻撃しか効かないようだ。あの溜池に水を注いだように、もっと大量の神水《しんすい》を出せないか？」

「出せるけど……そうすると、妖精の杖を使った射程が、ものすごく短くなってしまうの」

どういう仕組みなのかはわからないけれど、動かす水の量が少ない――水の道が細ければ、それなりに遠くまで届くけど、水の道が太ければ太い程、射程は短くなってしまう。

「つまり、ファイアー・ドレイクに近付けば良いというのだな？」

「でも、炎の弾が飛んでくるし、そもそもファイアー・ドレイク自体が燃え盛る竜だから、近付くだけで焼け焦げちゃうわ！」

「む……我だけならば、ある程度耐えられるが、アニエスが耐えられないのではダメだな」

「ご、ごめんなさい」

「何を言う。我では、ファイアー・ドレイクは倒せぬだろう。アニエスが居てこそ、希望があるのだ」

イナリはそう言ってくれるけど、遠くからでは少しの水しか放てず、大したダメージを与えられない。かといって、近付けば危険だし、近付きすぎると熱さで私が倒れてしまう。

どうすれば、このファイアー・ドレイクを止められるだろうか。

「しかし、ファイアー・ドレイクは炎の弾を飛ばしてくるものの、こちらに近付いてはこないな」

「何かの理由で動けないのかしら？」

「ふむ。確か、ここは太陽の神殿があった場所のはずだ。もしかしたら、過去に太陽の力を用いて、ファイアー・ドレイクをこの場に封印したのかもしれん。なぜ、今封印が解けたのかはわからぬが、ここから動けないというのを、突破口にできぬだろうか」

飛んでくる大量の炎の弾を避《よ》けるイナリと話しながら、この状況をどうすれば打破できるか考える。

ソフィアさんの家で、トリスタン王子がイナリの力を使っていた時は、細い水の道を作り、雷魔法を使って気絶させた。だけど、今回は相手が人ではなくて、ファイアー・ドレイクだ。

雷魔法どころか、氷魔法すら効かず、神水《しんすい》でしかダメージを与えられない。

せっかく溜池で、あんなに氷魔法の練習をしたのに……

あ！　待って。氷魔法の練習で作ったものと言えば……

「そうだっ！　この方法なら、大量の水を出せるっ！　イナリ、お願い。大量の水をファイアー・ドレイクに掛ける方法を思いついたの。手伝って！」

これまでのイナリとの会話でヒントを得て、ファイアー・ドレイクを倒す方法を思いついた。

「アニエス。奴にギリギリまで近付けば良いのだな？」

「ううん、逆よ。ファイアー・ドレイクから離れてほしいの」

「どういう事だ？　近付かなければ、大量の水を出せないのではないか？」

イナリが不思議そうに聞いてくるけれど、大丈夫。ちゃんと考えがあるから。

私がお願いした通りにイナリが火の弾を避《よ》けながら、ファイアー・ドレイクから離れていく。しばらく移動すると射程範囲から離れたからか、火の弾が飛んでこなくなった。

「イナリ！　ここで止まって！」

「ふむ。何か考えがあるのだな？」

「ええ。こうするのよっ！」

火の弾が飛んでこない場所に大きな氷の壁を生み出すと続けざまに、そのすぐ隣に隙間なくピッタリと次の壁を生み出す。

「イナリ。火の弾が飛んでこない範囲で、ファイアー・ドレイクを取り囲むように移動して」

「む？　……なるほど、そういう事か」

「ええ、そういう事よ」

イナリが私の考えた策に気づいてくれたらしく、思うように動いてくれる。私は次々に氷の壁紙を生み出し、広い範囲でファイアー・ドレイクを囲む。

そしてついに一周し、最初に氷の壁を生み出した場所へ戻ってきた。

「じゃあ、行くわよっ！」

イナリに氷の壁の上へ移動してもらい、そのすぐ傍、氷の壁で囲んだ内側へ大量の水を出す。

溜池に水を満たした時のように水を生み出しているので、大量の水が、氷の壁で作られた溜池のように満たされて……いかない!?

「どうして!?　広さは溜池くらいなのに、水が溜《た》まらないの!?」

「どこかに穴が空いているのかもしれぬな。だが、僅かではあるが水が浸っておる。常に足が大量の水に浸かっているからか、どんどんファイアー・ドレイクが小さくなっていくぞ」

イナリの言う通り、大きな紅いドラゴンの姿が、僅かずつではあるものの縮んでいる。

「ファイアー・ドレイクが弱体化しているな。おそらく、今の状態であれば、ここまで火の弾も飛んでこないだろう。少しずつ近付いてみるか」

そう言ってイナリが壁の内側へ下り立った。

壁で作った池の中は、水が張り巡らされているとはいっても、本当に浅くておそらく私が歩いても足首まで濡れないだろうといったくらいだ。イナリは大きな狐の姿から本来の姿に戻る。

水を出し続けながら、二人で少しずつファイアー・ドレイクに近付いていくと、辿り着いた頃には、私の膝くらいまでの小さなドラゴンになっていた。

「ふむ。ファイアー・ドレイクの足元に、亀裂があるな。ここから出てきたのか」

イナリの言う通り、人が通れるくらいの穴が開いていて、そこからファイアー・ドレイク……というか、炎が絶え間なく出続けている。

すでに火の弾を飛ばす力はないようなので、直接穴に向けて水を出すと、地上からファイアー・ドレイクの姿が完全に消えてなくなった。

「どうしよう。ファイアー・ドレイクは見えなくなったけど、きっとこの穴の中にまだ居るんだよね？」

「そうだな。探知魔法で穴の中を探るから、アニエスはそのまま穴の中へ神水《しんすい》を入れ続けてくれ」

イナリが目を閉じて何かをしているので、私は言われた通りに水魔法を使い続けた。

「わかった。この穴の下の、そのまた下に、ファイアー・ドレイクの核があるな」

「ファイアー・ドレイクの核？」

「まぁ人間でいう、心臓みたいなものだと思えば良い。その周囲に、強力な――おそらく、かつての水の聖女が張ったと思《おぼ》しき結界がある。その結界は水がないと効力が弱まるのであろう。下りるぞ」

「え……大丈夫なの⁉」

「うむ。このままアニエスが神水《しんすい》を出し続けていれば問題ないであろう。アニエスは、我の足より下に神水《しんすい》を出してくれ」

　突然イナリに抱きかかえられ、謎の穴へ入った。

　私を抱きかかえているイナリの足元に神水《しんすい》を出しながら謎の穴を下りていく。

「これは地底湖かしら。あ、かなり小さくなっているけど、ファイアー・ドレイクの姿もあるわね」

「そうだな。その地底湖の中心に、ファイアー・ドレイクの核があるようだ」

　地底湖の中心に小さな島があり、イナリがそこを目掛けて飛び下りる。

　結構な高さがあったんだけど、私にはほとんど衝撃が伝わらなかったし、イナリも平然としているし……これは、身体のバネがすごいのかな？

　島に下りて、小さなファイアー・ドレイクに神水《しんすい》を掛け続けていると、ついにファイアー・ドレイクの姿が消え、大きな穴の底で拳大の紅い玉が地面に埋まっているのが見えた。

「これがファイアー・ドレイクの核なの？」

「そうだな。破壊は……流石《さすが》に無理か。だが、ここは水の魔力を感じる。この穴と地底湖。それから、この溝を考えると……これか？」

　地底湖から、この大きな穴に向かう溝のようなものがあり、塞いでいた石をイナリが取り除くと、地底湖の水が少しずつ流れ落ちてくる。その水は、すり鉢状となった穴に流れ込み、ファイアー・ドレイクの核がある穴に向かって水が注がれていく。

「なるほど。これで水を注ぎ続け、ファイアー・ドレイクを封じていたのか。原因はわからぬが、何かでこの石が落ちて水が止まり、ファイアー・ドレイクが動き出したのであろう」

「じゃあ、これでファイアー・ドレイクは大丈夫なの？」

「そうだな。しかし今回のように、何かが落ちてきて、再び水を塞き止めると、同じ事が起こってしまうぞ」

「……だったら、これでどうかな？」

細い溝を覆《おお》うようにして、小さな氷の壁を生み出し、氷のトンネルを作る。

これなら、地震などで石が落ちてきても、溝を塞がないから、もうファイアー・ドレイクが復活しないよね。それからどうせなら……と、ファイアー・ドレイクの核がある島自体を水が通る溝以外を分厚い氷で覆《おお》い、普通には近付けないようにしておいた。

「うむ。良いのではないか。では、上に戻るか」

下りてきた時と同じようにイナリが私を抱きかかえ、かなり上にある穴へ軽々と跳ぶ。

地上に戻ると、私が作った池からは水が引いていたので、どうやら他にも隙間があるらしい。

適当な大きさの氷のオブジェを作り、地割れを塞いだ。

「イナリ。怪我人を助けるわよ」

「承知した。生きている者の近くへ最短距離で移動できるように案内しよう」

イナリに探知魔法を使ってもらい、怪我人の元へ急行する。

イナリがガレキを退け、私がソフィアさんから貰ったポーションを飲ませる。

「ありがとう……ございます。あの、素手でガレキを退けたり、全く動かなかった足が一瞬で治ったり……貴女たちは、何者ですか？」

「え、えーっと、ガレキを動かせたのも、怪我が治ったのも、全てフランセーズのすごいポーションのおかげです」

「え？　それって……」

「では、他にも助けないといけない人がいるので！」

大急ぎで周囲の人々を助けて回る。

周辺の人たちを一通り助けると、今度は不要となった氷の壁をイナリの魔法で溶かしてもらう。

その間に足りなくなったポーションを急いで作り、また怪我人の元へと走る。

「周辺に居る、動かぬ者は全て回ったぞ」

「ありがとう、イナリ」

「だが重傷の者は動かぬからわかったが、自力で動ける者については回っておらぬぞ」

「動けるなら大丈夫とは思うけど、怪我をしている人は治してあげなきゃ」

残念ながら、壊れた建物を元に戻す力はないので、せめて私ができる事――怪我人の治療はしたいんだけど、どうすれば良いだろうか。

「太陽の聖女に聞いてみてはどうだ？　この街の事は詳しいだろう」

「そうだね。一度、ビアンカさんの様子を見に行こうか」

イナリの話によると、すでにコリンとビアンカさんが、街に向かって動いているらしい。

二人の居場所に向かって進みながら、気づいた怪我人には怪我の度合いに応じて、ポーションを渡していく。

「コリン！　ビアンカさん！」

「あ、アニエスさん……これは、何が起こったのでしょう」

街の壁の亀裂から出たすぐの場所で、顔面蒼白のビアンカさんと合流した。

「街の地下にファイアー・ドレイクという魔物が居て、それが出現したみたいなんです」

「ファイアー・ドレイク⁉　かつての聖女が封じたと伝えられる、あの太古の魔物が……」

「ファイアー・ドレイクは私とイナリで封じました。それよりも、怪我人を助けたいんです」

「ファイアー・ドレイクを封じた⁉　アニエスさんは一体……いえ、今はそれよりも、仰《おっしゃ》る通り怪我人を救うのが先ですね」

そう言うと、ビアンカさんが突然地面に跪《ひざまず》き、お祈りを捧げる。

すると、空から柔らかい光が差し込んできた。

「む……これは、聖女の力。光魔法か。おそらく、広範囲の治癒魔法だ」

「よく、おわかりになりましたね。その通りです。今、私たちが居る、南東地区に治癒の奇跡をお願いいたしました。ですが、聖女の力ではなく太陽の神様のお力ですね。太陽の聖女は、神様にお願いして、御業を顕現しているだけなのです」

ひぇー。南東地区……って、一体何人に魔法を行使したの⁉　光魔法ってすごいのね。

「あと、七回程繰り返せば、光の下に居る方の応急処置にはなるかと。ただ、ガレキの下敷きになっている人には魔法が届かないのですが」

「それなら大丈夫。ガレキの下に居た人たちは、イナリが全員救助したから。……すでに事切れている方たちは助けられなかったけど」

「蘇生は簡単にできる事ではありませんからね。ですが、全員救助済みというのは？」

「そのままの意味よ。イナリは探知魔法が使えるから、動けない人を助け出して、このフランセーズ産のポーションを飲んでもらったの。……そうだ。ビアンカさんも、一つ飲んでください。一時的に魔力が倍増するポーションです」

魔力が増えると言うと、ビアンカさんがキョトンとした表情を浮かべるけれど、私たちを信じてくれて、ポーション――の瓶に入れた神水《しんすい》を飲んだ。

「これはっ⁉　先日のお祈りの時と同じで魔力が溢れ出てくるっ！　これなら、きっと……」

再びビアンカさんがお祈りを捧げる。

すると、空から先程よりも広範囲に光が降り注ぐ。

「信じられません！　一度のお祈りで、聖都全てに神の光が注がれるなんてっ！」

これで、怪我人については、大丈夫かな。

「アニエスさん。今のポーションは、本当にフランセーズ産のポーションなのでしょうか？」

「え、えーっと……」

「ファイアー・ドレイクを封じたと仰《おっしゃ》いましたが、もしかしてアニエスさんは、水の聖女なのでは？　そして、今のポーションは、水の聖女だけが生み出せるといわれる、神《しん》水《すい》なのでは？」

　ビアンカさんは、そんな事まで知っているの⁉　もしかして、過去の水の聖女の話が、太陽の神殿に伝わっているとか⁉

「む……アニエス。どうやら、このファイアー・ドレイクによる災害のどさくさに紛れ、例の宝玉を持ち出した者が居るぞ」

「何ですって⁉　もしかして、またバカ王子みたいに悪用されちゃうの⁉　イナリ、急いで取り戻すわよっ！」

　イナリの言葉を聞いて、大急ぎで移動する。

「例の宝玉を持ち出した者だが、かなり移動が速いぞ。それに、上空に居るから空を飛んでいるのではないか？」

「空を⁉　鳥が咥《くわ》えて持っていったとか？」

「まぁキラキラと光るものを好む鳥も居るので、完全に否定はできぬが……本気で行くぞ。二人とも我の背に乗るのだ」

　移動する宝玉を追うため、壁の割れ目から街を出ると、しばらく進んだところでイナリが大きな狐の姿になった。少しでも軽くするためにハムスターの姿になったコリンを手に、背中へ乗せてもらう。

にする。

「……って、速い速い速いぃぃぃぃっ！」

「アニエス。絶対に落ちるでないぞ」

イナリが本気で移動しているからか、とてつもない速さで景色が流れていく。両手でしっかりとイナリの毛を掴み、コリンは身体で支えて、とにかく落ちないようにする。

「……イナリ！　前に街があるわよっ⁉」

「ふむ……仕方がない。跳ぶぞっ！」

「ひゃぁぁぁっ！」

イナリが街の壁を越え、屋根の上を走っていくんだけど、本来の姿で抱きかかえられて聖都を移動した時とは比べものにならないくらいに速い。

……イナリが通った場所って、屋根が壊れたりしていないよね？　大丈夫だよね？

速すぎて確認もできないけど、いくつかの野を越え山を越え、街を越えて、ようやくゴールらしい。

「下降してきたぞ。おそらく、あの街に降りるのであろう」

走るイナリも大変だけど、掴まっているのも大変で、こっそり神水《しんすい》を飲んだ程で……って、また壁を越え、屋根の上を走っていく。

「む！　あれは……なるほど。アニエス、わかったぞ。誰かは知らぬが、我が具現化魔法の力を使い、背に翼を生《は》やしていたようだ」

「具現化魔法？　と、とりあえず、トリスタン王子の時と一緒で、神水《しんすい》を飲ませれば良いのね？」

「おそらくな。……旋回して、あの建物の最上階へ入ったな。行くぞっ！」

イナリが一番大きな建物の屋根に飛び乗ると、本来の姿に戻り、私を抱きかかえてバルコニーへ下り立つ。……うん。運んでもらうなら、やっぱりこっちのイナリが良いな。

それから、割れた窓があったので、そこから部屋の中に入ると、見知らぬ女性が二人居た。

一人は血を流して倒れていて、もう一人は黒い槍を自らのお腹にぶつけながら、

「どうして⁉　リタは簡単に貫けたのに、私は貫けないの⁉」

何度も同じ動作を繰り返している。

「お主は我が力を取り込んでいるからな。自分の力で自分を傷付ける事はできぬ」

それを見たイナリが、トリスタン王子に襲われた時と同じような事を言いながら、女性に近付いていくので、私は上級ポーションを取り出し、倒れている女性の元へ。

顔が土気色で、今にも亡くなってしまいそうだけど、微《かす》かに息はしている。

お願い、間に合って！　祈るような想いでポーションを飲ませると……顔に赤みが差していく。

「良かった……間に合った」

「……これは？　身体が動く？　……ディアナっ！　貴女、何て事をしでかしたの⁉　絶対に許さないわよ！　死刑よ、死刑！　アンタの弟はもちろん、一族全員皆殺しよっ！」

……殺されかけたのだから怒るのは当然かもしれないけど、女性は突然起き上がったかと思うと、ディアナと呼ばれた女性に詰め寄る。

詳しい状況はわからないけど、あのイナリの力を取り込んだディアナさんに、殺されかけたのでは？　そんなに無防備に近付いて大丈夫なの？

「リタ⁉　あれだけ刺したのに、どうして動けるのっ⁉　こ、来ないでっ！」

「ぎゃあぁぁぁっ！　アンタまた私を刺したわね⁉　……ちょっと、そこの貴女！　早く助けなさいよっ！」

唖然《あぜん》としているうちに、案の定リタと呼ばれた女性が脚を刺され、血を流して倒れ込むと、私に助けを求めてきた。何だか、この人……助けたくないかも。

「ほぉ……そうか。お前がリタか。偽りの太陽の聖女だな？」

イナリが低い声で静かに言い放つ。

「えっ⁉　この人があのリタさんなの⁉」

「だったら何よっ！　そんな事より、早く薬っ！　痛いのよっ！」

倒れながら、私の事を睨んでくるリタさんの視線を正面から受け止める。

「どうして太陽の聖女である貴女が、こんなところに居るんですか⁉　今、聖都がどういう状況か知っていますか⁉」

「聖都なんて、どうだって良いでしょ！　街が潰れようが、人が死のうが、私には関係ないわっ！　それより、早くこの脚を治しなさいっ！　これは命令よっ！」

あまりの物言いにイラッとしていると、あからさまに不機嫌なイナリが口を開く。

「……そうだな。お前の言う通りだ。他の者がどうこうではなく、我は、お前がアニエスを亡き者にしようとした事に怒りを抱いておる。楽に死ねると思うな」

「何の事よ！　私はアニエスなんて女……アニエス⁉　ま、まさか、この女がアニエスなのっ⁉　ビアンカと組んで、私を失脚させようとした、土の聖女っ！　……という事は、こっちの男が裏部隊を潰した、最強の護衛⁉」

「ビアンカさんを助けたのは、その通りだけど、別に貴女を失脚させようなんて考えていない。だけど、貴女の命令で私たちが襲われた。少なくとも、私たちはそういう認識よ」

先程までの高慢な態度はどこへいったのか、私とイナリの事がわかるや否や、リタさんの顔から血の気が引く。

「ま、待って。誤解……そう、誤解なの。わ、私は土の聖女様に攻撃なんて指示していません！　ピナーの街で、馬車の御者にすり替わるように指示したのも、聖都でファイアー・ドレイクの封印を解いたのも、全てこの侍祭、ディアナなのっ！　私は何も悪くなんてないわっ！」

「ファイアー・ドレイクの封印を解いたって、どういう事なの⁉　あれは、災害じゃなかったの⁉　故意に街を……大勢の人の命を奪ったの⁉」

「わ、私は悪くないっ！　ディアナが……ディアナがやったんですっ！」

ひたすら、自分は悪くない……とだけ繰り返す。

一方、ディアナさんに目を向けると、

「その通りです。太陽の神殿の裏部隊へ指示を出し、聖都の地下に封じられていたファイアー・ドレイクを蘇《よみがえ》らせたのは、私です。ですから私は……その命を下したリタと共に死ぬつもりで……」

「う、嘘よっ！　私はそんな命令していないわっ！　そいつは、私に罪をかぶせるつもりなのよっ！」

「何と言われようと構いません。私はリタと共に、死んでも償えない程の事をしてしまいましたので」

そう言って、申し訳なさそうに頭を下げる。

「だから、死ぬならアンタ一人で死になさいよっ！　私は何も悪くないんだからっ！」

「リタ。私たちの行動で、多大な被害が出ています。さっきよりも、入念に殺してあげますから、一緒に地獄へ参りましょう」

「や、やめなさいっ！　アンタの弟がどうなっても良いの⁉　私の命令一つで、いつでもアンタの弟を殺せるのよっ⁉」

……あー、そういう事か。

ディアナさんの言動が変だとは思っていたけど、リタさんに人質を取られていたのか。きっとディアナさんはすごく後悔しているのだろう。

だからと言って許される話ではないけれど、誰が最も悪いのかは明らかになった。

「語るに落ちるとは、この事か。さて、リタとやら。生きたまま燃やされるか、ドラゴンのエサとなるか……どうしてくれようか」

「なっ……な、何がドラゴンよ！　できもしない事を言って、そんなので私がビビるとでも思っているの⁉」

「……アニエス。少し、この女を借りていくぞ」

「あー、止めても無駄よね。……あまり遅くならないようにね」

リタさんが変な事を言うから、イナリがめちゃくちゃ怒っちゃったじゃない！

イナリが、脚から血を流したリタさんを担ぐ。

「え？　……いやぁぁぁっ！」

そのままバルコニーから飛び下りた。

「じゃあ、ディアナさん。悪いようにはしないので、この水を飲んでください」

「はぁ……こ、これはっ⁉」

ディアナさんに神水《しんすい》を飲んでもらうと、トリスタン王子の時と同じように、闇色の宝玉が出てきて、黒い槍が霧散した。

「これでもう大丈夫よ」

「え⁉　貴女は……土の聖女様は、神様のお力を使えるのですか？」

「い、今のはフランセーズのポーションよ。それよりディアナさん。一体何があったの？」

「……その、実は……」

神水《しんすい》を飲み、憑《つ》きものが落ちたかのような様子のディアナさんに話を聞くと、予想通り弟さんを人質に取られていて、リタさんにファイアー・ドレイクの封印を解くように命じられたそうだ。

聖都の地下にある、太陽の聖女しか知らない隠し通路を使って封印を解き、急いで地上へ逃げたけど、ディアナさん自身もファイアー・ドレイクが起こした爆発に巻き込まれたらしい。

「その時、そこにある黒い玉を見つけたんです。触れると、私の身体の中に入ってきて、力が湧いてきて……この国のためにリタを倒さなきゃって思ったら、黒い翼と槍が生まれたんです」

ディアナさんが言っているのは、イナリが話していた具現化魔法だと思う。

その具現化魔法で生み出された黒い翼で聖都からここまで飛んできて、槍でリタさんを瀕死にした。それから自害しようとしていたのね。

おそらく、ディアナさんがビアンカさんの家の近くに居て、黒い宝玉を見つけてしまったのだろうけど、果たしてそれは良かったのか悪かったのか。

「戻ったぞ」

イナリがリタさんを連れて戻ってきた。

「ごめんなさい。ごめんなさい。ごめんなさい……」

「……リタさんがものすごく怯えているけど、一体何をしたの？」

「何、大した事ではない。パープル・ドラゴンのエサにした後、汚いから湖に投げ捨てただけだ」

詳しく話を聞くと、近くにドラゴンが居たのでそのエサにして、丸呑みにされたところを救助したのだとか。だけど、ドラゴンの唾液で臭かったので近くの湖に投げ捨てたら、人食い魚に噛まれながらも自力で水から上がってきたらしい。

全身びしょ濡れで、髪も服もボロボロ。おまけに、脚の至るところから血が流れているけど、それでも人食い魚から逃げてきたっていうのは、すごいのでは？

とりあえず、イナリの言う通り、次は罪を償わせる番だけど、普通のポーションくらいなら、飲ませてあげようか。

「イナリ。ものすごく反省しているみたいだし、私の作ったポーションではなくて、ソフィアさんのポーションなら飲ませても良い？」

「ふむ。つまり、一旦こやつの傷を治し、改めてアニエスが仕置きをするという事か。ぜひ、やるが良い」

「ううん。リタさんの態度がここまで変わる程、イナリがお仕置きしてくれたんでしょ？だったら、私はもう良いわよ。それより、イナリ……これを」

リタさんに普通のポーションを飲ませて止血した後、触らずそのままにしていた闇色の宝玉を指し示した。

「うむ。あのバカ王子の時と同じだな。我が力が封じられておる」

イナリが手を伸ばし、トリスタン王子の時と同じく宝玉が砕け、闇色の霧がイナリを覆《おお》った。

すぐ傍にリタさんとディアナさんが居るけれど、リタさんは完全に心が折れたらしく、延々と「ごめんなさい」と繰り返しているだけだし、ディアナさんも呆然《ぼうぜん》としたままなので、おそらく大丈夫だろう。

「……これは、具現化能力だな。この者が使っていたように、魔力を物質に変化させられる。例えば、このように」

「ひぃぃぃぃっ！　やだぁぁぁっ！　魚怖いっ！」

イナリが具現化能力で小さな黒い魚を作り出すと、それを見たリタさんがヘナヘナと崩れ落ち……あ、失禁した。

湖で人食い魚から逃げたというのが余程辛かったのか、どうやらトラウマになってしまったらしい。

「ふむ……魚屋で働かせてみるのも一興か」

「い、嫌ですぅぅぅ。許してくださいぃぃぃぃっ！」

リタさんが涙を流しながら、汚れた床に頭を擦り付けて謝る。

「イナリ。それって、魚屋さんに迷惑がかかると思うんだけど」

「それもそうか。……それに、こやつにはやるべき事があるからな」

見かねてそう言ってあげると、案外すんなりと受け入れてもらえた。

「では、行くか。この街は大きな街だ。こやつの罪を公にする機関もあるだろう」

「はい。ここはイスパナ第二の都市。司法の場もございますので、私もリタと共に裁かれ、罪を償いたいと思います」

真っ直ぐに前を向くディアナさんと、頭を抱えて震えるリタさんを連れて宿を出る。

ちなみに、座り込んだまま動こうとしないリタさんは、イナリが作り出した黒い檻に入れて連れていき、そこでディアナさんがリタさんから指示された事を洗いざらい話して、二人は拘束された。

ただし、ディアナさんは人質を取られた上での行為なので、情状酌量の余地があるらしいけど。

イナリの力を回収できたし、あとはこの国に任せよう。

エピローグ　新たな国へ

――罪を償う侍祭ディアナ――


「では、ディアナさん。これからもまた、よろしくお願いいたしますね」

「はいっ！　全力で勤めさせていただきます」

リタと共に牢へ入れられ、そのまま一生を過ごすか、処刑される。

そう覚悟していたのに、太陽の聖女として復帰されたビアンカ様にお仕《つか》えする事を条件に、私は釈放された。一応、ビアンカ様の監視下に置かれるという名目だけど、おそらくリタとは違って、ビアンカ様から理不尽な指示はないだろう。

「お姉ちゃんっ！」

「ナタリオっ！　ビアンカ様……弟と話してもよろしいでしょうか？」

「もちろんです。私の事は気にしなくて良いですから」

そう言って、ビアンカ様は先に馬車の中へ戻っていった。

「お姉ちゃん、無事で本当に良かった！　僕、あの裁きがあった時、生きた心地がしなかったもん！」

「そうね。私は近くに居たけれど、本当に恐ろしかったわ」

ナタリオの言う裁きについて思い出し、思わず身震いする。


聖都を壊滅させた行為について、リタには即処刑が言い渡されたものの、土の聖女様が庇ってくださった事もあり、私の処分をどうするかで、大紛糾した。リタと同様に処刑だという意見もあったたし、一方では弟を人質に取られており仕方がなかったという意見もあった。

間を取って、死刑ではなく無期懲役なんて意見もあったけど、最終的にビアンカ様の意見で、太陽の神様に判断を委ねる事になったのだ。

私とリタが磔《はりつけ》になった状態で横に並ばされ、ビアンカ様が太陽神様へお祈りを行うと、すぐ隣に居たリタに白い柱が降り注ぐ。衝撃と共に視界が真っ白に染まり、気づいた時にはリタの姿が跡形もなく消えていた。

「神様は、首謀者である元聖女リタに罰を与え、侍祭ディアナは赦《ゆる》しました。皆さん、これが答えです！」

ビアンカ様が大きな声でその場に居た人たちに説明して、私は……解放された。

今思えば、本当に太陽の神様が赦《ゆる》してくださったのか、ビアンカ様がリタだけに魔法を使ったのかはわからないけれど、こうして再びナタリオに会う事ができたのが、ただただ嬉しい。

これからはビアンカ様の下で、聖都の復旧に尽力していこう。あの時、そう心に誓ったのだ。

「ところで、お姉ちゃん。僕、聖都を通って、このバーセオーナまで来たんだけど、仮設の神殿の傍にある、透明の神殿って何なの？」

「……詳しい事はわからないけど、ビアンカ様の話では、土の聖女様が作ってくださったらしいわよ？　街のシンボルだし、見本があった方が元通りに直しやすいだろうからって」

「太陽の聖女ビアンカ様もすごいけど、土の聖女様もすごいんだね。あんなに大きな神殿そっくりの建物を、魔法で作り出せるなんて」

「それだけじゃないわよ。私は土の聖女様が、瀕死の人を生き返らせる奇跡を目の前で見たわ。なぜかポーションを飲ませたと言っていたけれど、あんなのポーションでは絶対に無理よ」

私が殺したと思ったリタは、最終的には同じ結末となってしまったけれど確かに生き返った。

あの不思議な黒い力もそうだけど、土の聖女様はすさまじい力があると思う。もしかしたら、真の太陽の聖女ビアンカ様よりもすごいかもしれない。

それから、ナタリオとこれからの事を話した。

「じゃあ、私はそろそろ行くわね」

「これからは、聖都に居るんだよね？」

「ええ。一生ビアンカ様にお仕《つか》えするつもりよ。だから、何かあれば太陽の神殿に来てね」

「うん……というか、僕も学校を卒業したら、聖都に行くから一緒に暮らそうよ」

私は聖都の復旧に従事する。

ビアンカ様、土の聖女アニエス様……本当にありがとうございます。


――その頃のトリスタン王子――

「た、大変だぁぁぁっ！　隣国、太陽の国イスパナの聖都が壊滅したらしいぞっ！」

「な、何ぃっ⁉　その話は本当なのかっ⁉　原因は何だっ⁉　魔物か⁉　災害かっ⁉」

「おい！　斥候部隊はどうしたっ⁉　正しい情報を伝えろっ！」

何が起こったのかはわからないが、突然騎士団の詰所が慌ただしくなった。

しばらく耳を澄まして、内容を聞き取る。

「……何でも、レッドドラゴンが聖都の中に入ってきたとか何とか……」

「……イスパナにも騎士団や冒険者ギルドはあるだろう。街の……それも、一番重要な聖都へドラゴンの侵入を許す訳がないだろ」

「……俺は、天罰で太陽の聖女が亡くなったという話を聞いたんだが」

イマイチ要領を得ないが、イスパナで何かがあったらしい。

すぐ隣の国の話なので、街を壊滅させる程の災厄級の魔物なら、フランセーズに来る可能性もあるし、救援要請があるかもしれない。また、何かの災害だった場合でも、こちらに影響があるかもしれない……聞いていると、そんな感じの情報が得られた。

そんな中で、正確な情報が得られず、余計に慌ただしくなっているのか。

「ふんっ！　隣の国の話など放っておけば良いものを。そうだな……俺様なら、災害に乗じて国を攻め、我が国土を広げるか、食料などの物資を十倍の価格で売りつけるな」

他人の不幸は蜜の味。こちらが利を得るチャンスだというのに、父上は無能なのか？

やはり俺様が次期国王となり、この国を導かなければならないようだ。

「……最近イスパナから帰ってきた冒険者が居ないか、ギルドへ確認しろ！　情報が欲しい……」

「……それよりも、正確な情報だ！　今すぐ現地に誰かを送れ！」

「……しかし、この状況下で、イスパナに騎士団を送り込めば、侵略と誤解される恐れが……」

もう、何の話か興味はないが、これだけ混乱していれば、抜け出すのは容易だろう。

「ふっふっふ……こういうチャンスを待っていたのだ」

食事の時に隠しておいたフォークを取り出すと、誰も見ていないのを確認して、檻の隙間から、留置室に付けられた錠の鍵穴へフォークを突き刺す。

しばらくカチャカチャと鍵穴をいじっているうちに、ガチャッとこれまでとは違う音がした。

ゆっくりと錠を外し、静かに扉を開けると、何もなかったかのように、元の状態へ戻しておく。

「誰も居ないようだな」

どうやら、どこかの無能が対策会議を開き、ほとんどの者がそれに参加しているようだ。

他の留置室には、俺以外誰も入って居なかったらしく、なおさら警備が手薄だったらしい。

「……流石《さすが》に装備を回収するのは難しいか？　……いや、俺様なら……Ａ級冒険者の俺様ならできるはずだっ！」

中に人が居ない事を確認しながら、それらしい部屋を覗いていくと……

「ふっ……流石《さすが》は俺様だ。簡単に回収できたではないか」

見慣れた愛剣や鎧に荷物袋など、俺が冒険をしていた時の持ち物が保管されているのを見つけた。

「ふむ……ついでだ。旅の資金になりそうなものを貰っていくか。こんなところで腐らせておくよりも、俺様の役に立った方が良いだろうしな」

普段俺が使わない盾や高そうな剣に、よくわからない光る石など、金になりそうなものを適当に荷物袋へ詰め込んでいると、会議が終わったのか、人が動く気配を感じた。

「あまり詰め込みすぎたら重くなるな。……そろそろ行くか」

保管庫から出ると、近くの窓を開け放ち、そのまま外へ。

大通りまで走り、そこからは人混みに紛れて歩く。周囲の声を聞くと、イスパナの事件は街の者も知っているらしく、兵士たちも混乱しているようだ。

「そこのお前。身分証を持って居ないか？　俺様が高値で買い取ってやろう」

裏路地で見つけた貧乏そうな男から、身分証を小銭で奪い取り……ろくにチェックもされず、王都から脱出する事に成功した。

＊＊＊

「じゃあ、イナリの力も見つけたし、お土産も買ったし、一度フランセーズに帰りましょうか」

リタさんとディアナさんをしかるべき場所へ引き渡した後、観光都市バーセオーナでちょっとだけ買い物をして、フランセーズへ帰る事にした。

というのも、私とコリンはB級冒険者なので、フランセーズの周辺国にしか行けないのだ。私としては、イスパナの西隣の国にすごい香辛料があると聞いたので、そこへ行ってみたかったんだけどね。

「では、我はしばし子狐の姿になっておくか」

「ごめんね」

「いや、気にするでない。帰りも馬車に乗る事ができるしな」

イスパナで路銀集めに行っていた農水路を作るお仕事——実際は溜池に水を張るお仕事だったけど——で、ものすごい額の報酬を貰っているため、帰りも貸し切り馬車を使う。

そのため、子狐姿のイナリも馬車に乗れるので、フサフサの尻尾が左右に激しく揺れている。

……きっと、馬車が大好きなんだろうな。

そんな事を思いつつ、私は揺れる馬車の中でポーションの製造に挑戦する。イスパナの聖都で重傷の方を助けるために、ほとんどのポーションを使ってしまったからね。

というか、ポーションが足りずに、合間合間で作り足していたくらいだし。

「ごめんね、コリン。お手伝いしてもらっちゃって」

「ううん、大丈夫だよ。ボクもお婆ちゃんのところで、こういう作業をいっぱいしていたから慣れているもん」

コリンは本当に良い子ね。

途中で見つけた薬草の仕分けをしてくれているコリンにお礼を言いつつ、それなりのポーションを完成させて、フランセーズの国内へと戻ってきた。

御者さんにお礼を言い、人が居ない事を確認してイナリが早速妖狐《ようこ》の姿へ戻る。

「まだ国境を越えただけで、フランセーズの端の方だけど、帰ってこられたわね」

「お姉ちゃんは、国境でも土の聖女様って呼ばれていたね」

「まぁ他の国だし、別にいいかなって。しばらくイスパナには行かないと思うし」

土の聖女って誤解されたままイスパナを出たけど、それで何か困る訳でもないしね。

「アニエス。王都へ戻って一休みしたら、またどこかの国へ行くのか？」

「そうね。一応、行ってみたい国はいくつかあるんだ」

純粋に観光に行くなら、東隣にある山の国スイセは、のんびりできて良いって聞いた事があるし、北にある花の国ネダーランも見てみたい。何でも、年中さまざまな花が咲き乱れている国なのだとか。

だけど、それよりもイナリの力がどこにあるのかが気になる。二つ目の力を取り戻せた訳だし、この調子で三つ目、四つ目っていきたいからね。

「逆にイナリが行ってみたい場所ってないの？」

イスパナへ行く事が決まった時のように、イナリがわかりやすく反応してくれないかと思って聞く。

「特にないな。我はアニエスと共に居られれば、それで良いからな」

「ボクもー！　お姉ちゃんのご飯、美味しいもんねー！」

「そうだな。いろいろあった訳だし、ここらでドラゴンの肉パーティというのはどうだ？」

「いいね！　ドラゴンバーベキューだねっ！」

って、イナリもコリンも何を言っているのよっ！

「えっと、食べ物の話ではなくて、次に行く国の話なんだけど」

「うむ……とりあえず、アニエスのうまい料理を食べながら決めれば良いのではないか？」

「うんうん。お姉ちゃんの作ってくれる美味しいご飯があれば、話も弾むもんね」

そう言って、イナリはすでに異空間収納からドラゴンのお肉を出していた。

まぁ確かにドラゴンのお肉は美味しいけど……こ、今回だけなんだからねっ！

「仕方ないわね。じゃあ、ご飯を食べながら、次にどこへ行くか決めましょうか」

「うむ。それが良い。では我は、デザートにドラゴンの卵でも……」

「イナリは味見係ね！　コリン、イナリが変なものを取りに行かないか見張っておいてね」

街道から少し離れた場所で調理の準備をすると、急いで料理を作る。

三人で楽しい食事の時間を過ごしつつ、次に行く観光地——もとい、イナリの力を取り戻しに行く国について相談した。

まだ、どこの国へ行くか結論は出ていないけど、いろんな事が起こるだろう。

でも、これからたとえ何が起こっても、イナリとコリンの三人で一緒に頑張ると心に決め、帰路に就《つ》いたのだった。

書き下ろし番外編

太陽の国イスパナの海

イスパナの観光都市バーセオーナから貸し切り馬車でフランセーズへ向かう途中、馬車から海が見えた。

「すごい！　コリン、イナリ！　見て！　海よ！」

「わぁー！　ものすごく大きいねー！」

「ふむ。うまそうな魚が泳いでいそうだな」

とても大きな海を前にして、コリンはともかくイナリは食べる事ばかりね。

キラキラと水面が輝く海を眺めていると、御者さんが声を掛けてきた。

「お客さんがた。イスパナの海は良かったでしょう。気温がとても高いから、フランセーズで海に入るのとは、また違うはずですし」

「あー、実は私たち海には行っていないんですよ」

「えぇっ⁉　バーセオーナに居たのに⁉　そいつはいけない！　あの街は観光都市とし

て有名だけど、そもそもは港町なんです。獲れる魚介類はどれも最高で、港から少し離れた浜辺はとてつもなく綺麗だ。悪い事は言わない。どうしても急ぎの用があるなら仕方ないけれど、絶対にイスパナの海を体験してから帰った方が良いです！」

御者さんがものすごい熱量で海を勧めてくる。

うーん。そこまで言われると、ちょっと行ってみたくなってきた。

「コリン、イナリ。どうする？　ちょっとだけ海へ寄ってからフランセーズに帰る事にする？」

「うんっ！　ボク、お魚食べたい！」

「我も海の幸を食べたいぞ」

ふ、二人とも食べ物に目がくらんでいるだけの気もするけど、意見が一致したので、行き先を変更してオススメの海へ連れていってもらう事にした。

馬車が海沿いの街道を走り、潮の香りが鼻をくすぐる。

しばらくすると、小さな村で馬車が停まった。

「お客さん。着きました。ここは小さな漁村なんですが、海が目の前ですし、ちゃんと宿もあります。その宿の食事も、海の幸をふんだんに使っていて絶品です。それに、馬車の停留所もあって、貸し切り馬車もチャーターできますから、ぜひ楽しんでいってください」

「いろいろとありがとうございます」

「いえ。イスパナの海を体験したら、きっとまたイスパナにいらしてくださると思いますので」

御者さんは、そう言って私たちを降ろし、引き返していった。

とりあえず、まずは宿の確保……と思ったのだけど、コリンと子狐姿のイナリがまだ海に行かないのか？　と、ジッと見つめてくる。

「二人とも、先に宿を確保しないと野宿になっちゃうわよ」

「はーい。じゃあ、ボクはイナリと宿の外で待ってるね」

無事に部屋を確保できたので、コリンたちに報告して、いざ海へ！　……と思ったんだけど、宿屋の女将さんから待ったが掛かる。

「あ、お客さん！　海へ行かれるんでしたら、少しだけ注意事項があるんです」

「注意事項……ですか？」

「はい。この村から真っ直ぐ東に行けば浜辺なのですが、浜の南側は自由に泳いだり釣りを楽しんだりしていただいて構いません。ですが、北側には決して行かないようにしてください」

「それは……貴族のプライベートビーチだったりするからなんでしょうか？」

「いえ、そういう訳ではないんですが、水深が浅い南側と違って、いきなり深くなるので、危ないんです」

なるほど。せっかく楽しみに来たのに、溺れちゃったりしたら嫌だよね。

私は浜辺を歩くだけのつもりだけど、コリンは泳ぎそうだから注意しておかないとね。

「それに……あ、いえ。何でもありません」

女将さんが何か言いかけていたけど……まぁとにかく北側では泳いじゃダメって事よね。

それをコリンに伝え……三人で海へ向かうと、聞いていた通り、村を出て少し歩くだけで綺麗な浜辺に着いた。

周囲を見渡すと、海で泳ぐ人や、砂浜でお城を作って遊ぶ子供連れの家族に、海を見に来ている人向けに飲み物や食べ物を売っているお店があったりして、結構賑わっている。

そんな中、海に向かって長い桟橋が突き出ていて、付け根に小さな小屋があった。

「んーと……あ、そこで釣りができるみたいね。道具も貸してもらえるんだって」

「お姉ちゃん。じゃあ、ボクは魚釣りをしてくるねー！」

「あれ？　コリンは泳ぐんじゃないの？」

「ううん。だってボク、獣人族だし。獣人族は基本的に身体が濡れるのを嫌うんだよー」

あ、そうなんだ。

確かに言われてみれば、猫もハムスターも泳がない……よね？

じゃあ、狐はどうなんだろう。イナリは獣人族とは少し違うみたいだけど。

ふと頭に浮かんだ疑問について考えているうちに、コリンが桟橋に行って、釣りを始めたので、私は浜辺を歩いてみる事に。

「イナリー。あれ？　どこへ行ったんだろう？」

一緒に散歩しようかと思ったんだけど、どこかへ行ってしまったようで見当たらない。

まぁイナリの事なので、何があっても大丈夫だろうと思い、一人で歩いてみる事にしたんだけど……これは、靴を脱いじゃった方が良さそうね。

裸足になると、くすぐったいような感触が足に伝わり、時折冷たい波が足にやってくる。

「水が透明……すっごく綺麗！」

足元を見ると、小さな貝殻がたくさん落ちていて、時々珊瑚《さんご》みたいなものも落ちていた。

白くて可愛らしい貝殻を見つけたので、他にもないかなと思い、探しながら歩いていると……周囲から喧噪《けんそう》が消えている⁉

おかしい。ついさっきまで子供たちのはしゃぐ声が聞こえていたはずなのに、一体何が⁉

そう思った直後、海から視線を感じた。

視界に巨大な影が映った気がして、それが何か確認する時間も惜しんで、海から離れるような感じで横へ跳ぶ。

腰に挿《さ》していた妖精の杖を取り出して身構えると、そこには巨大な魚が……咥《くわ》えられている⁉

「……イナリ、よね？　戦闘用の姿で何をしているの？」

「うむ。馬車の者が、海の幸が絶品だと言っておったであろう？　そこで、海へ潜って魚を捕まえてきたのだ。何という魚かは知らぬが、うまそうであろう」

大きな狐の姿のイナリが、咥《くわ》えていた魚を浜辺に下ろし、濡れた犬のように身体を回転させて水滴を弾き飛ばす。

身体が大きいからか、周囲に水が飛び散って……流石《さすが》に尻尾は犬よりもモフモフだからか、今のだけでは水滴を飛ばしきれないみたいね。

「……って、お魚の話じゃなくて、ここでその姿になって大丈夫なの⁉」

「こちら側は人の気配がしないので、大丈夫であろう」

「そうだ！　そうなの！　イナリ。さっきまでその辺に人が居たはずなのに、急にいなくなっちゃったのよ！」

「ふむ。特に怪しい気配は感じぬぞ？」

「でも、突然周囲に人が……あれ？　向こう側には人が……あっ！」

確かに周囲には人がいないけど、歩いてきた方向を見てみると、遠くに遊んでいる子供たちや桟橋なんかが見えた。

もしかして……貝殻を探して歩いているうちに、行っちゃいけないって言われていた北側の浜辺にまで来てしまっていたって事なの⁉

それから、狐の姿のままのイナリが、器用にお魚の血抜きを行って、異空間収納へ格納する。

「ふふ。半分はアニエスに調理してもらって、もう半分は宿の者に地元ならではの料理にしてもらおう」

子狐の姿になったイナリと共に南側の浜辺へ歩いていくと、桟橋からコリンが駆けてきた。

「お姉ちゃん！　見てー！　魚がたくさん釣れたよー！」

コリンが籠《かご》一杯に入った小さな魚を……って、イナリが捕まえたのが大きすぎるだけで、普通に考えたら十分大きなお魚よね。

二人とも散策するよりも食べたいそうなので、すぐに宿へ行って魚を調理してもらう事にしたんだけど、イナリが獲った魚を見て、女将さんが驚きの声を上げる。

「こ、これは……グレート・シャークっ！　こ、これ……釣り上げたんですか⁉」

「えーっと、この子が捕まえたんです。その……お、泳ぎと狩りがすごく得意でして」

「はぁ……こんなに小さいのにすごいんですね。えっと、この魚の魔物は、北側の海を縄張りにしていて、海中だけではなく浜辺を歩いている人も襲うんですよ。怖がらせてはいけないと思ってさっきは言わなかったんですが、まさか捕まえてこられるなんて。と、とりあえず、調理しますね」

あ……北側の浜辺に行っちゃいけないって、この魔物が現れるからなんだ。

イナリがいてくれて良かったと思いつつ、ちゃんと周辺を確認しないといけないなって反省し……

「あ、この料理美味しい！」

「ボクが釣った魚も美味しいよねー！」

「ふふ。量は我が獲った魚が一番だ」

皆で美味しくいただいて、イスパナの海を満喫したのだった。

本書は、2021年7月当社より単行本として刊行されたものに書き下ろしを加えて文庫化したものです。


この作品に対する皆様のご意見・ご感想をお待ちしております。

おハガキ・お手紙は以下の宛先にお送りください。

【宛先】

〒150-6008 東京都渋谷区恵比寿4-20-3 恵比寿ガーデンプレイスタワー 8F
（株）アルファポリス　書籍感想係

メールフォームでのご意見・ご感想は右のＱＲコードから、
あるいは以下のワードで検索をかけてください。

アルファポリス　書籍の感想　検索

ご感想はこちらから

レジーナ文庫

婚約破棄《こんやくはき》で追放《ついほう》されて、幸《しあわ》せな日々《ひび》を過《す》ごす。1 ……え？ 私《わたし》が世界《せかい》に一人《ひとり》しか居《い》ない水《みず》の聖女《せいじょ》？ あ、今更《いまさら》泣《な》きつかれても、知《し》りませんけど？

末松《すえまつ》 樹《いつき》

2023年12月20日初版発行

文庫編集－斧木悠子・森 順子
編集長－倉持真理
発行者－梶本雄介
発行所－株式会社アルファポリス
〒150-6008 東京都渋谷区恵比寿4-20-3 恵比寿ガーデンプレイスタワー8階
TEL 03-6277-1601（営業）　03-6277-1602（編集）
URL https://www.alphapolis.co.jp/
発売元－株式会社星雲社（共同出版社・流通責任出版社）
〒112-0005 東京都文京区水道1-3-30
TEL 03-3868-3275
装丁・本文イラスト－祀花よう子
装丁デザイン－AFTERGLOW
（レーベルフォーマットデザイン－ansyyqdesign）
印刷－中央精版印刷株式会社

価格はカバーに表示されてあります。

落丁乱丁の場合はアルファポリスまでご連絡ください。

送料は小社負担でお取り替えします。


ISBN978-4-434-33072-8 C0193